海獣
呼ぶ植物
夢の死体
初期幻視小説集

shōno yoriko
笙野頼子

講談社文芸文庫

目次

海獣・呼ぶ植物・夢の死体

初期幻視小説集

海獣

Yは紺色のコール天ズボンのポケットの中に薄青い大きな和紙を一枚、正方形に畳んで入れたまま洗ってしまった。気が付いた時にはもう脱水のあとで、ポケットから出た紙は水に膨らんでいた。それは折り目を開き色を溶かし、青白い半透明ないのちに変って、息をしていた。

山の中から人里に迷い出て来て早朝の電柱に脅えながら翅をやすめていた、水色の大きな蛾――オオミズアオのことをYは思い出した。何年か前に一度見ただけなのだが、その姿をYははっきりと覚えているのだった。

年月が経って薄白く色の褪めて了ったオパールがある。その中には昔から一匹の生物が封じ込められていた。何百年の間、生物はその水色の半透明な石の表面を破ろうとあがき、石の内側に怒りの炎を飛びめぐらせ、思念のプリズムを陽光ごと嚙み砕いて吐き散らした。するとその苦しみの光は石の表面に浮かぶ美しい七色となった。そうするような憎しみと力とを併せ持った、その生物の名前は〝虹〟と言った。つまりかつてその虹が苦しんで吐く光を、人はオパールのきらめきとして、愛でるのである。（一説には虹というのは龍の一種だという。雄を虹《にじ》、雌を蜺《にじ》と書き記して区別するのだ。)――しかし、今ではそれは既に色褪せていた。一見はただの薄荷飴のようで、少し呼吸を計って喉を鳴らせば、ひやりと飲み込んで了えそうな従順な肌合いに変って了っていた。燦きも薄れ白い水滴になり下がっていた。何百年ももがき続け石に封ぜられたまま、虹は呆けて力尽きとうとう憎む事に疲れ果てて了ったから。石は、もう輝かない。

だが、よく見ると死んだオパールの白っぽい斑文の中にも、動きを失って埃のように崩れ落ちた光の痕跡が残っている。それはまだ虹が生きている証拠なのだ。虹は死んではいない。ただ、眠っていた。

ところが虹はふと目覚めたのだ。多分、実につまらないことをきっかけにして。長い眠りののちに、虹は思った。――力も生命ももう残り少ない。あと少し、細々と生きるのに漸く足るくらいだ。とうとう自分はここから出られないままに死ぬのだろうか。これでは、死ぬにも死にきれなくなる。

虹は投げやりな気楽さで決心した。そうだもう一度だけ試みてみよう。どうせ無駄だが。せめて外へ出よう。生命と引き替えにでも、――石の内につぶれた爪を立ててさらにはたわめられた尾をうちつけ、虹は残った力を放散して憎み、動き、水色の石を破って外へ出ようとした。――すると皮肉なことにこんな瀬戸際に来て漸く、願いは叶えられて、石は粉々に砕け散った。虹はとうとう解放されたのである。だがそれはまさに裏切られた成就にすぎなかった。

力を石の破壊に使い尽くし、その時の虹にはもうこの後を生きる生命が尽きていたのだった。いや、あるいは虹は石とともに、石の中でしか生きられないような生命だったのだろうか。ともかく、外気に触れると同時に生物は死んだ。その肉体は水色の石と一緒に微塵に砕けた。この虚しい成功にあがきながら、死ぬ寸前の虹はこう思った――ああ、一瞬でももとの体に戻って死ななければ、石の内側で押し潰され、ねじ曲げられた卑屈な形のままにではなく――とはいうものの彼には石の外の記憶はない。そもそも、何時の彼にそんな自由な形があっただろうか――それでもともかく、彼は彼らしい形を思い出そうとした。石に封ぜられる前の本来の形を、空へ、朝へ、透明な大気へ顕して見せようと。だがそれは虹の考えていたような蘇りではなく、ただの転生にすぎなかった。

こうして彼は死んだ。こなごなに砕けた薄水色の石の中に彼の体も光の粒子に変って紛れ込んで了った。だが死の直後、彼の最後の意志はその粒子のあちらこちらに焼き付けられた執念になり、やがて少しずつもとの龍にふさわしい形に寄せ集まろうと動き始めたのだ。ところが、動けば動くほどその虹の名残りたちは、かつて憎んだ蛋白石のかけらから逃れ難くなった。そして、死後のぼやけて散乱した魂の名残りは、結局石の粒子ほとんどを取り込みながら幽霊ののり移った灰煙のように漂い集まり、最初望んだのとは似ても似付かぬ体の輪郭を、宙に浮かぶ石の霧のまとまりを造り上げた。するとそこに、ある形ができあがった。消えかけちりぢりに失せる寸前の虹の魂は転生後の自分の姿に、あれほど憎んだ石の色を身にまとうしかなかったのだ。虹は自分の体に驚いてこう思った。――こうしてみると私は空へ昇るべき生物などではなかったのだ。いや、かつてはそうだったのかも判らない、そんな形をしていたのかも判らないが、だが、今では闇の夜や林の中をふらつき漂い、人目を避けて翅を休めるだけの、ぼんやりした生にふさわしいこんな形でしかない。――青白い腹、震える触角、大気に溶け込みそうに影と混った水色の翅、生きているでもなく死ぬでもなく、転生した彼はすでに石の中の記憶さえも失っている。とはいえ、その水色の頼りない翅の上にさえも、やはり、真珠母ほどに薄められ勢いを失くして了ったとはいえ、昔の虹の、灰ほどの名残りは留まっている。それが、こういう名前を持ってもいるのだ。――オオミズアオ――Ｙは昔そういう事を思った覚えがある。

　要するにこれはきっと、そんな事情で羽化したばかりなのだ。だからどこかふさわしいところに留まらせなければ――電柱に身動きもしなかったオオミズアオの姿を思い出して、Ｙはその新しい青白い生物の翅を拡げてやると、四畳半の窓の、凸凹のある梨子地硝子の上に彼を押し付けた。ズボンをハンガーに掛けて部屋に干すついでである。Ｙは窓硝子にもふと触ってみた。その感触が晩秋の果物のようにひやりとするのは、洗濯物や翅の水気を吸ったせいばかりではなく、雨粒を含んだ風が窓硝子の向こう側にもう来ていたから——Yにはそれがその感触でも判った。

ここ数日雨の降らない日はなかった。洗濯場からズボンを持って上がる途中にも、Yは吹きさらしのコンクリートの階段の中程で立ち止まって、今晩も雨になるのだろうと予測したはずであった。その時には東の低い空から白い雲が湧いて、茶色い大きなアルクトゥルスにマユを吐くような触手を伸ばしていた。雲はもやもやとしてYの方にも、わけの判らぬ風を吹きつけて来たので、都合の悪い事をYは全部忘れて了ったのだ。

その日の、その雨の始まりには最初、軽く乾いた羽ばたきの音が交互にした。次にそれは少し間のびしたリズムで水をはねた。その繰り返しの合い間に何度かざっ、ざっ、と強い音が入ると、雨はやがて背後に波を持った単調なノイズに変って降り続けた。すべてゆっくりと近付いてきてYの頭の中を空白にした。脆く単調な音は部屋を取り囲んで自然に外界を遠ざけるのである。——遠退け、もっと静かになれ、世界中が雨に呑まれて消えて了え——Yは繰り返した。やがてYの頭は走査線の走るTVのように何も映らなくなった。それはただ、電源が入っているというだけの話なのだ。

硝子を通して雨の息遣いが部屋に染み込んだ。スタンドをひとつ灯してカーテンを開け放したままでいるものだから、梨子地硝子の向こうの世界は濃灰色の均一な闇に閉ざされていた。その硝子の上に影のような、一匹のオオミズアオが翅を休めている。——それでただでさえ時間の止まったようなこの一画はさらに一層ぼんやりとして了う。

古戦場跡を寺院が埋め尽くして、その周囲をさらに史跡と木々が取り囲んだ——そんな、古都のこの一画にYが住み始めてからもう五年になる。建物の前の路地には軽自動車も入れず、史跡の林を通してくる夜のエンジンの音は、人の泣き声や獣の唸り声にも聞こえたりする。Yはそこへ自分だけの部屋を確保する事に半ば成功した。といっても別に古都に定住しているというわけでもない。古都から電車で三時間ほどの海に近い神都にYの郷里はある。Yはそことここをどちらに属するでもなく、行ったり来たりする暮らしを続けているのである。

通常のYは、古都で労働をし、時間が空くと何日か神都へ戻った。そのうえ仕事の取引先は古都でも神都でもなく首都にあった。室内でできる、比較的他人と関わり合わなくても済む仕事をYは選んだ。するとできた仕事を古都から首都へと送り付ける、手間や時間を見込む必要があった。どうしても用のある時だけ首都に出掛けた。普段は古都にいた方がはかどるし相手方もその無理をきいてくれる職種だった。修業中の職人の不安定な身分は、勝手な生活ができる分明日にも糧道を断たれるかも判らないという心配があった。つまりただ単に思い煩う能力を欠いているので、Yは救われているというだけの話だった。いや、そんな力をこの一画が吸い取って了うのかもしれなかった。

職業の名前を首都に、血縁の名前を神都に置き、Ｙは名無しのままにここで暮らしていた。首都では用事を済ますと知り合いを増やそうとせずにすぐに帰り、神都では家から一歩も外に出る事がなかったのだった。先月、仕事が終わり、何ヵ月分かの生活費を確保したのでＹはそれだけでひどく安心し、一週間程も神都に帰った。そしてまだ何日間かぼんやりとしていてもよかったので、また降り続く雨のせいもあって、ここのところ海のことばかりを考えていた。

Ｙの暮らしを〝趣味の最低生活〟と呼ぶ人間も何人かいた。そう言われた時だけ、Ｙは自分の生活がどことなく卑怯なその場しのぎのものに過ぎないということを思い出した。社会や血縁や労働と小狡くバランスを取り続けながら、Ｙは自分が見たくないものから顔を反け続けて暮らしているのである。

そんなＹの姿勢を雨の音や木の戦ぎや何よりもＹの頭の中の海は、さりげなく包んでいた。

もうそろそろ海の姿が見えて来そうなものなのだが、――とＹは雨の空白から意識の戻った頭に、求めるものの映像を呼び起こそうとした。Ｙは様々な記憶や妄想を招き寄せ始めていた。雨の力でＹは、日常の大抵のことを忘れてしまった。

すると、いつの間にか数時間が経ってしまったのだ。オオミズアオは乾いて硝子から落ち、もう呼吸もしていない様子だった。しかも気が付くとすでに雨は止み、深夜だった。それでも青白いいのちの脅えは気配になり変り、雨あがりの穏やかさに紛れ込んで、室内をふらふらとさ迷っていた。

要するに数時間、Yはただぼんやりとしていたのだ。それは暑くもなく寒くもなく、静かで、起きていながら死体のような時。その間どこかで人間の歌声を聞いた記憶がふと浮かんだ。が、それさえもどんな声なのか忘れて了った。こんな時、Yの頭の中には時折、椅子の背もたれのように安易な音楽が流れるのだ。昔、この部屋を手に入れる前のYはそういう音楽を無視していた。

八時間寝て、朝からステーキを食べて、全身に行き渡ったエネルギーが音の攻撃で気分良く昂揚されるようなそういう音楽を求めていた。聞く側に腹の底からの笑いを呼び起すような、体力に覚悟のいる積極的な音を、以前のYは好んで聞いたものだ。

Yはもともと何かに憧れないではいられない人間であった。Yには憧れる力というものが宿っていたのだった。それがいつの間にかあらゆるものを憎むエネルギーになり変った。やがて、それも使い尽くされ、今では憎しみもぼやけ、気が付くとこの、部屋の中にいた。今の自分が世間からどんなふうに見えるのかYには判らなかった。ただ自分にとってならばそれは結局虚無の中の至福と呼ぶことができる気分なのではないかと、最近思い始めていた。次第に自分が、独りよがりになってゆくことには気付いていた。Yの言葉と外界の言葉とが少しずつずれてゆくようにも感じていた。

例えば、Yが今海——うみ、と呼んでいるものさえ他人の考える海とはひどくかけ離れていた。Yの頭の中にあるのはどこにもない〝海〟で、それはたとえや妄想や記憶で飾られ、ほのめかされる事があってもなかなか本当の姿を現さなかった。ただ〝海〟という言葉のもとに寄せ集められ、憧れや忘我を発光させるような力が、記憶や妄想のくっつき合ったかたまりがそこには眠っていた。つまりそれは頭の中の海、でしかなくそのような〝海〟は青く広く魚が泳ぐ、塩水のつらなりとは限らなかった。その上、人々が海に与える通常の意味、生命の源とか異界への経路という考え方も、Yの思う海には見出せなかった。それどころかYにとって、〝海〟はむしろエネルギーの終点にあたるものだった。ならばそれは、……。

海にそむく海？　いや、……実を言うと、一通りにそう言い切っても了えない。結局頭の中の海は混乱していた。例えば、ポプラの葉がいっせいに戦ぐ時の空気の、その一光年の先には〝海〟があった。あるいは一枚の真白なハンカチが二階の窓に出した手から落ちて、風にふわりと拡がる時にも海は見えた。要するに本物の海から離れたところで、Yは〝海〟を探そうとしたのだった。

何年か前、硝子の額の中に入れられた一匹のレテノール・モルフォの姿を、Yは混乱した思いで眺めたことがあった。モルフォ蝶の雄の大きな青い翅は夏の煩わしい西陽の中、輝いていた。

そこは知人の家の応接間で、Yはある耐えきれない話を聞かねばならぬ破目になって待たされているところだった。しかもその部屋にあった唯一美しいものといえばそれだけ、硝子の重い板に封ぜられて、斜めに入るあかあかした光の縞の下で、鱗粉を苛立たせるその蝶の死骸ばかりだったのである。Yは仕方なしに立ったままで蝶を見詰めていた。硝子の下で真青にぎらぎらして、少しも損われないその翼は、金属と瑠璃色硝子を溶かしあわせたような輝きを保ちながらも、どこかに目を反けたくなるようなちぎれた生肉の腐臭や厚みをも含んでいた。Yの知識ではそれは密林をはためく蝶であった。そのモルフォは二度と外気に触れられぬ自分の体から、騒々しく呼吸をする強い金色の陽を狂ったように押し戻して、かつては恣《ほしいまま》に吸って投げ返した太陽の力を、今はもう見るのも嫌だというようにわなないていた。すると、翅脈毎に微かに異なる光の断層が小波をたてた。珠を綴った古代の竜衣がカチカチと鳴る音のようにそれは思えた。輝きすぎ美しすぎ現世にふさわしくない青い翅は、陽に喚いていた。すると、――海が見たい、どうしても本当の海にゆかなくては――、とYは思った。そのくせ、目の前のモルフォそれ自体も〝海〟には違いなかろうと思えるのだった。その翅は輝いて青く、一面に反射にえぐられ瞬く波が見えた。そのまま伸び上がって海に変りそうな光、光……。

もっとも、モルフォの海はYにはなまなまし過ぎ、Yが思っている海とは少し違った。Yはあきらめたふりをしていた。だがモルフォはもっと正直でまだ苦しむ力を体に残していて、その蝶自身が自分の「死体の生命」を、今は憎んでいるのだということさえYに伝えた。

ともかく現実の海に、Yはどんな意味を与えていいのか判らなかった。それを都市や肉体と同じくらいに重苦しい、動かしようのない環境のひとつにすぎないのだと思うこともあった。一方、Yが探し出そうとしている海の姿とどこか似ているように思える時もあった。本物の海は記憶の中に何度も持ち込まれた。ある時にはそれがYの〝海〟に重なり、また別の時には〝海〟の対立物になった。帰省し、たまたま現実の海に向かう事があるとYはぼんやりした心持ちでそれを眺めた。そして古都に戻ると遠くなった海に安心して、海の水のひろがりだけを思い出した。

ある時、――確かに、水の量感という点でならあの海とこの海は繋がっているのだとYは思った。つまりいつも海については、最初まず水のひろがりのことを考えるから。

そもそもポプラも蝶の翅も、なるほど海を呼び海を仄光らせるがそれらが呼び寄せ明らかにするのは、結局とりとめのないこの大きい水。その水の連なりには輪郭がなく、どこの岸にも辿り着くことはできないのに別に閉ざされた場所だというわけでもなかった。そんな幻に存在感を与えるのがYは好きだ。Yは頭の中の海のとりとめのなさを、水という具象を通して摑もうとする。

それはどこかから押し寄せてきた力を持った水だ。もっともその力には意志があるのかないのかも判らないが。水は体液によく似ており、しかし体液と直接に混じり合う事はない。〝海〟は肌に寄り添う。一方、けして体とは混じり合わないのだ。なおかつその水は食物であると同時に排泄物でもあり、そこに浮かぶものを抱きとめるのと同じくらいに溶かし呑み込む。それは、――どこまでも均一な水が続いていて、つまりは距離と量感だけの世界だった。いや、その距離さえもしかしたらあいまいなものなのかもしれなかった。中心も方角も定められぬ水の、水平線は気の遠くなるようなかなたで静まりながら、そこと、Y自身の皮膚とはこの、捉えどころのない水を通して押し合っていた。

原型はこう、しかしただそれだけではあまりにも判らなさすぎて苛々する。自分がいったい何に囚われているのかを知りたいがためにYは、度々〝海〟の本性を招き寄せようとした。何度も繰り返し水だけを造ってみる。こんな時、雨あがりの湿度と高い空を走る風が味方になる。

その日のＹは現《うつつ》に肌に触れる肌寒い雨あがりの湿度をまず意識してみた。次にそれを風の形にして皮膚に教えた。

水の匂いを嗅ぎながら湿度を煮詰め、アクアマリンの波紋をいくつも思い出した。

さらに目の高さを一定にし、壁を突き抜けた遠くをにらむとそこに水平線を想定して、その線上を目の届く限り眺め渡した。風の涼しさを二の腕のあたりにまつわらせた。

ミネラルウォーターのビンをじっと見詰めて均一で透明な量感を想定し、その中にごく微かなうねりを加えた。次に髪の毛を浮かせるために、つい、と首を伸ばし、髪が持ち上がったところで水面に浮かぶ、光のミズクラゲのような斑文をいくつも思い出して、浮かせた髪と同じ高さで揺らせてみた。影のような水がゆっくりと動き出すと、量感を求めた。

口に含んだ飲料水の舌触りの滑らかさ、ひやりとしたのどごし。浴槽から手足を抜く時の皮膚のとまどい——さらに、水圧がいる。

腕を動かす。水の抵抗感でその重さを思い出すのである。うぶ毛に留まる銀色の霧のような泡のことも忘れてはいけない。

足を宙に浮かせる頃になるとＹの皮膚はもう勝手に働き始めた。皮膚一枚のところに生じた薄い水を積分しながら、体は無限遠方を想像するのである。ここでは、気合いが必要だ。一瞬の脅えののち、正座した足にあたる床が消え失せる。こうなるともう、何もかもを突き抜けて水はどこにでもあり、続いている。

Yは両腕を水平に浮かせて顎を反らし、あいまいな水のうねりをもっとはっきり受け止めようとして体の力を抜く。部屋はない。——しかし結局想像には限界が付き纏って了う。

いつもYはここで気が付かなくてはならなかった。水平線を見るYと水に浮くYとが必ずずれるのである。海を見るYはその海にあってはならない〝岸〟に立っており、水に浮くYの方は皮膚だけの存在になって了い見ることができない。頭の中にはYがふたりになり、結局視線を定める事にも水と自分の肉体を区別するという作業にも失敗するのだった。ここで、とりとめがなさすぎるのだと、Yは認める。

するとその掴みどころのなさを償おうとするかのように、海の果てから、そのぼんやりと光って丸くたわんだ水平線の向こうから海に与えられるべき、さまざまな意味や衣裳が、日や月や星のように昇ってくるのである。それらはYの〝海〟を別の角度からはっきりとさせてくれる。

もっとも、意味や衣裳の中にはその時かぎりで消えるものも多い。一方、〝海〟のあるかぎりなくなりそうにもないものも時にはあり、Yはそれをできる限り増してゆかなくてはならないと思っていた。

二十年近く、Yは映画館に足を向けていない。しかしYが最初に〝海〟として認めた海は映画の中の、スクリーンの上の海であった。それは母親に連れられて行った記録映画で、確か〝太陽のとどかぬ世界〟という題名であった。西部劇と二本立てになっていたものなので西部劇の方も少しだけYは憶えている。そこには兄弟のカウボーイと美しい樹木と黒インクで描いたような馬が出てきたのだった。そして兄弟のカウボーイの次男というのは酒場で自分の目玉を賭け、負けると義眼を取り出すという人物である。本物と間違えてか周りの人間はびっくりする。

〝太陽のとどかぬ世界〟は深海を撮影したものであった。Yの記憶では映画が進行するにつれて画面は深いところへ、海の底へと近付いてゆくのだった。その映画の中でマリンスノーという言葉をYは憶えた。さまざまに登場したはずの魚や海草のことは忘れて了った。

いつの間にかYの、記憶の映画館は深海の水で満たされていた。スクリーンの上では、暗くゆたかでもやもやとした海の底の、陽を知らない冷たい水が呼吸するように動いていた。いや、水それ自体の動きは判らなくとも、呼吸を教え示すものがそこにあった。——画面いっぱいに、Yの心をおののかせて、水中を浮遊する小さい白いかけら。

それは銀河に目をこらすと現れてくるけむりのような星屑のむれにも、また無数の流星群のようにもYには思えた。つまりかつてはあらゆる意味を持ったただの埃だった。微細な白い破片は、ライトで漸く藍色に変えられている、無意識のような海の底を漂うのだ。マリンスノーについて、ナレーションは海の生物の死骸だろう、と説明して、しかしながら正確な正体はまだ摑めていないのだと付け加えた。――さらにその直後、Yは深海のカニを見る運命になった。それは歪んで了った記憶の故なのかも判らないが。

ともかく、カメラはさらに深いところに移った。説明が続いていた。〝ここはまっくらやみです。ここが一番深い海の底なのです。……ここには、何もおりません。ただ深海に棲むカニたちがいるだけです。〟

暗いガレージに入る車のライトのように赤黄色の濁った縞が水底を走った。カニは赤かった。群れていた。はさみと甲の間には深海の歳月が、陽の射さない水の圧力が蟠っていた。群れはどこまでも続き、光の端では黒く、溶けた岩のようにしか見えなかった。カニたちは海の水の中で盛り上がり内臓や肉や殻を保っているのだった。ナレーションは続いた。

〝もしも、今ここにこのカメラが降りて来なかったら、このカニたちは一生光を浴びることなく暮らしたのです。〟

眠れない夜、Yはその画面のことを時々考えるようになった。最初は恐ろしすぎて心に焼き付いて了ったのだとしか思えなかった。しかし年月とともにその意味は少しずつずれて行った。十年以上経っても一年に一回は思い出すのだが、そのたびに恐怖というよりは変に魅力的なものに変っているのである。気が遠くなるほどの彼方にいて一生会う事のない、しかし確実にそこにあるもの、一生に一度それもほんの偶然で光を浴び、しかもそのことがそれ自体にとってはまったく無意味なもの――但し子供の頃、それは純然たる恐怖だったものだ。海の底のことを思い始めると体は動かなくなり、時間割をあわせることも、昆虫や玩具への偏愛さえ意味を失くした。予防注射の痛みを忘れるほどに、Yは海の底の眺めに脅えたのだった。

映画を観て二年以上も経った時のことであった。学年が変れば人格が変り、前のことは一切忘れて了うような年頃である。行進する鼓笛隊のひとりとして、Yはアコーディオンを演奏していた。あわせて百五十人ほどのドラムと笛の音にかき消されて、たった七台のアコーディオンの音は殆ど聞こえなかった。

もう三十分以上もYは歩き続けていた。体は少しも疲れていなかった。指は覚えているだけの曲を決められた通りに、演奏し続けていた。少し風邪気味で半袖の白いトレーニングシャツでは肌寒くて、しかしそれもたいして気にはならなかった。歩くことも動くことも前を見る事でさえも、すべてが自動的に行われていた。周囲にはYと同じに肌色と白の動く壁があり、それは歩いても歩いてもなくならなかった。ところが、……。

同じ曲が何回目かに廻ってきた時、Yは自分のアコーディオンがきちんと鳴っているのかどうかを疑問に思い始めた。最初の一、二曲は楽器に耳を傾けていたつもりだったが、同じことを何回も繰り返しているうちにドラムの音しか聞こえてこなくなって了ったのだ。なるほどアコーディオンはドラムのすぐうしろだったからよく聞こえるわけだが、それにしても、Yはやはりどうかしていたのかもしれなかった。目を上げると、……人の中を進む行進は曲がり角にさしかかったところだった。ドラムのさらに前をゆくバトンガールが銀色のバトンをてんでんばらばらに放り投げた。それらは右から上がり左へ落ちて行った。その眺めを何かの区切りのように思って、Yは自分のアコーディオンに顔を寄せた。

そしてYは自分が今何を弾いているのかまったく判らなくなっているのに気付いたのだった。

すると、Yはうろたえて足がもつれた。背後にはずらりと槍ぶすまのようにスペリオが光っていた。最後に指を当てた鍵盤の音が何だったのか覚えていない。何をどこまで弾いていたのかを思い出せぬまま、左腕だけは音を送り続けたので、Yは何度も同じ鍵盤を叩いて同じ音を出し続ける事になった。しばらくすると、その音だけがYの耳に漸く届いた。いつしか足どりは乱れ、よろよろと追いたてられるようにYは歩いていた。晴天であった。ドラムがわめきたてるただ中にいてYの出した音が、どこかどんどん遠くへ行って了うことにYは気付いた。沈んでゆくのだ、とYは思った。足取りはまもなく取り戻せた。だが音はどこまでも沈んで行くのだった。そして例の言葉を、――。

ここには、ただ、カニたちが――Yは思い出した。体中の骨がばらばらになり、音と一緒に深い海の底に引きずられてゆく、と、Yは思った。――なぜ忘れている時はあんなに平気なのだろう、今は世界のどこを探しても確かなものなど決して見出せないような気がするのに。こんなところでいったい何をしているのだ。だって、あのカニたちにとってはYたちが何をしようがまったく無意味なのに。

行進が終わると、Yはひときわ高く笑い声を上げ、何かわけの判らないことを叫びながら、一度も口をきいたことのない下級生の女の子にしがみついた。感動したわ、と言いながらYは頭を振り息が切れるまで無理に喜び続けた。下級生はぼんやりとしたまま困っていた。相手が困っているので、Yは自分など死んで了えばいいのだと思えてきた。

結局アコーディオンの失敗に気が付いたものは、右隣りを歩いていたピアノの上手な女生徒だけであった。はしゃぎすぎだと言ってYは教師にたしなめられたがその間も、もう鳴り止んで了ったはずのアコーディオンの音は、Yには聞こえなくなるような遠くの方へ、やはりいつまでもいつまでも沈んでゆくところだった。

あの音は今でもまだ沈んでゆくところだろうか。——と十四、五歳の、日記をつけ始めたころのYは時折ノートにそう記した。深海から吹く風、という矛盾した感覚にその頃のYは囚われ始めていた。触れたことのないものとのつながりを保つために、Yは冷えびえした暗い風が海の底から湧き上がってくるのだと信じたのである。

そんなにまでして深海を招き寄せたいほどに、いつの間にかYの中で海の底の持つ意味は変質していた。

そのころ、何もかもが心配であらゆるものが恐ろしいとYは思ったのだ。完全でないものが嫌いになっていた。自分が何か不始末をしでかし両親がそのために追われるかもしれないという恐怖に、いつも囚われていた。保つ、という事が何もかもいやで、服装を覚えられる事や人前で本名を呼ばれる事があると、明日にでも殺されるのではないかと思った。人はみな食人鬼で動物は伝染病だらけだという妄想に追われた。夏が好きだったが、夏が来てまた去ってゆくことを考えて了い、初夏にさしかかるころにはもう夏の終わりがくる事に脅えていた。美しいものは壊れるのが恐ろしいので見たくなかった。

友人は失うのが怖く、また失わずともお互いに拘束し合うもののように思えたので作らなかった。いや、どうせできなかった。

何もかも壊れて了えば安心になる。――偏った考えにYは閉じ籠るようになっていたのだった。それ故にYは深海を思い出した。――自分がどんなに不幸になったところで、あのマリンスノーたちには何の関係もない。そしてアコーディオンの音はいつまでも、まだ沈み続けている。

深海の風の吹く瞬間だけYはあらゆるものを笑い飛ばせた。海の底と背中合わせに暮していると、自分の背中から世界が壊れてゆくのだと信じられた。そのくせ、そんな考えは迫害されるもとだと、余計に脅えたりもしたのだった。

一番暗いものが一番安心、そう思いながらYは一日一日をやり過ごした。しかし奇妙なことにその暗い安心、海の底からの風に長く吹かれている最中、Yはなんともいえぬ浄らかな明るい気分に導き出された。理由は判らなかった。心にバランスのようなものがあるのかもしれない、暗い気分と明るい気分はいつも対になっていなくてはならないのかも、Yはそう思ってそれだけで世界を理解できたように信じ込んだ。というのも明るい気分は暗い気分なしには楽しめず、またその明るさの中にもどこかにマリンスノーの漂う気配が見てとれたので。

この件について、自分でも気付かない意識の底の方で何らかの解決がなされたのだ、とYが考えるようになったのはもっとあとの事で、その頃のYは自分の矛盾した感情を偏った世界観にあてはめては、非常に論理的に心が動いているのだなどと納得していた。何かが起こったのは確かだった。だがそれが何なのか納得できたのはずっと、後になってからで。

ある時〝海〟を想って、頭の中の水族館にYは出掛けてみた。

記憶を順に追わねばうまく辿り着けないので、最初はまず郷里の家を出るところから始めていた。つまりそれは所詮過去の話であり遠く離れてもいるため、ところどころが夢になって了い輪郭も色合いもぼんやりしていて、でも覚えているところもあるというレベルだったのだ。そんな記憶によると、現実に出掛けた日は午前中ずっと曇りだった。二十畳の居間の四枚の硝子戸越しに、雲の向こうの太陽が滲んでいた。季節は冬だ。夕方のような朝、なにもかもが静まり返ってこちらの出方を窺っているうっとうしい空気。

黒いコートを着、Yはチャイムの鳴る鉄のドアを開けた。ガレージを横切って肌色に塗った鉄門を少し開く。そのころにはもう朝の冷気が脳に染みわたっている。灰色に乾いたアスファルトの道に出ると、その道は自然に水族館の入口に続いていた。なぜか季節外れにも、近くのテニスコートからアナウンスの音が聞こえてきた。テニスコートの周囲を通ると金網にはヤブカラシが枯れたまま纏わり付いていた。

Yは坂道に出て、そこを下りると八メートルの道路を駅へと歩いた。

坂道を下りたところに小駅がある。砂利の広場に囲まれたモータープールが白くがらあきのまま、少しも発展しない閑散とした駅であった。昼間なのにそこには防犯灯が、歪んだ鏡のようにともっていた。

電車は音もなく滑り込んで、いつの間にかプラットホームに立っているYはそれに乗り込む。中には誰もいない。仮に通路に寝転んでも窓硝子を叩き割っても、本当にそうしたのかどうか判らないほどに静かな無人電車。動く電車の窓から、自分の家の裏側にあたる、赤土の切通しをYは認める。それで坂道を下りてきたのだと納得する。

やがて景色が少しばかり明るくなり、窓硝子に寄り添うように立ち上がってくる。硝子は光の縞に埃の輝点を浮かせ、畑の凸凹がはっきりし始めると山や家や林が細密になった。瓦ははっきりとした輪郭を持ち、立木ははじけて分かれたようにくっきりとして、それぞれ枯れた枝先を尖らせるのである。同じような景色がしばらく続くと一度山に入る。崖の間を抜けると景色は平坦になり河口に出る。駅。次の駅。次の次の次の——目を上げると白いビルと緑の島との間に、レテノール・モルフォの翅のようなぎらぎらした明るすぎる海が流し込まれている。Yの視線は一瞬それにこだわりはする。しかしそれはYが探している海ではない。

Yは再びプラットホームに立つ。体の両側から来る直射日光に身をすくめながら歩き、駅の折れ曲がった階段の中を、カタツムリの殻の中を行くように迷って、出口を探す。ひときわ明るい二十メートル道路の信号を渡り切って振り返ると、道ひとつ隔てたところに海が見えた。するとそれは灰色の、何の変哲もないただの海だ。

さて、ここからなら、……水族館に行く道もその形もすぐに思い出せた。倉庫を寄せ集めておいて周囲だけを低く真白な塀で囲んだような、建て増しでいびつにふくれ上がったコンクリートの建物、桟橋を渡ってYは入った。見ると三方を建物に囲まれた小さな空地で、宝貝の笛を売っている売店がある。滑らかな卵のような貝たちがつやつやした白や茶や斑のもりあがりに光を仄走らせ、タカのヒナのように残酷な声で鳴き立てる幻をYは聞いた。

昔、Yは車に乗るとひたすら眠り続ける子供だった。そうでない時は酔う。家族と車に乗って出掛ける時、海ぞいの土地を通ることでもあると、彼らはなんとかしてYを起こそうとし、海、という気分の良くなるものを見せてくれようとした。深海映画を見た夜、どうしても眠れなかったと言ったYの言葉を両親はそれからずっと覚えていたのだった。

うしろの座席にYは母親と共に体を投げ出していた。シートや窓硝子は情容赦なく物の重さや固さばかりを主張し続け、乗り物はいつはてるともなく動き続け、ついさっきまでありふれていた〝外の空気〟も銀色に輝いて手が出せなかった。ひたすら外気を想像するしかなかった。それで窓を開けてもらっても、排気ガスをかき回した粗っぽい風しか入らなくなっていた。クッションにしみ込んだ車の匂いに胸はむかつき、上顎には乾いた唾の味しか残っていない。体は車の振動とスピードを受けかね、寝返りを打つ。楽になりたい。だがどうしても肉体は取り除けられない。眠ろうとする。眠っている間は外に出ているのと同じだからだ。しかしそんな時は誰かが肩を叩き、運転席から父親の声が聞こえたりする。——重苦しい体には相手の気持ちは伝わらずただ眠たかった。

ある時、現実の海は硝子越しに眺める大きな灰色の影に過ぎなかった。またある時、それはコンクリートの堤防の向こうに続く、目に痛い光の斑のつらなりに過ぎなかった。展望台から見下ろす白い浜も、遠浅の海岸がどこまで続いていたところで水とは思えず、打ち捨てられた汚れた布のようにしか見えなかった。嘘つき、と叫んでテーブル掛けをめくるようにぱっと取ると、その下から凸凹の土や砂が現れるような覆い布だ。そんな岸にはたいていごちゃごちゃした白や茶色の家が連なっていた。要するに家族といる時に見る海は決して〝海〟などではなく〝家族〟だった。それと同じに現実に目の前に見える海は決して〝海〟などではなくただの〝現実〟に過ぎなかった。

その年、自分がいったいなぜあんなに楽天的だったのかYには今でも判らないのだった。

小学校二年から三年間夏休み直前の短縮授業に入ると、運動場には海行きのマイクロバスが来るようになる。その前年のYは車酔いをこらえながら連れてゆかれただけだ。だいたいが面白くないことばかりだった。もともとYには友人はおらず、砂は熱く海は汚かった。ただ記憶の中にはもうひとつ別の世界があり、その中では海はきれいだった。しかしそれが現実ではないことにもYは気付いていた。要するに、その年は特に暑かったために、Yはだまされたのだ。

もっともその時点ではこれが〝進歩〟ということなのかもしれない——とYは考えてしまっていた。

その夏は、……Yたちの小学校の真白なペンキ校舎も、一寸運動場から浮き上がって見える程に強い光が、七月に入った時から毎日続いた。建物は太陽から吸った熱気をまき散らしていて、校舎の前のソテツがおそろしく勢いよく見えた。運動場の砂は風に舞い上がると炎の気配に変り、夏休み帳に書かれた〝午前中の涼しいうち〟などという慣用句が意味を失うほどで、Yは多分そのような熱と光に目が眩んでしまったのだ。

その年に限り、〝人を疲れさせる面倒な行事をどうしてするのだろう〟という前年のような考え方が、Yにはどうしてもできなかった。〝海へ行くのだ〟とYは思った。いかにも世界がひっくり返りそうな予感。だが前の年は何でもなかったことがどうしてこんなに変って了ったのかと、そこを不思議に思うだけの分別はどうやら残っていた。しかしその一方で、強いて〝判ってきたのだ〟とYは思い込もうとした。自分は〝海〟や〝夏休み〟

を理解し予想し、対処ができるようになったのだと。いままでは判らなかったから楽しめなかったと――それまでのYには夏休みも〝ないよりはまし〟という程のものでしかなかった。

その頃、みんなが喜んでいる時にひとりだけぼんやりしていて、仲間からはずれて了うのがYであった。悲しい時にもまったく同じだった。そのくせ時間が経って事情が漸く理解できると、また頭の中で思い出す事でもあると人一倍、泣いたり笑ったりもできたのである。ただ〝現実〟の前に立つとYはぼんやりとして了った。

要するに、Yはその年の強すぎる光のために誤解したのだ。時間が経たなくとも、記憶にならなくとも、現実のままの海や夏休みをそのまっただ中にいて受け取れるかもしれないと。例えば受け取る準備をして待っていればそれはうまくゆくかもしれない。去年のつまらない海はそのためにあった。つまりあれは練習で今年が本物なのだ、Yはそう信じた。

バスの中でYは車に酔わないようにできるだけはしゃいだ。十分程の道のりでは眠るわけにも行かない。元気すぎるくらい元気だった。降りて少し歩くと磯の匂いがした。おや、海のかおりがするとYは思った。そうすると海から風が吹いてくるところなのだろうか、――珍しくきちんと現実に向かい、物を考えている自分にYは満足した。どうやら世界が全部〝判る〟らしいのである。いつもなら磯の匂いはサザエの殻を捨てる時の匂いだった。さもなければ煮詰まった汗が乾く時のようだなどと思ったかもしれなかった。ところが今年は違う。

物と名前がきちんと支え合って世界がスムーズに動いていた。しかしそこに気を取られすぎたため、Yは結局着替えて外に出る時一番遅れた。

そんなYに見えたのは砂浜が途切れがちの、アオサとヤドカリの多い岸だ。境界線が判るほどに黒い水が来、絶えずどこかの工事の音が聞こえてきた。そのせいで子供たちの笑う声も騒音のけずりくずのようなものにしか思えないのだった。オレンジ色のブイが光っていて、そこが〝深い〟ところなのだという事もYは理解できた。

八十人の生徒たちが型通りの注意を受けて準備体操をする中、珍しく力いっぱい動作をしながらYの過大な期待はさらにふくれあがった。そもそもその年既にプールにも何回か行っていた。そこでのYは七メートルも泳げたのだった。むろん、海水は淡水よりももっと浮くのだ。――百メートルは軽い、とその時すでにYは信じ切っていた。その証拠として、現実の海が目の前にちゃんと拡がっていた。

Yは歓声を上げながら海に走り込んだ。が、足首、膝、胸、首までゆくと少し恐ろしくなったのでそこで止まった。おや、この感じは以前にもやはりどこかで出会ったようだ、と少しばかり冷静になった。

仕切りのない水の手応え、絶えず砂に濁ってやわらかくもやもやした不気味な底、もぐれば鼻の穴から脳髄に染み込む水の勢い。それでも皮膚はすぐに夏の水温に馴染み始め、水が異物であることを忘れようと……。

しかし人間の意志に逆らう水の動きだけはどうしても取りのけられない。浮こうとして、その度にＹは水それのみではない意志にひっかかるのだ。これを知らなければならない、多分、これが海だ、と結局気が付く。

こうして百メートルのことなどＹはすぐに忘れた。それよりも七メートルの泳ぎにある技術を付け加えようと試み始めたのである。ともかく首を水上に出して、目を見開き、呼吸もしなければならないのだと。海に浮いている自分、をＹは確認しなければと思ったのだ。そうすれば余計に海が判るのだと信じ込んでしまった。なるほど、皮膚の下の血や肉は反射的に海の動きを押し返して働いているのだし、蒼黒い水面を腕で叩けば潮の手応えも水の肌合いも手に入るけれど……、しかし、手に掬えばざらついた光の粒子が混ぜこまれた海の水もいつの間にか透き通ってありふれた塩水になって了う。第一、もぐれば何も見えない。これでは判らない。つまり、——ただ眼球のところにふたつの丸い光があるばかりであまりの痛さに直ちに目をつむって了うことしかできないのだ。

水から首を出し、海を眺めて、海を認める。しかる後、水面下に自分の体が隠れている事を理解すればよい。そうすると〝海で泳いでいるＹ〟はぴたりと言葉に合って理解できる。

　ところでその頃Yが〝泳ぎ〟と呼んでいたYのもがき方は、ただ顔を水につけて犬かきまがいに手足をばたばたさせ、次第に沈んでゆきながらいい加減なところで立ち上がるというだけのものであった。要するに息を止めるのだけが上手なのだ。

　まず、何回か練習しなくてはならなかった。ともかくその日Yは浮きながら水の上に首を出すことに成功した。呼吸とタイミングを手に入れると今度はできなかった時の方が思い出せなくなった。

　自分がはね上げた水の向こうには蒼黒い水面、それは大きなむく犬の背のように波打ち続いている。首から上は空気の中で強い光にさらされていて、首から下がかなり強い水の動きに押されている。息を吐き顔を上げるたびにYにはそのすべてが感じられた。そうしているうちに空は大きな透明なドームに変って騒音は勢いを削がれてゆき、ゆれる水面以外のものは不確かになってゆく。そんな視野の中に、――海ではないものが飛び込んできたすぐに判った。

　目の前にきた大きな波をうまくよけると、Yはその波の中に天から降ってきた赤い美しい何かを見付けたのだった。光りながらそれは浮き沈みし、波間に顔を出すとプラスチックのように明るく単調な肌理を輝かせた。意外に遠い。慌てて手を伸ばすと同時にYは沈んで了い、気がつくとそれはもうどこにもなかった。しかしやがて、浮きながら周囲を見回して待っていると次の波と一緒に戻ってきた。

Yはそちら側へ体を投げ出すようにして水に倒れ込んだ。再び手を伸ばした。思いのほかにふわりとした感触を片手でうまく掬い上げる事ができた。何もかもが上出来の日だと思えたのだ。そこで片手で宝物を高く差し上げ、取った、ということだけを考えて浜へ走った。砂が熱く、歩くことで強風が余計に美しく感じられた。帰り支度が始まっているところだったがYはかまわず、人の輪の、別のクラスの方へとためらいなく走って行くと取ったものを砂の上に放り投げた。それからわざと平気そうな顔付きで二、三歩離れた。両手をだらりとたれて無感動を装っていたのだったが心臓はとうに躍り出していた。なに、これ、と誰かが言い、ひとりがしゃがみ込んで観察しようとする。その背中をYはまた観察した。だから次の瞬間に子供たちの姿勢がこわばったのもすぐに判ったのだ。

かがんだ男の子はすっと立ち上がるとまず首だけを横に向け、それから全身の向きを変えると体をふたつに折って静かに吐き戻した。Yは人の輪を押しのけてかがみ込んだ。

天の賜物は結局、水を吸ってふやけた、真赤なままで腐ったトマトだった。それは数本の長い黒髪をまといつかせ、ヘタも不思議と原型を留めていた。表面は変にぴかぴかして崩れもせず、そのくせ、内から灰色のカビの固まりが吹き出そうな、半分つくりもののような腐り方であった。種が透き通って見えるほどで、灰色の泡がヘタの周囲に浮いているのだ。Yはそんな変な腐り方を見たことがなかった。

自分の右手の指の間にさらに一本の髪の毛が絡み付いているのを発見し、Yは顔のところへ不自然に手を持って行った。すると思いがけなく、やはり嘔吐しないではいられなかった。

布団の中で両手を大きく伸ばしたままYは海水のゆらぎを至福にした。目を閉じると目蓋の裏には薄緑の濁りを宿して水中の光が残っており、足と背はふわりと浮き上がって、また急にすとん、と落ちるのであった。それが繰り返され、布団に戻る度にYの意識はねむりに近くなった。手は百数えるまで水道の水で洗い海のきれいなところだけを記憶に取り込んだため、トマトのことはもうなんでもないのだと思い込んでいた。そのくせそれから七年と三箇月の間、Yはトマトだけではなく、アンズやサクランボさえ食べられなかった。

今、海から遠く離れたこの一室で、……おとなになったYは体を丸め、口の両端を少し上げて目を細めている、最中であった。穏やかな表情を作っているのは実は頭の中の水槽に向かって、ジュゴンの顔まねをしているところなのである。うずくまりながらも気分をゆったりとさせ、盛り上がった目蓋の下に視線をこもらせておくような目付きをしてみるのもそのつもりだった。

水族館の水槽の底にジュゴンはいた。つくりもののように真白で中までもねっとりと白くできあがっているような、焼く前のパンのような大きなかたまりの海獣であった。が、体は大きくても目は小さい。それはやわらかな粘土の上に、減った鉛筆の先で軽く押して作った穴のようだ。そんな目が体に埋め込んであって、そのくせその目と体とのバランスは取れているのだった。——まずは腹が地につくほど太った白牛。牛と違うところは、顔の造作が水にぼやけてなくなって了ったところである。表情だけがはっきりとしてそこにあるのだ。同じ表情をYはどこかで見た（それにしても水上で授乳する写真とはひどく違っていた）。

中年というには少し若すぎる、しかしよく太った、大柄のぼーっとした鼻の長い唇の厚い人間をYは思い出した。男だか女だかは忘れて了った。通行人だったか知り合いだったかどうかも思い出せないのだが、いたことだけは確かという記憶である。

その人物が笑うと小さな造作からは想像もつかないほど大きな表情皺が頬骨に走った。だが高く大きな頬骨の上の肉は血色良く盛り上がっているため、その皺も元気で美しくつやつやと光っていた。それで本人が幸福かどうかは判らなかったが、彼（または彼女）を眺めていると誰もが安心なのんびりとした気分になるのだった。——しかし、顔に栄養分を全部取られて了うためなのだろうか、その人はひじの飛び出た腕と節の高い手、曲がった貧弱な足をしていて、なかなか頭を支えきれないようにも見えたのであった。彼を水に浸けると全身に栄養が行き渡って完全にジュゴンのようになるかもしれなかった。

頭の中の水族館の水槽の前でYは十分程そうやってジュゴンを眺めていた。しかしジュゴンはぴたりと体を静止させたまま銀色の円盤のような盛大な泡を吐くばかりで、別にこっちに関心を持つ様子はなかった。そのくせ自分だけで満ち足りているというふうではなく、安静故の不幸とでもいうべきものを、抱えているのだとYには思えた。まったく小山のような壁のようなジュゴンだった。浄らかな冷淡さにYは惹かれた。

しかしその一方、とYは急に我にかえって焦り始めた。確かに、こちらに関心を持った生物もいたはずだが、そしてその関心もジュゴンの冷淡に劣らず、浄らかな関心に思えたのだが（でも思い出せない）。

水族館の横を走る二十メートル道路は埋め立てられた海で、道の下には水路が通っている。館は運河のほとりに建てられていて、そこから水を引いて生きものを養っているのである。それは陸でもなく海でもない奇妙な場所のようにYには思える。三方を建物で囲まれた水族館の庭から、その建物の中に一歩入るとすでに、ひやりとした海の底の静かな眠りの気配が足にまつわりつくのだ。順路と示された階段を登ると、明るく乾いたコンクリートの床の上を水の匂いが流れてゆき、仄暗い中に蛍光灯で照明された水槽から来る、薄白い光のまだらが漂うのである。静けさの深部に踏み入るように歩き続けると階段は曲がりくねって、やがて自分がどこにいるのかが判らなくなる。ただ、廊下の両端に水槽のあるどこかにいるのだと、外界から隔てられた場所にいるのだとは判るのである。

何と何と何を見たのだったか、数え立ててみるのもいいかもしれないとYは思った。浄らかな無関心と透明な関心の間に、どうしても思い出せない、都合の悪いなにかのひっかかりができている気がする。肝心の、こちらを向いてくれた生物のことがぼやけている。そこでただ水族館を思い出すという楽しみにまたYは逃れ込むのだった。

さまざまな水中の生物をYは眺めた。泥岩の肌に大きく裂けた口をし、ウツボに似た、しかしウツボよりも大きな顔の恐ろしい、暗い体のオオカミウオも見物した。オオカミウオの目は鋭くて顔は強張り、海も水槽も同じことだという顔付きで環境の変化を無視し続け、閉じ籠り続けている様子だった。そう言えば、——非常に珍しい、という注釈が付いているのに、他のエビとどこがどう違うのかさっぱり判らぬごく普通のエビが、水槽の中に一匹だけ大事そうに入れられているところも通り過ぎた。そのエビの動き方は忘れて了った。

細長い優勝旗のようなアロワナもいた。短いふさ飾りの形の鰭をそろりと動かし、頭をかしげ腹をたわめ、尾を戦がせ、少しずつ筋肉を順送りにするように狭い水槽の中を旋回した。水槽の中の水は魚に従っていて、いれものが狭いというよりも彼が育ち過ぎたのかもしれなかった。アロワナが動くと虹色の内臓を透かして見せるように、内側にいろどりを籠らせた白い体の上には、真珠母のかすかな光のくずが走るのであった。

グラス・キャットという名札の水槽にいたのはほんの数センチばかりの、絶えず産卵し続けているかのようにぴらぴらと尾を動かす小さな魚だった。（もっと大きく育つものなのかどうかをYは知らない。）胸のところに灰色のもやもやがあるばかりで、あとは真黒な骨を透かす透明な身を持つナマズである。一番強い照明を当てられ鮮やかすぎる緑の水草の入った水槽にいて、その幽霊のような魚の口はエサを呑み込む時だけくわっと開く。以前この種類を家で飼っていた時、二センチほどの白雲山魚（ホワイトクラウドマウンテンフィッシュ）が死にかけているのを半分まで口に入れて、残りを口からはみ出させたまま泳いでいるところをYは見たことがある。しかし、――ここでYはふと、我に返った。水族館を〝海〟とYは呼んだ。だがグラス・キャットもアロワナも確か、真水の魚ではなかったのか（その他には……）。

バイカルアザラシ——淡水に住むそのアザラシの馴染み薄い名前をYはあるひっかかりと共に思い出した。しかしYにとってどうしても彼らは〝海〟にふさわしいものとしか思えないのだった。ところが本当は淡水の湖に住んでいるものだ。

そのアザラシの大きな目は真黒であり、〝海〟そのもののようにデリケートだった。〝見る事〟が傷付き易い水気の多い器官に支えられているという恐怖を、ひとしお募らせる濁りのない瞳の、目の下の肉も他のところも、眼球と同じ、漆黒のアザラシ。一メートルより少し大きいくらいのそんなアザラシが四匹、長さ十メートルくらいの水槽の中に暮らしていて。えくぼのような頬の影、やわらかな顎。そのくせ吻は太く鼻は顔のバランスを崩すくらいに無骨である。そのすわりの悪い造作と生真面目なまなざしのため、彼らは悲しみの表情を浮かべていると見えた。個性的な顔の犬の中にこういう表情のがごく稀にいたのではないか、とYは思い出そうとしてみていた。〝なめらかな犬〟は漆黒にふさわしい優雅な泳ぎ方をしていたのだった。

アザラシは水槽の短い距離の間を、ただ水面に首を突き出して行ったり来たり、水に象られた紡錘形の体は、水面に首を押しあげられてなんなく浮き、ツイツイと水流を作って進む時には、尾や肢が却って水に従っているもののようにも思えるのだった。潜って泳ぎ、頭を引っ込めて魚雷の形でくぐってゆく時もあった。水槽の端までくると尾のところに水の力を何秒か貯えるようにし、ほどなくすらりと向きを変えて泳ぎ続けた。水上に出したところは少しも泳ぎには使わないらしく、水から生えている首と肩とを使ってこちらを見た。首を動かす機会が実はあまりなくて、退屈だから、それで案外こちらを向くのかもしれなかった。

というのも、硝子窓の中程までくるとそれまで進行方向をむいていたアザラシの頭がごく自然に動くから。——泳ぎと同じリズムでツイと首を伸ばして曲げると、硝子越しにYの方を見るだけなのである。しかしその動きもデリケートなものにYには思えた。こちらと向かい合う時、吻と鼻を少し上向きにしながらYの方へ一層首を伸ばして来るのが、淋しさを表しているのだと思えたりした。しかし水を注いだ黒硝子の容器のような、彼らの目とまともに向かい合うと、Yはどうしてもその度に顔を伏せるしかなかったのだった。ところが一匹が何度かそうしてから、水槽の奥の方につくられた岩の形に造った陸に上がると、別のアザラシが水に降りてきて同じようにする。別に観察しようとするわけでもないらしいのだ。ただ、他のものがいるから無心に見ている。他の何かがいることを肉体ではきちんと意識しながら、心は動かさない。希薄で静かな、きよらかな関心なのだとYには思えた。

ところが、ここで、——Yは以前、ゴマフアザラシの子供が唸り声を上げて木ぎれに嚙み付いた場面をＴＶで見たような気がしてきたのだった。あの硝子がなければやはり猛獣なのだろうか。すると頭を引っ込めて水にもぐった時の、バイカルアザラシの顔が思い出せなくなっていた。

困っていると、部屋の中にいるＹの頭の中で細く遠く女の歌声が流れ始めた。甘ったるい歌だ。そのくせ変に鋭いところもある。遠くて、きれぎれで、穏やかさが毒になるようでいつ果てるともない。Ｙは思った。するとこれが今の自分のテーマだろうかと（……思っているうちに結論が出ていた）。

結局、Ｙにとってバイカルアザラシこそ頭の中の海にふさわしいものだった。例えば彼らこそはこの星の先住者の子孫かもしれなかった。知的で、高等で、人間など足元にも及ばぬような理性と、水から生まれた独特の美意識を持ち、水と共棲しながら進化したのに、どういうわけか滅んで了った哲学者である。それはエネルギーの終点としての〝海〟にすでにいた者。進化の完成とわけの判らぬ悲しみを持っている一族。――限られた場所に、ある湖の一部にだけ生息する珍獣であるという説明が彼らには与えられる。でもそれは結局、淡水のアザラシと呼ぶしかない。するとＹの〝海〟はまた一層歪んで了ったのだろうか。――硝子の破片の上にうっかり手を置きかけたような恐怖に襲われ、Ｙは静止し、それから低くうめいた（が、Ｙは負けなかった）。

要するに、——彼らは海への道を断たれたのだ。もともとは海に住んでいたはずの生物なのに——Yはバイカルアザラシについてそう強弁した。——誰か、もっと強い種類があのアザラシたちを淡水へと追いやったはずなのだと。海獣だった彼らは海を追われて減ってゆくしかなかった。

おそらく彼らはYと同じように、真水に住みながら今も〝海〟に憧れているのに違いなかった。

最初その種族は海に繁栄した。しかし今はわけの判らぬ悲しみと、至福といえるほどに純化された憧れだけが残っている。——ちなみに何の資料もなく、どんな科学的根拠もなく、Yは勝手にこのように納得して安心しただけである。それでもこれで〝海〟は海らしく保て、アザラシをそこに結び付けることができた。

しかし奇妙なもので、あの水族館に行く前、Yはバイカルアザラシのことなど考えてもいなかった。期待などもなかった。というのもYはただ、そこへは最初、この世にいないものを探しに行ったので。

帰省したある夜、ベッドで仰向きながら、天井を透視している幻覚にYは捉えられた。

眠り飽きて目を覚ました深夜だった。二月の上旬、風は強くゆたかで透き通った天井の向こうに、月光を含んで冷たく硬い空が視野に入った。月を照り返して真白く輝く雲が走っていた。それはYの不安にふさわしい速さだった。

これからいったい何をすればいいのか、とYは思った。いや、何をするかなどということはどうでもよかった。これから何を思って暮らしてゆくのだろう。あるいは今いったい何を考えているどういう自分であるというのだろう。

二十年も昔、アコーディオンのキーから指が離れなくなって了った時の、あのわけの判らない恐怖と虚脱感をYはあの時よりももっと強く意識していたのだった。去年にも一度、あの海の底のことを思い出した。しかしあの時、海の底は救いの一種ではなかったのか、それがこうして、純然たる恐怖になって蘇るのは子供時代以来の事ではないのだろうか。

塵のような、捉えどころのない一日一日、それの積み重なった二十八年という考えにYは脅かされ始めたのだ。ところで、死体のように暮らしたいという考え方にYが囚われたのは十年も前だ。そのくせ社会との関わりを断つ事に恐怖を覚えていた。それは十年間まったく変らない心持ちだった。

どこかで一点社会とつながりながら、同時に、他人から笑われたり疑われたり拷問を受けたりすることからは自由でいる――Yはただその状態に近付くためにだけ暮らしてきた。十年の間にいくつかつまらない試みをして失敗して、でも、気がつくとＹはその生活を手に入れかけている。

昔、ハレー彗星を待つというだけの理由で漸く生きていられた一年があった。人目のないのを幸いに朝からスピリッツを飲み、壁に向かって数時間ののしり散らしたこともあった。次の日、憎しみは二倍に増えていた。不如意と、どこからか聞こえてくる嘲笑と、どうしてよいのか判らない人間関係の中でＹは暮らしていた。――そこで、石の中の虹、という以前から持っていた考えをＹは思い出した。結局あの生物は龍などではなく、石の一部、石に支えられた貧弱なひとかけらの意志にすぎなかったのではないだろうかと。――意識すると虚脱感は一層強くなった。――だいたいいったい自分はどこへ逃れようとしたのだろう。卑怯に暮らすことは最初手段でしかなかったのだ。ただそれを追い求めているうちに夢中になりすぎて、いつの間にか目的にすり変って了ったのではないか。夢中だった時には何も見えなかった。かかわる外界を憎みながらまだ力が余り、街中を歩き回って強い音楽を聞いたものだ。その上で、望む「生活」を手に入れさえすれば何もかもが一気に変ると思っていた。たとえこの世にあやふやな〝意味〟しかなくとも、その〝意味〟を輝かせるための〝苛立ち〟というものを持っていたのだ。

あの時、アコーディオンの鍵盤のひとつの音がたとえようもなく恐ろしくて、そのくせ聞かずにはいられなかったあの心持ちを、Ｙはなんとかして解き明かしたかった。同じからくりで、恐怖と安心に引き裂かれて、体が動かなくなって了ったことも何回かあった。それから、何年か経って海の底は知らぬまに救いに変った。だがそれがどうしてなのかは未だに判らない。――あるいは、恐ろしすぎるものに人は惹かれるのか、惹かれるということの方が正しいのか。確かに、マリンスノーを最初に見た時から、深海に惹き付けられる気分をYは意識していた。

ひとつのものがまったく逆の意味を併せ持って、しかもある時その上下関係がひっくり返ってしまう。契機になるものは、ひとつとは限らない。手掛かりになるような記憶がどこかにあるだろうか。第一自分はどうして急に自分の心の内側に疑いを持ち始めているのだろうか。

水の夢を見た。硝子箱の中で水はゆらゆらしていた。さっき見ていて今覚めたのだという感じがした。昔見た夢を繰り返して見たのだろうか。それとも夢の記憶を思い出したという夢を見たのだろうか。いったい今、自分は目覚めているのか夢見ているのか。

眠りに揺さぶられた脳は奇妙な虚脱感に導かれて、海を変質させた夢の記憶を、Yの掌にひとつ落としたのだ。それは人魚の夢の記憶だったそれ故に、……。

そうだ水族館へ行こう、とYは決めた。そう言えば昔、いつも水族館に行きたいと思っていた。たとえ、いつどこでどんなふうにそれを望んだのかは忘れて了っていたとしても、それは望みだった。

Yが昔見た人魚の夢というのはこうであった。

その人魚はどこから来たのでもない。水族館の中で突然発生した。人魚出現と夢の中の新聞には記されていた。紙面では人魚は妖精の一種として取り扱われていた。

水族館の空いた水槽に誰かが冗談で人魚の人形を放り込んだ。ところが忘れたころにそれが泳ぎ回っているというのでエサを与えたら育つのである。水路から取り込む海水の中に卵が入っていたのか、それとも、水槽と水との関係で自然に人魚を生成して了う場が発生していたのか、論議が分かれた。さらに、卵だとしたらもともとそれが人魚の卵だったかどうかが問題になってきた。また、その水槽に肉体のない生命かそれともプランクトンのような小さいものが生じて、それがたまたま人魚の人形に寄生しているうちに自分を人魚だと信じ込むようになったものなのかもしれないという説も立てられた。

水槽のあるコンクリートの廊下をYは歩いていた。評判を呼んでいるはずだというのに、一番奥の、小さな目立たない水槽に人魚はいた。この水槽に発生したものなので他へ移すと消失、または死亡する恐れがあると書いてあった。ともかく手を加えることが良くないらしいのである。それは水も濁ったままで放置した水槽らしく、ほんの申し訳程度に敷いた砂が苔をふくんでおり、その中に体長二十数センチほどの人魚の人形だけが、新しく鮮やかに浮き上がっていた。なるほどもとが人形であったことはすぐに判った。しかし今は体を自分で洗うのか人魚は水槽と違ってぴかぴかしていた。見るとプラスチックの胴体は照明をあてられてしみひとつなく、腰から下は時計のバンドのような銀色のメタルだった。顔は見えずただ、首から上に逆立ったプラチナブロンドの髪が流れていた。顎も見えない。それで細長いつるつるしたサーモンピンクの首の上に、つくりものの髪がふわふわするだけ。こんなのでいったいどこが生きているのかと思い、よく見ると腹のあたりが少し動いていた。いや、しかしこれはただ水の流れのせいで動くように見えるだけかもしれないのだ。第一どう見たってつくりものではないか、そうだ、おそらくつくりものだ、とその時夢の中でYは結論した。水槽のすみに酸素のポンプが細かい泡を浮かべていた。そのポンプももとからあったものらしく苔むしていた。要するに古いポンプのいたずらかとがっかりしてでもその時……いきなり人魚の尾のウロコが一斉に逆立った。——同じ方向を見る沢山の目玉のようにきろっとひっくり返った。ウロコはすぐにもとに戻ったが次の瞬間、それは尾をくねくね動かすと意外なほどの速さで、腕をゆらめかせて泳ぎ出した。結局顔は見えないままだったし、胴体にも人間らしい陰影は持っていなかった。だが水の中でも人魚の二の腕の肉が水を押し返している様子がYには判った。その上泳ぎながら、時計の秒針のような甲高い小さい音を立ててそれは歌い始めた。——ならば、本物だ。たとえ全部ではなくとも部分的にでも、例えば、この人魚の二の腕は生きていると言える。Yは、当然のこととして非常な感動を覚えた。

それは、人魚を見たとうとう本物の人魚を見て了ったという感動であった。夢でしか起こらないことを現実にした、と震える心だった。そもそもこの床もこの水槽も現実的だと言うのに、その中にこんな夢のようなものがいるだなんて、と呆然としていた。自分は今、一万年に一度もないような素晴らしい機会にたまたま生きて巡り合えた、と。やはり世界はひっくり返るに決まっているのだと。なおかつ、たったひとつにしろこんな奇妙なことが起こって了えばその他の体系がめちゃめちゃに壊れて了うというのは当然のことなのだと。むろんなぜ壊れて了うのが当然なのかは判らなかったのだが、どうしてだか夢の中ではその方が良いように思えたのだった。

透視する夢をYは何年かに一回見るらしいのである。その時も人魚の水槽の背後の壁は急に消えた。そこからは岸も地名もない、動きを持った水のひろがりでしかない海が見えた。

古都の室内にいる、Yの頭の中で、歌が変った。それはワルキューレのような声であった。おののきが体を共鳴させて歌うような、憎しみが人間の体からしぼり取って歌わせるような。すると、この歌い手はもうすぐ死ぬ。――何の根拠もなしにYはそう思った。海の水が干上がるという妄想があらわれていた。夜の海にも雷が落ちるのだろうかとか、何だか間の抜けたことをYは考えていた。だがYにはどれもとても恐ろしいことのように思えたのだ。

もっと以前、三角形をした青灰色の小さなカンの中から、採集して殺した蝶々を指で一匹ずつ取り出した時と同じ気分で、Yは段ボール箱に詰め込まれ冷たく湿ったバービー人形の衣裳を、一枚ずつ自分の部屋の絨毯の上に放り出していた。十五歳になったところだった。何年間も忘れていた玩具を急に思い出し引っ張り出してみる気になったのは人形を切ってやろうと思ったからであった。儀式めいた幼稚なことをしているのではないかと自分でも気付きながらの事であった。だが途中から衣裳に気をとられ出した。見ているだけで、気分が紛れるのが不思議だった。

大体が悪趣味に走り易い人形の衣裳の、とりわけてもけばけばしいものばかりをYは集めていた。——例えば、それが六〇年代の流行だったのか、綿レースのペティコートでうんとふくらませ、胸を大きくあけたワンピースには、赤地に黄色い百合の花らしきプリントが施されていた。胸元には共布の大きなリボンがとめられていた。そして白地にピンクの水玉模様で金ボタンのあるノースリーブのブラウスは赤いバミューダパンツと組み合わせて売っていたものだ。ところで、……。

人間の服のように型紙を取って縫製する、ちゃんとダーツやプリーツの入った人形の服は、当時Yの知るかぎりでは新奇なものであった。

ウエストにピンクの紙のバラをくっつけた白のイブニングがあった。それは長い光る手袋と共になっていた。他には緑と赤と黒の横縞のレオタードだの、繻子まがいの中国風パジャマ二組、それにはポケットの縁や袖口に細かい刺繍が施されていた。

袖の部分がレース編みになっていて、ボタンが背中の方にある散歩用の服。黒毛皮のえりのある金のカクテルドレス、その共布に毛皮まであわせた金色の鎖のハンドバッグ。

――派手でごちゃごちゃしているからこそ人形の服は面白いのだ、とたしか十五歳のYは思ったはずだ。重苦しく大きな体をして排泄物を垂れ流す人間は仕方なしに、シンプルで上品な格好をしようとする。だが人形が人目を気にして、あっさりした目立たない服を、生成りやベージュを着ていたところで面白くもなんともないのだった。

Yはこうして、衣裳を全部取りのけた。すると箱の底から、ひとつずつハンカチにくるまれた四体の裸の人形が出現した。小麦色が二体、桃色と肌色が各一体、服を着せないでしまったのは着衣だと生きているような気がしたからであった。つまりそのままならマネキン人形の小さいのだと思えば済むのである。当時のバービーにもシリーズがあった。桃色の人形がフランシーでバービーはおとなだがフランシーは妹分らしく、くせのない長い髪に子供じみた顔。肌色のがスウィングバービーといってこれは膝の関節が曲がる。顔立ちはフランシーとバービーの中間くらい。残り二体のバービーは買ったときは金髪と赤毛だった。だが実際に出てきたのはブルネットとブロンドである。しかもブルネットの方は首と体の色が異なっていた。

四体の人形を取りのけるとＹは最後に残ったものを親指と人差し指ではさんで掌にのせた。それはすげる胴のない、行き場のない〝首〟であった。小麦色の肌に真赤なルージュと青いアイシャドウの入った化粧をして、頬骨が高く唇を突き出した顔。モデルチェンジ前のバービーはきつくおとなっぽい顔立ちをしていたのだ。

Ｙが人形遊びを卒業して了ったころ、バービー人形はふいに出現した。あれは十歳くらいの頃のことだろうか、クリスマスプレゼントに最初のひとつ、赤毛のバービーが来て、Ｙはそのリアリティに夢中になった。従来の四頭身金髪のミルク飲み人形等は赤ん坊のヒナ形としか思えなかった。しかしバービー人形は八頭身のおとなで、人間のミニチュアとして現れてきた。

つまりバービーは最初から生きていたのだ。それにひき締ったふくらはぎや突き出した唇、サンダルにラメの入った細密さがＹにとっては、何か、世界のひっくり返るような奇妙なきっかけというものに繋がっていた。

バービー人形を美しいと思ったことはあまり無かった。Ｙはそれをできるだけ目障りな衣裳で着飾らせて、あちこちへ、とんでもないところに置く事に専ら熱中した。彼女は遠近感を狂わせ世界をひっくり返した。風景と人間はとんでもなくずれ、そのずれが現実を叩き壊すきっかけになった。——それは膝まであるリンゴ、引き出しの中に眠る人間、物置きのガラクタが街になった。風呂場の窓にバービーを立たせた時、窓の向こう側の世界は歪んで、人形を引きずり込みそうに伸び上がった。誰もいない時、Ｙはまず隣りの部屋や廊下に彼女たちを立たせてみた。あるいはＹを見下ろせるようなところに置くのだった。それから忘れたふりをしてそこまで歩いてゆく。視線を上げわざと驚いて人形たちを見る、すると人形たちはその体から静かな不思議な音楽を奏でているもののように思えてくるのだ。こうやって世界中に置いてやれば何もかもがぶち壊しに、目茶苦茶になって了うのだとＹは思った。人といる時にそんな企みを思い出すとあまりにも単純すぎると思って赤面したりもしたが、人のいないところではＹはそうやって、せっせと世界のひび割れを増やしていたのだった。

　その頃の矛盾を矛盾とも感じないぼんやりしたＹの頭で、人形はただ〝人間そのもの〟と受け止められていた。が、おそらく人形はＹにとってやはり、生物でも無生物でもなく、常識人でも悪魔でもない、非常にあいまいな都合のよいものであったのだろう。人形には肉がある、但し血液はない、などとその頃のＹは思ったりしていた。

　ところでＹの人形の首はなぜひとつ余って了うことになったのだろうか。それはＹが何の考えもなく、ヘアウィッグセットのついたバービーの首をねだって了ったせいであった。その、首だけのバービーは頭髪がなく、頭はプラスチックのままで型押ししてある。一応彩色してあるものの嵩は丸坊主と大差がなく、ぺたりとした髪型で、その頭に裏がゴム状になったカツラ——黒と金とプラチナブロンドのヘアピースをセットして髪型を変えて遊ぶことができた。

首だけバービー、首だけを売っていて体がついていない。Yは平気で最も古い赤毛のバービーの首を抜いた。ところがかつらの首と胴体の色が合わない。そこで一番肌の色の近いスウィングバービーの首にヘアピースのバービーの首をすげて、黒髪のスウィングバービーの首を赤毛のバービーの胴にすげた。それで結局こちらの方の肌の色は合わなくなってしまったがそのことはもうどうでもよくなっていた。ともかくこれでスウィングバービーが完全になった。つまり膝も曲がり髪型も変る人形。

ダリの〝引き出しのあるヴィーナス〟や〝秋の人肉喰い〟を思い出しながら、その時のYは赤毛のバービーの首をカッターで輪切りにすることを試みていた。自分でも無理にしているのが判っているので非常に不愉快な気分だった。こんな人形たちは物質に過ぎない、夢や空想や何もかも不思議なものは全部思い切って了おう。そう思って中途半端に動かしたカッターにすぎなかった、しかもそれはプラスチックの首に一センチほどのひっかき傷をつけただけで絨毯に刺さってしまった。するとそれ以上はどうしても動きたくなく、さらにどうしようもなく気が滅入って仕方がなかった。自分は何をしても中途半端でどちらにも行けなかった。ただ、その時も海に行きたい、とYはいつか一つ覚えのように繰り返してしまっていた。要するに海は何億年も前に滅びて了った、よその星の儀式の名前のように遠かったのだった。

新しくできた隣り町への道路をYは母親の運転する車で走っていた。海を見れば気が晴れるだろうと母は言った。山を切り開いて造った新しい道は絶えず急な坂道になり、下り坂にくるたびにカーブの向こうに見える海はもち上がって、水平線は頭よりも高くなった。

そんな、頭より高い海を硝子越しに振り返ってYは眺めた。車は音ひとつ立てず、道路の振動も伝えないでエレベーターのように静かに走っていた。窓硝子はきれい、その向こうで頭より高い海は動いていた。それは金属光沢の油から出したばかりのナトリウムのような色で、こちらに向かって押し寄せてくるところなのかもしれなかった。しかし現実の海が美しいとは何事であろう。今までにないことだがどうしたのだろうと、Yは訝んだ。こちらへくるかなしみ、それからタナトス、という言葉だけを辛うじてYは思い浮かべた。なぜだか、これからもうずっと人とかかわらなくても暮らせるのだ、と何の根拠もなく、ふと、その時のYは思ったのだ。暑くもなく寒くもなく光でならされた白い道の両側には砂糖まみれの新緑がしたたり、枝のゆれで風が強いことも硝子越しに判った。が、それはもうYにとって単なる眺めでしかなかったのだ。――しかしそもそもそれは一体いつの事だったのだろう（捏造記憶なのか）。

高二の終わりごろからYはしきりに欠席と早退を繰り返すようになった。夜は明け方近くまで眠らなかった。自分は今卵だから卵のままで死にたいのだと思い込んだり、また蛍光灯のように白く均一な光になりたいと思ったりした。だがそんな考えは具体的な進路を決めるのには何の役にも立たなかった。両親が苛立つのも無理はなかった。

Yが水だけの海の夢を毎日のように見始めたのはその頃からであった。単純な、筋書きも何もない夢なのだが、思いがけないところから海が見えたということだけは確かだった。

いつも夢の中で、あれはもしかしたら海ではないか、とYは唐突に思うのである。振り返るとそこにはくっきりと水平線があらわれ水が波打っている。ほんの掌ほどの幅の藍色にすみきった水が遠くにあれば、それが海であることはすぐに判った。すると、――海が見える。一切は終わりもせず始まりもしない。なので自分は安心でもう追われること苦しむこともなくなったのだ、と。――夢の中でたちまちYはそんなことを信じていた。

その上、目をさましても頭の中の海は残っていた。その海を忠実に思い返しさえすれば、現実はすべて目の前を通り過ぎて行って了うような錯覚がやがて生まれたのだ。

部屋の中のYはスナメリの笑顔のことを思い出していた。海水の柱、一部を部厚い硝子で切り取られた円筒形のプールの中にスナメリはいた。Yの目の前には幻の硝子があって、その中にはスナメリが泳いでいるのだった。海の柱はYの目にはあめ色の光の棒のように見えた。しかし硝子越しに上へ上へと見上げてゆくと、最後には水の天井に行き当るしかなかった。水槽の上部は鉄柵で囲んだだけの開け放しで、上からの直射日光が入っていた。雨が降ったら蓋でもしているのだろうと、Yは、勝手に思い込んだ。

柱の中のスナメリたちを太らす海の水の栄養は上からくる日の光を豊かに濁らせていた。見上げねば判らぬ水面の下を泳ぐ、スナメリが中空を漂っているように見えるのも不思議はなかった。あめ色の筒の中に散らばって浮遊する十数機の葉巻型UFOである。なるほどイルカだ、とYはクジラ目ネズミイルカ科と記された名札を見て極めて当たり前のことを思うしかなかった。というのも陸の生物のYから見れば海の獣はどれもみなよく似ていたから。

最初、水の抵抗がなく動きがあまりに滑らかなのと体の線に無駄がなさすぎるため、十匹以上いるスナメリたちは遊園地の飛行機のように単純で機械的な印象をYに与えた。プールの中心に水を動かす力が造られていて、その力に支配されて各々が中空を泳ぐような感じなのだ。むろん見続けていると不規則な動き方はある。しかしそれでも生物には思えない程、どちらかといえば妖精とでも呼びたい動きだった。

スナメリの水槽の窓の長さは、水深の三分の一くらいである。丁度そのプールの中程に窓が開いている。ぼんやりと、視線をさほど下におろさずに見ていると底の方から白い丸い半透膜のような頭が静かにあらわれてきて、次第に滑りながら腹を現す。そのままゆっくりと浮上すると硝子の投網のような水の天井を破って、背中だけを銀色の切り口にかえてゆく。つまりは体の一部を水上に出して、おそらくは呼吸しているのだろう。別の方向からは呼吸を終えたスナメリが下ってくる。それは体を少しも働かさないように見えて思いの他速い。斜めに傾いた輪を描いて回るものもいるし、余計な動きもよく見ればけっこうある。彼らが尾をゆらし鰭をよく動かしてもなぜか泳ぎに力を使っているという印象にはならない。描いている輪をすっとそれるとスナメリは気楽そうにまた浮上し、あるいは下降してゆく。

だがやがて一匹が下の方で描いていた輪を崩すと硝子に腹をこすりつけるように浮上してきた。それはYと向かい合ってきゅっと体をひねった。胴体に水袋をちょっと折り曲げたような皺ができた。単純な皺だが、たしかに腹の皺だ。結局それで漸く妖精ではなく、皮膚に感覚を持った生物であるという事が判ったのだ。

Yと向かいあったスナメリは笑っていた。黒い丸い目で少し口を曲げて笑うのだが大きなおでこをしているせいで冷笑に見えない。好意に応えなければ、と思うがどうしてよいか判らないので、Yは硝子から三センチばかり離れたところでスナメリの頭をなでてみる格好をした。すると彼はゆらり、と体を働かせて逃げて行った。

Yの頭の中に血だらけの真新しいまな板が出現した。そこには箔を置いたように光る肌からウロコを落とされ、その周囲に解けた雪のようにそれらを半透明に積もらせている、ヒラマサの大きなかぶとが立てられていた。包丁を持った手は頭を逆に、首のところから半分に割ろうとして力を使っていた。結果首のところではべらべらした真赤な鰓がはしゃぎ始めた。のどくびから包丁を入れられたせいで、半透明の肉に覆われた魚の固い口は押されてしまい、桃色のはだかの舌が現れてきた。するとその舌を包丁を持たぬ手がさわって、猫の舌のようにざらざらしている事を確かめるのだった。

あら炊き用に湯通しをされた魚の頭は生臭い蒸気を立ち昇らせて色を変えてゆく。面倒な野蛮な人間の食、でもその一方、——そう言えば彼らである。まさに内臓など知らぬもののように食べていたはずだ、とYは思う。その彼らというのは実はアザラシのことではない。アザラシさえも彼らよりはずっと少食であった。

大学入試の直前Yは海に出掛け、いつものように失望して帰ってきた。水族館に行こうと思ったが時間がなかった。

硝子越しのYの目から見れば、ラッコの食物には内臓の匂いが何もなかった。ウチムラサキガイやイカを食べるラッコの食欲には一点のしみも曇りもない。つまり、ラッコが食べているとそれは生物ではなく、どれも匂いのいい小さな雲のようにしか思えないのだった。

記憶の中のラッコは中型犬くらいの大きさで毛が茶色かった。平たい頭と大きな尾を折り曲げて水上に上げ、たいらな腹も出してあおむけに浮きながら彼らは遊び遊びものを食べた。腹にのせた貝の身を抱え込む短い前足がアイスクリームの木のスプーンを握っているところを、Yは一瞬目にしたような錯覚をおぼえたのだった。イカをひとくち齧ってからじっと見たりする。だがそのじっと、の次には水中に消えているのだった。

そのプールには四匹のラッコがいた。スナメリとは違って室内プールのような水槽である。四匹のラッコは八匹に見えた。少しもじっとしていないせいであった。絶えず出たりひっこんだりしているので数えられない。

水上に完全な半円を描いた茶色い毛の胴を見せて、呼吸をあわせるように二匹がもぐる。と、他の二匹が浮上し首を出して、例の腹を見せた姿勢で三秒ばかりゆらゆらと浮く。ほどなく首をひねり猫のような気分でアオ、と鳴く。と、頬の肉がたぷたぷ揺れるのか長いひげをふるわせ、口の周囲を、金色に光らせる。と思うとプールの奥に造られた陸に（それはアザラシのと違い岩の形ではなくひらたいコンクリートと、その上に一部貼られたタイルでできている。）飼育係を求めて泳いでゆく。さて、貝をもらい、二個をあわせて腹の上で割る、もぐってゆく。たちまち入れ替わりに首を出すものの、後ろ向きに出た頭に丸い突起がふたつ、どうやらそれがラッコの耳らしいのだ。ところでこっちが耳を見ていると相手は、ふいに貝を掬う。たちまちにはねる。——光を浴びた水しぶきを摑み取るような正確さで、それでいてラッコはただ夢中なのだ。腹をひねって横ざまにもぐってゆくもの、ミャオミャオと鳴きながら頭で調子を取るように前進するもの。プールの水は冷たく澄んで冴えざえとしたアクアマリンを保ち、奥にもある窓の向こうには電信柱と海と白い家々がのぞいている。

　スナメリのプールを見た時と同じ気分で、Yはその階から階段を降りてプールの底へ行った。そこでは水上のラッコと水中のラッコを見比べることができる。しかしラッコの水底の方の窓は小さくたいらで、スナメリのように見上げることはできなかった。とはいえやはり同じ魚雷の形に頭をひっこめて、毛ばだった黒と茶色の生物が急降下してきた。体からは絶えず毛づくろいし苦労して纏い付かせる水上の空気が、あっけなく細かな条になって立ちのぼった。

毎日掃除をするという話なのに食べつくした貝殻はプールの底に白く堆くつもっていた。

ラッコは北の海に多い動物だったと、Yは記憶していた。一心に、追われるように食べ続け遊び続けていなければ凍えて了うものなのかもしれなかった。

水上と水底、その落差について、……プールの水面に浮上するスナメリの背は灰紫で、直射日光の下ではぬるぬるしたものに見えた。彼らは素早く浮上し、丸い背中の穴から呼吸すると、水しぶきをあげて底に消えた。その動きは水中でと違ってずいぶん元気だった。特に、背中の穴を見て了ったことでYはスナメリに失礼なことをして了った気になり、あわただしくそこを立ち去ったのだった。

水族館のことはこれで全部だ、とYは思った。だがどうしても心にもうひとつひっかかりが残った。Yの頭の中の海獣たちは夢の領域で暮らしながら、結局はその〝現実〟的根拠を水族館に預けてあるものでしかない。つまり、そこに行きさえすればYはいつでも夢に行き会える。だが本当にそれは夢と呼べるものなのか。自分で自分にそう尋ねながら、

Yは〝現実〟に手を伸ばそうとし、また手を引き、美化された記憶を壊して了うことにためらっていた。

以前、人々の中に混じって暮らしていたころ、Yは確かに水族館に行きたい、と心から思ったのだ。そうしてこの冬の帰省でのぞみを果たして、いくつかの情景を持って帰った。――その上でYは、腐ったトマトの浜を思い出していた。つまり現実から逃げてもけしてそれに安心したくはなかったのだ。もし安心すれば、あらゆることから生気が失われて了うと判っていた。自分はいつも脅え、何も持たないのがふさわしいのだ。確かめて、ひとつひとつ、壊して了わずにはいられない自分。むろん現実の姿に記憶が壊されるのは耐え切れない。しかしその耐え切れなさの中に、Yは何かしら貴重なものを感じてしまった。

もう一度水族館に行かなければ、とYは思った。そこで急いで電車に乗って神都に戻った。

梅雨の晴れ間、水温は地上の熱を吸って上がるのだろうか。水族館の生物たちからは威厳が失われ、あるものはその水温に活気を増しあるものは疲れ果てて、しかしどれも、――各々自分たちのためにだけ暮らすしかない。

記憶に残った水槽を、ひとつひとつ確かめるためにYは歩いた。

頭の中では微動だにしなかったはずのオオカミウオが、茶色くやわらかなしなびた体をくねくね動かしながら——大きく口をあけて呼吸していた。その面妖な姿からは緊張感が失せ、体の中に茶色い赤錆水が八分目ほどつまった、表面に苔の生えているぐにゃぐにゃしたビニール袋のようにしか見えなかった。

一方ラッコには赤ちゃんが生まれていた。以前に見た写真の記憶では子供は母親の腹の上で自由に体の向きを変えられるほど小さかった。だが既にもう随分成長して母の腹に乗りかねるほどであった。

親子専用の、仕切られたプールの中で、ラッコの仔はそれでも親の体になんとか纏わり付こうとするのか、半分水の中にこぼれ落ちそうになりながら、親のわき腹から尾にかけてつまり腹の上の、最長距離にしがみ付いてバランスを取っていた。そこで、もこもこと動いてみたりもしているのだった。何度も登り何度も落ちているところは遊んでいるだけのようにYには思えた。仔の毛の色は薄く、その肌合いは滑らかで美しすぎ、ラッコというよりはむしろ大きなモグラモチのように見えた。

子供は母親から離れて浮くと何も入っていないらしい貝殻の片方だけを手に持ち、噛むのか、なめるのか、まねごとのように端っこを口に当てて、顎を無心に上品に動かしながら口の動きにあわせてしきりに頷いているのだった。それにも飽きると親と同じに、股を小生意気に組んで水に浮いていた。

他のラッコはプールに浮いてひたすら眠っていた。強い日射しは無機的にさえ見えるプールの水の上にも、そこら中に滴り固まったラードのような肌合いで散らばり、ラッコたちは食べも遊びももぐりもしないでただ休息していた。そのプールの周りを何重にも園児や中年男性の団体客が取り巻いていた。説明をする職員が忙し気に行ったり来たりし、プールの周囲には、後ろから人の頭ごしにでもラッコを見られるように、コンクリートの段が二重に造られていた。

スナメリがこんなにもよく動いただろうか、と、Yは不思議がった。尾をゆらせ、胴をひらめかせて彼らは元気だった。冬にはやさしく思えた豊かな水の色が、Yには少し息苦しく感じられる程の気温だった。ただ彼らの硝子越しのあいさつだけは確かだった。一度顔を見せると別の窓から顔を出してみせても、スナメリはもうYを相手にしてくれないのだ。

水上の彼らの背は光の加減だろうか、その時のYの目には完全な灰色に映ったのだった。

フーセンブタ、と叫ぶ子供たちの、笑い声の混じった罵りをYは聞いた。

バイカルアザラシの檻の前でYは自分の妄想を確信した。記憶の中の彼らと目の前の彼らの姿はあまりにも異なりすぎているのだった。昔、海水に住んでいたころの彼らの姿を

Yは間違えて記憶の中の水槽に置いて了ったのだ。彼らの体に残った海の名残りを集めて幻を造っただけだったのだ。

水槽の中の水位は憶えていたのよりもずっと高かった。硝子の向こうでは水中で端がふくれた茶筒のような形になり、肉と脂肪に充実して一切のくびれを失って了った、はちきれそうな生物が泳いでいた。

アザラシは暑さのためか水中からなかなか顔を出さず、時折大きな鼻先だけを水面に突き出し、ぶしゅう、と音をたてながら泡のまじった長々しい呼吸をするのだった。こちらに向けた鼻の穴が大きかった。

太っているのではなく、正常な体型がこうなのだと水族館の職員が説明していた。

彼らは水中で俵が転がるように旋回していた。時折こちらを向くものもあって、膨れた顔にYの記憶の中と同じ表情を浮かべるものもあった。しかしそれは張りつめた肉の向こうからこちらへ突き抜けようとあがいている、幻か影のような隈取りにすぎなかった。

心を硬くし、無理に顔を反けながらYは思った。――真水へ追われた彼らは、膨れたのだ。湖にはアザラシの体と押し合いをする、生や死のかけらをちりばめた水はなかったから。そこにはただ〝単純にする〟ことしか能のない真水があり、アザラシの体にどんどん入り込んで彼らをふくらませた。彼らはもう生や死とかかわらない。頭の中も真水のように明るく澄み、何も浮かばない。

水槽の端の方を見た。Yの目の前で、彼らのうちの一匹が漸く首を出した。すると光の屈折で首と胴体とがずれて見えた。大きなサツマイモのような体をくの字に反らせて、アザラシは苦しそうに、首とも言えぬ太った首を上げて天井を見た。そうやって体を反らすとひどく辛そうな気分が水中の尾や、長い眉毛の先にまで行き渡った。反らせるかぎり体を反らそうとし、見られるかぎり上方を見ようとして、あがいている姿のようにYには思えた。——海に帰る。それはもうもしかしたら無理なことかもしれない。彼らはすでに真水に適応して、真水の体に変って了っているのだろうから。

とはいうものの、——スナメリの背の色を変えた光のせいか、それとも記憶の歪みのせいなのだろうか、バイカルアザラシは漆黒のではなく黒灰色の、光をはじいて一瞬銀色にも変る体を持っていたのだった。体型を笑う人々もその毛皮の美しさだけは感心していた。

見慣れない紅白の輪や赤いビーチボールの浮かべられたバイカルアザラシの水槽をYは離れた。アザラシたちが玩具で遊ぶのだろうか、つまり、ただあきらめ悲しんでいるよりは、憧れで死にそうになっているよりは、遊んでいる方がずっと良いのか（でも休んでいたくはないのか）。現実の生物を観念の海に住まわせたがる自分の気持ちこそ、無知で横暴で鈍感なのだとYは納得した。

ジュゴンだけは記憶とあまり変りはなかった。但し、食事中であった。緑色のもやもやした海草を口からはみ出させて、ジュゴンは牛のように食べるのである。光の加減かやはり絵葉書で見るよりずっと白っぽかった。その体から出る美しい銀色の水の泡が、おならなのだということもYは聞いた。ジュゴンは毎日沢山のおならをしなくてはならず、止まると随分苦しむという話だった。

何日か経った。Yは窓を開け放って雨の涼気を行き渡らせた自分の部屋でソフトクリームをなめながらぼんやりしていた。雨はあれからずっと降り続いていた。だがもうじき梅雨は終わるはずであった。結局現実生活において、先の見通しなど少しもついていないのだと、Yはどうやらその事に気付き始めていた。それなのに心配にはならなかった。自分の今までの生活は全部、こうして雨の中で一個のソフトクリームを食べるためにあったのではないかという気さえしてくるのだ。自分でも気味が悪くなる程満足していた。その気味悪さもひとごとのように思えたのだった。

Yはいつものように〝海〟の、その水の量感を思い出そうとした。するとどういうわけかそれは失われていて、遠退く水と引き替えのように、Yの頭の中にはひとつの風景が現れてきた。

岸はある。しかし向こうは果てのない水ばかりだ。ただし、もうそれは皮膚に触れて動く水ではない。Yが見たのはいつまでも、ただ現実化されることを待ち続けているだけの空想画にすぎない。白い光と曇り空と果てしない水の三種で世界は塗り分けられている。頼りない雲ごしの太陽がそこを落ち着いた光で満たしている。

波打ち際に戯れる獣たちがいる。

ジュゴン・バイカルアザラシ・ラッコ・スナメリ——海の生物はそのどれにも似ておらず、そのくせどこかに各々の名残りをのこしている。

矛盾がその生物の釣り合いを造っている。

肉体を描く輪郭がもしなければ、その生物の量感や肌の色は周囲の景色に溶け込んで了うかもしれなかった。そのくせ、彼らの息は落ち着き、血は熱く打って、ただ単に生を楽しむためにだけ動き回っていた。

音楽が聞こえる。多分、ルサルカ、とかいうオペラに出てくる〝銀色の月〟だ。外の空気に触れれば汚水に変って溶けて了いそうな甘い歌が。

このようにして、風景の中を遊び続ける海獣たちには名前がない。彼らは淋し気な目で水平線を見、なめらかに動き、ときに笑い、食べ続ける。群れながらお互いを悲しみ合っているようで表情には浄らかな冷淡と静かな関心が同居している。——止まった時間の中に踏み込んでくるものがもしなければ、――とYはふと呟き、次には火にはじかれたように立ち上がった。頭の中は再び空白になり、自分はまた最初の、何も見出せない大地の上に坐っているのだ。

どこかで見た、夜明けに建物ごしの大木の枝先に消えかかっていた、ごみくずのような細い月のことをYは思い出した。

だが例によってどうして思い出したのかは判らないのだった。

柘榴《ざくろ》の底

覚醒とは言い難く夢でもない、底の世界、と名付けていたその妄想領域において、T・Kにはあらゆる物を切り刻んだ一時期があった。ともかくどんな物でも切り刻んで、切る事自体で幸福になっていった。そういう世界に溺れて暮らしたのだ。

そこでは最初のうちはなんでもうまく切れた。だが切れない物が次第に外の、現《うつつ》の世界から侵入して来て、T・Kなりにそのような敵たちとは戦ったのだけれど、結局、底は崩壊してしまったのだ。もっともT・K自身も、今ではそれでよかったと思っている。

底の世界で何かを切るというのは、例えばこのような具合だった。

十四度目の失職の直後だった。底の世界でT・Kは電話を切り刻んだ。それはその世界が末期的症状を顕し始めた頃で、第一、電話などという形のある、社会的存在が侵入して来ている事自体すでに堕落だった。

もともとそこではあらゆる物が流動化していなくてはならなかったのだ。――たとえ形のあるものが現れても、皮一枚下は完全に均質であるべきだったのである。熟したキウイ以上の硬さを持つ事は許されなかった。仮に、たまたま中までも固まったものが現れるならば、それは異常なのだ。だから包丁でミンチ状に、最後には液状になるまで切り刻んでしまわなくてはならなかった。そうしなければ底の世界の尊厳は喪われて、底はT・Kの生を支えることができなくなるのだった。

ちなみに今のT・Kによれば、「切れないもの」というのはその頃のT・Kの心のこだわりや緊張を表していたという説になっている。つまり――世界の本当の姿は無意味な肉状であり、しかも肉といっても内臓のように、役割や体系を持った物はこれに含まれない。だから今でも大抵のものを、肉化している、肉化していない、とT・Kは分ける。

ともかく、底の世界で電話を刻む事がその日のT・Kには必要であった。

当日、幻の中でさえT・Kは現実の四畳半とよく似た部屋の中に坐っていた。それは現実が底の世界を侵略しているという証拠であり、その苦境の中でT・Kは肉化しているものをそうでないものから守る必要を感じたのだ。

そんな中それでも、まず安らかな肉化のただ中にあるものを点検してみて、T・Kは次第に落ち着いて行った。例えば砂壁の上になのだが、透明な眼球が盛り上がっていた。但し個々の眼球などという偏執的で冷たいものではなく、ただもう含み笑いをしながらプリンのように揺れているだけの半溶状であった。独立した目玉という印象はなく、時には一方が他方を吸い取って繋がってしまうし勝手に分裂もした。第一、眼球でありながらその視線は無目的で、まなざしが一貫するという事も起こらないのだった。蛙の卵と大差ないそれに安心した。その他にも触れてみた感じでは見かけと違って、畳も天井もそんなに怖くはなかった。家具は脚のあるものだけが走り回っており、他はただその厚み位しか感じさせず、世界の末期的時期にしてはいやに平和だった。おまけに外を見ると、この部屋と地上を繋げている階段など、連凧のようにぞろぞろと風になびいていた。

とはいえ、電話の幻聴にその頃のT・Kは悩まされていたからその中で黒電話の存在だけはまったく目ざわりであった。

にらみ付けると電話は蹴られもしないのに小さな室内犬のようにリンと鳴いた。次第に現実世界と似てくる底の様子に苛々しながら、それでも敵を見極めるべく、夢とも覚醒とも言い難いがコントロールの幾分は自分でも可能なイマジネーションの中で、想像上の、しかしながら夢の中で持つのと同じような、重みも肌触りもある包丁をT・Kはイマジネーションによって出現させ、手にしていた。

催眠術の中にいるぼんやりした気分で、それでも動作だけは鮮明に電話を引き寄せ、刃を当てると案の定硬いのであった。

包丁を袈裟掛けに当て直して電話に体重を掛けると、切れ目を入れただけで霧を吹くように透明な血液が噴出した。うまく刃が入らない事に脅えながら、なおも力を加えて押し切って行くと、輪郭ごと潰れて電話からはやはり内臓が転がりでた。

レバーで作ったヘビイチゴのようなものが百個以上、球形三センチ程だから大層な高圧が掛かっていたのだなあ、等とつい考えようとしている自分に気付いてT・Kは一層危機感を覚えた。もともと底の世界に通常の物理的観察などあってはならないので。

さらに電話からは、ヘビイチゴの他にザリガニの胃石状の物が数個、また散乱した内臓の間から扁形の薄黄色い寄生虫が一匹出た。それらはたちまち畳の目に吸い取られて行き、T・Kは追い掛けて素早く畳を切らなくてはならなかった。だが畳の中では寄生虫は生きられないらしく、均一な畳型肉の薄赤い身の中でそれはたちまちとろけて、安全な混沌のなかへと戻る様子だった。しかし同じようにして沈んで行くヘビイチゴの方は、放っておけなかった。

そのうちの一個をさらに切ると、やはり透明な液を噴いて潰れるだけであるが、その殻は畳の肉の中でも溶けないのだ。なので、ある限りほじくりだして切り刻んだ後、T・Kはさらに残った電話皮を虐待した。

外側だけとなった電話機の手応えはというと――触感はゼラチンのようだがちぎり難く、ダリの柔らかい時計よりは歯応えあり気で、以前どこかで見た食用にする家畜の皮とひどく似ていた。刻んで水菜と一緒にナベにするのならば、ぽん酢の他には芥子味噌などが適当であろう。ダイヤルの透明なところが特に食欲をそそる。と思いつつT・Kは食べなかった。

丸のみにすれば腹から電話機が生ずる可能性があると判断したのはそれが内臓を形成す

るような皮だからだ。やはりミンチ状の素朴な肉に戻してしまうのが一番いいと思った。そんなふうに、考えが底の世界にふさわしく肉化してきたのにやや満足して、その日のT・Kはいつまでもみじん切りをしていたのだ。

十四度目の失職から半年間、仕事はなかった。

底の世界の正体は今でもT・Kにさえも不明である。説明をするなら例えば深層のダイナミズム、夢のコントロール、衒気症の趣味世界、ヒステリーの嘘幻覚、のらくらもののごっこ遊びなどなんとでも言えた。だがT・Kにしてみれば人から言われそうな事には何の関心もなく、第一その記憶自体が薄れつつあった。

底の世界は、最初T・Kの目蓋の中に宿った妄想上の腫瘍（T・Kはそれに異肉という名前を与えていた）の肉質の中に存在していたものだった。というより現実の記憶や感情がその異肉の中に封ぜられる事で変質して見える、そのフィルター越しの眺めが底の世界だった。だが本来なら目蓋の内にしかないその肉が外へ染みだしたか、それともカンサーのように日常の知覚感情の中へ根を生やしたのか、底の世界は次第に現実世界と喰いあうようになって、最後には支離滅裂になっていったのである。

消える時もそんなふうに、訳の判らないままに次第に消えていった。

底の世界の事はもう滅多に思い出しもしないのだし、思い出した時にもT・Kの感情が動くわけではない。それよりも脳や神経あるいは人体のツボのどこを刺激してああなったのだろうかと本人も不思議に思うだけで、似たような刺激でもう一度そうなろうとも思わないのだった。

底の世界という呼びかたをいつ頃からし始めたのかも、T・Kは既に忘れてしまっている。だが、自我で蓋をしてあるはずの心の下の方に何かあってその中に住む事が生の目的であると思い始めたのは、つまり、底の世界を見たのは、前の下宿でである。

前の下宿での話になる。

離れの一階の奥庭に面した六畳一間で、T・Kは自分でもそれが単なる反射の問題だとは知らぬままに切実な自殺への衝動と戦っていた。

廊下の硝子越しに廃材だらけの庭がいつも暗い、その部屋の陰影や畳の匂いが、多分、安定した自我というものを持てなかった当時のT・Kの神経を脅かしていた……ある日の事、T・Kは死にたくなり、準備をした。そのくせ自分がなぜ死ぬのかもうひとつ判らず、また自分の死の衝動が病気に過ぎないかも知れないと考えない事も無かったので、何度も手を止めては、自分の不可解な感情の周辺にあるものを想像していた。

当時のT・Kは、透明な虫というものに脅かされていた。

T・Kはそれを一度だけ「見た」事があった。気配だけなら絶え間無く感じる事が出来た。

その虫は別にゲシュタポのように突如としてT・Kを捕えに来るというわけではなかったのだ。だが、T・Kの恐怖や、生命そのものに纏わりつく暗さや、その他の不幸も、総てそれから出ていることは確かだった。

その虫は人の生きられる所には必ずおり、無論その時のT・Kの体の上をも這い回っていた。

虫、その透明虫たちはT・Kの脳からも精神からも吸血をした。ただ単にその視線をほんの数秒浴びるだけでもT・Kの頭頂から透明なストローが突出して、そこからはイチゴミルクのようなT・Kの生気が噴出して無駄に、不毛に濫費されるのであった。

虫たちがただ、T・Kの事を考えただけでもT・Kの息はおかしくなり、虫たちに自分の名前を覚えられればなにもかも滅茶滅茶になってしまった。定住を諦め、職を失い、まともな動作や自由な考えさえ喪ったのも、結局その虫たちのせいなのだと思った。

首都の大学を出てから郷里に戻って、どうしても居付けずにこの古都に逃げたのもそれが原因である。

T・Kは高校を出てからはずっとよそで暮らしていた。大学を卒業してから郷里で就職をし、変調はそれと同時に始まったのだ。もともとものごころ付いた頃から故郷の土地柄や人気とは肌が合わなかった。だが一旦独り暮らしに慣れてから家に帰ると、軋轢は一層ひどくなった。

例えば近所の人々や家族が呼吸するように行う事をT・Kは出来ず、また彼らはT・Kが望まない事や吐きそうになるような事ばかり立て続けに要求した。特に家族の要求は秒刻みに近く、これは食事中もトイレに入っている時も眠っている間さえも変わらないとT・Kには思えたのだ。T・Kは別に不潔な事をしたり喧しい音を立てたりするわけではないのに、いちいちが父親の怒りを買った。さらに困ったのは人々とのすれ違いで、向こうの側からはきめ細かな心遣いとでも言えることが、T・Kには一寸刻み五分試しの嫌がらせにしか感じられなくなっていたのである。

職場ではT・Kはまともに振る舞っていたが、家族といる時のバランスからまず崩れ始めた。

T・Kには以前大学受験の頃、頭の中で声が聞こえて悩まされたという事が、軽症だがあった。しかしそれがもっと極端な状態になり、ついには四六時中、夢の中でさえも幻の声が喚き立てるようになっていった。以前から体に触られるのが嫌いだったが、家族が側に来るのも話し掛けられる事にも苦痛を覚えるところにまで行ったのである。

例えば鬱ぎみの時の母親が呼吸するのと同じにT・Kに浴びせ掛ける、きたならしい、きもちわるい、はきそうになる、と言う言葉のひとつひとつや、また自分が敵とみなす特定の人間像をT・Kの中に投影して、そのタイプの人間がTVで発言した事をT・Kの意見だとなぜか決めてかかって絶え間無く仕掛けてくる父親の議論など辛くなった。また際限なく買い与えられ、殆どサイズの合わない原色の高価な服への生理的嫌悪、親の命令で一日に何十回と引かされる百科事典の重み、暑い寒いからトイレに行きたいかどうかまでも、自分の感じた事をそのまま信じては貰えず、今何を思っているかまで両親の決定に委ねなければならない意識の緊張などが嫌で嫌で、家族との二十四時間が、悉く耐え難くなってしまったのである。

普通の家ならうるさいと怒鳴り返したり、はいはいと言いながら無視すれば済んで行く筈のものは、T・Kの家の父親を絶対とする家風の中ではそうもいかず、ささいな葛藤も放火願望や殺意に近い憎悪に繋がりかねないようなテンションを呼んだ。

共同体の目も、定住した途端に厳しくなり始めた。プライバシーや細かい生活様式に口を出す土地の気風に両親はT・Kを適応させようとし、威嚇や泣き落としでプレッシャーを掛けた。しかもその内容は中学の校則の一番きついの、例えばレコード店の前に立っていてはいけないなどと言うのよりも馬鹿らしいものだった。

干渉する家族にT・Kも最初は手を挙げるというのではなく、奇行や擬似暴力で対応した。といっても意図的に行える程に冷静なT・Kではなかったのだが。

ある時、T・Kは微熱を出し食欲がなくなった。だがその事より手料理が無駄になる事を思い詰めた母親が無理にT・Kを食卓に着かせるという事があった。

ところがそもそも食事時には必ず何かトラブルがおきる家で、父親が終始怒鳴り声をあげるという事もあって、故郷に帰ったT・Kは隠れて夜食でカロリーを取るようになってしまい一層、食欲なかった。

いつもよりずっと重苦しい気分で吐きそうになりながらT・Kは無理に口を動かしていた。するとふいに、水一滴が食卓の上に零れるのを目撃して、どう見ても代謝の病としか思えない程追いつめられた表情と化した父親の方が、急に神経を高ぶらせて、T・Kに絡み始めたのだ。

父親は顔面を歪め、やがて思い屈して裏声となり、T・Kがおかずを食べる順序を指定し始めた。いきなり専攻もしなかった専門分野の単語の定義を言えと命じた。答えられないで謝りながら百科事典を調べているうちに頭ががんがんして、思い付いた項目を十程引かされ、音読させられているうちに精神的な不快感で声が震え、全身が死にたくなり始めた。

もともとひとかけらの可愛気もないと自認しているT・Kであった。その上、全身がトラウマで出来ている父親に対し、微笑し伺候する小間使いゾンビであり続けるなどという離れ業はとても出来なかった。だが父親はまさにそういうものを必要としていたのだった。

死にたいのをこらえ、T・Kが百科事典から顔を背けていると、その日、父親は急にT・Kのニキビ跡をアバタと称して数を数え始め、それが治らない事を一生の不幸であるかのようなニュアンスを含めて嘆き、治らないか、とかきくどいた。十代の頃ならば顔の事を言われたT・Kが泣き、そこでそのまま許されるか或いは泣いた理由を聞かれ、さらにせめて表情態度考えなどを改めるよう説教されるというパターンで終わった。だが帰ってきてからはそういう方向には感情が動かず、追い詰められると自然に奇声が出て、その時は自分の食器の中のものを持って水洗トイレに行き、新婚がミカンを食べる時のようなパターンの会話を（一人二役で）しながら、一口分ずつレバーを引いて流してゆく、という展開になった。他には新聞紙を庭一面に敷き詰めたり、一日中アフロブルーを異様にゆっくりと口笛で吹きながら、家の中を這って歩いたりもした。

奇行は家族に対する牽制になった。家族はT・Kへの直接の干渉はしなくなった。そのかわり今度は彼らの方に心身の異常が起こり始めたのだ。

支配指導攻撃の対象を喪った父親は胃痛持ちとなり、母親の方は感情を投影するスクリーンを奪われ、暗くなっていった。

毎日、職場からT・Kが帰るとすぐ、母親は理由はない、と前置きしながらまず心臓を押さえて発作を起こした。検査をしても異常は出ないのだが急に唸り始め、まったく無関係な物事に脈絡もなく、自分の思うようにならないT・Kへの嫌味を付け加えた。嫌味は天候や野菜の名の後に接続詞もないままにT・Kへの呼びかけとなって急に現れ、時にはひとつのセンテンスの途中から、急に意味も文法も単語さえも切断して現れるのだった。

T・Kが奇行に及びそうになると、母親は元のセンテンスに正確に戻った。母親が家事を少しずつストして行くのを、T・Kが次々と埋めていると、彼女は必ず後ろへ来て足踏みをし、うめき声をあげた。その上家の事業が倒産してしまっただとか、T・Kが素直でないので親戚に馬鹿にされて、挙句に絶縁をされたなどと、嘘も言うのである。慰めようとすると金切り声を挙げて涙ぐんだ。そうしているうちにT・Kの方も食物に人肉が入っているような気がしてきたのだった。

家に居る事がよくないのだとまず判った。近くにアパートを借り、そこから通おうと努力はした。すると家具の重みがそのまま眼球の重みになり血圧が際限なく落ちて行くような家具恐怖症のT・Kの住まいなのに、母親が原色の大型家具をそのアパートの四畳半一間にはしゃぎながらどんどんと勝手に運び込むのだった。別居の時にも一騒動あったのだが、一旦決まると今度は新しい家具調度という考えに熱中し、同時にT・Kが自分の好みで部屋を整える事も許し難く、それやこれやで一層逸脱してしまったのだった。

T・Kは自分の家具嫌いを、夜を徹して母親に何度も説明した。だが考えてみれば説得などという方法の使える相手では無く、話がこみいるとたちまち倒れた。布団の中で息をついて、厄介払いに死んであげよう、と際限無く言う側で看病をし、その横で父親は完全な被害者と化していたのだった。

父親は昼は外での交際へ逃げ、帰ってくるとT・Kを手伝う積もりで次々と家事の命令を発するのだった。但しそれは食器を洗っている最中に家の中が水平でないから計り直せと命ずる、あるいは母親の用をしている最中に自分の目の前の物を取らせるために呼びつけておき、来るのが遅かったので三秒程の動作の間に異様にせかしまた被害者と化す、というようなもので、最後には必ずT・Kが叱責されるという展開であった。食膳がいつものよりもまだ不完全だというので、受難者のなげきを嘆いて幼児と化し、男はいつも被害者で傷付き易いだとか今の仕事は家族を養うためのものでそのためもう二十年以上も生き甲斐のない、砂を噛むような暮らしに苦しんできたのだなどとしみじみと言った。かと思うとそれまでの不機嫌が嘘のように優しくなり、やはり母親にはT・Kが必要なのだというような事を、しきりにほのめかしたりもするのだった。

それは今まで一度も聞いた事のないような猫撫で声だったので、これがこの権力者の外面なのであろうか、とT・Kは思っただけであった。

T・Kが子供の頃から父親は仕事で殆ど家に居らず、交流を持ったのは受験期からであった。無論、父親の満足するような成績など生まれてから今まで一度も取ったことがなく、T・Kにとって父親とは、甘える対象というよりは危険物であった。

別居を諦めるとT・Kは夜中に叫び声をあげて床を蹴るようになった。暴食と湿疹がそれに加わり昼間もぼんやりとしているのである。ひどく眠いのだが眠ろうとしても、昔のことが昨日のように頭に浮かんで感情が爆発し止まらないのだった。

爆発する感情は主に両親に対する怒りだった。子供の頃大人の責任と決定が必要な時には距離を取って、脅えつつ蔑むような態度で逃げてしまい、そのくせ不必要な干渉を四六時中するためになら、あらゆる脅しと精神的暴力を振るってきた母親の事、家庭の部外者同然なのに絶対的な権力を持ち、実情を知らない事にただ命令したいがために口を出して譲ろうとせず、母親とT・Kの間の不和を煽ってきた父親、芯に農村の家父長道徳を温存しながら上にたつものの配慮からはまったく自由でいるその弱者意識、さらに両親の描いている、なまくらでヒステリックな、わがままで残忍冷酷な、我を通すためなら何でもする、人間ではない、と言われそうなT・K像に対する反発とストレス。

無論、T・Kの場合あらゆるものごとが最悪の解釈で歪んでいるのである。

そうやって叫んでいる間のT・Kは魂が肉体の壁にぶつかるような錯覚を起こしていた。これが破れれば死んで楽になれるのにという気分だった。怒りが全身を喰いやぶりそうで、起きると頭は不確かなのに胃壁がほどかれたオリヅルのように拡大していた。隠れた飽食の挙句に吐き気がする時でも、気管だけは、ひんやりした食物の量感に触れ続けたがった。辛みが甘味を、甘味が塩気を、塩味が水分をと欲望は鎖のように続き、その結果T・Kは脅え、焦り、耐え切れなくなり、挙句には指で汚しただけの食物を大量に捨てた。強い罪悪感が恐ろしくて泣いた。

その段階では幻聴の代わりに、頭の中に現実と紙一重のようなはっきりした景色が湧き上がるようになった。かと言って幻聴から自由になったというわけではなく、それどころか幻聴に当たる内容をもう一人の自分が勝手に考えたり望んだりしているのだった。しかもそのもう一人の自分は現実のT・Kからひどくかけ離れた考えを持ち、そのくせ自分がT・Kであると常に主張し続けて止まないのだった。

心の中に勝手に住みついた他人の考えに対して、責任を取らなければならない状態に苦しめられ、緊張はますます高まっていった。

T・Kの中にいるもう一人の自分は、絶え間無く悪魔と契約をしたがって勝手に神やサタンなどを呼び出すのだった。その他には何の価値もない、例えば道に落ちている壊れたカサなどを異常に欲しがり、これを持って帰ってもよいという許可が頂ければ契約を致しますなどと喚き立てる。そうして最後には幻覚、というコースになっていった。

木の陰や電柱に沿って人間が見えた。道の真ん中を半透明な灰色のテリヤがチョコチョコと走って行き、暫くすると本物が人に連れられて通るのである。「家の中に居ても郵便受けの中の封筒の色と、内容の吉凶くらいは当たるようになった」、と思い込んでから、夕方の路地に灰色の大きなマングースが現れるまでに、一月とはかからなかったのだ。

職場を休みがちになり、絶えず微熱を出し、というのも必然であった。父親に怒鳴り返そうとしても子供の頃に口応えをして殴られた記憶が未だに残っているためにとても出来ず、死ぬと口ばしってみても両親とも既にこの頃は奇行には慣れてしまい、しかも職場を放棄したT・Kには自己主張をする権利などまったくなくなっていたのである。

母親は一層熱心にT・Kの発音から歩き方まで矯正しようとした。

T・Kは小学校に上がるまでは母方の祖母のところに入り浸っていて、思春期は父母への反発からまた祖母のまねばかりし、いつしか婚家の習慣に染まってしまった母親とさえ、既に生活感覚を共有できなくなっていたのだった。

その秋、ザクロを暴食する事をT・Kは覚えた。ザクロの中に含まれるトリプトファンが脳の松果体でセロトニンに変わりさらにメラトニンに変わる。それが人間の心に幸福感をもたらし、但し量を過ごすとザクロの中のペレチエリンのために幻覚を見るというケースもある。そういう説を何かでたまたま見掛けて、試みて、癖になったのだ。

透き通る真紅や薄桃の果肉を口に含み舌で潰し、繰り返して小さな茶碗に種を吐き出す。二十分程で、幸福になるというよりは風邪薬の飲み過ぎのように頭がぼんやりして、大量に取ると五感が拡散した。目の前のヤカンを引っくり返したりして平気なのだ。

単なる自己暗示かもしれないのに、たったの一週間で、ザクロさえ食べていればあらゆる問題が解決するのではないかという気分になるところまでT・Kは行ってしまい、それを食べるためにだけ生きているかのような錯覚さえいつしか生まれた。無論、ザクロは親に内緒で散歩の途中などに買うのだった。

もっとも、ばれていないつもりなのはＴ・Ｋばかりで、母親は実は気付いていた。母親は総ての自主的な行動は異常性欲と犯罪と卑しさの証明である、とでも表現するしかないような強迫観念を持っていたから、彼女にとっては、Ｔ・Ｋの散歩自体が既に罪悪なのだが、ザクロが切れると自殺しかねないような娘の様子から黙認していたのだ。

だが結局父親の目に止まった。

ただ、父親の方も、常軌を逸したＴ・Ｋの追及をそろそろ諦めかけていた。被害者の顔をし辛うじてただ、いやらしいものを食っているな、と言っただけであった。

それはむしろ許しに属する方の言葉だった。だがザクロが、あるいは自己暗示が効く前であったために、言葉はＴ・Ｋのあらゆるバランスを喪った耳に、ワープロで打ったようにそのまま入った。

ザクロの量、自分なりに一応設けた制限をその日のＴ・Ｋは取り払った。そこにあったザクロを食べ尽くしても、さらに買いに出ようとした。そこでザクロのせいではなくふと倒れた。自分の部屋に這って行き眠り続け、夢の中でも鳥になってその実を啄み続けた。

起きると「なにもかも」無くなっていた。居間に母親だけおりＴ・Ｋの顔を見るや否や、たった今ＴＶで放映していた北海道の精神病院にＴ・Ｋを入れるだとか、孫はやっぱり一姫二太郎だとか、いやいやもう子孫はいらないＴ・Ｋも養女にやる、あるいはこれから一流出版社に就職をさせるなどと、思い付きでころころ変わることを自分では全部信じながら喋るのであった。その言葉にBGM程度の効果があったのだろうか、脳は静かなまま、背骨からか手の甲からか自分でも摑み難い考えが盛り上がって来た。その考えとは何か？

それはT・Kにとって初めて意識する「思想」でありながらも、実は精神に抑えられた肉体が生まれてから今までずっと考え続けて来たような事でもあったそれ故、T・Kの心に非常ななつかしさを呼びおこして「思想」はそのままT・Kを納得させた。

むろん、「思想」といったところで、それは弱った頭と体が造りだした錯覚に過ぎないのだから、結局は光の厚みと肌理が集まってできたような、啓示の形しか取る事が出来なかった。しかもそれを強いて言葉にするのならば〝人間には自我などと言うものはない〟というような平凡な文句にしかならないのだった。だがその時のT・Kには、それが強い実感を伴って意識された。

こうしてT・Kは「思想」を纏った。その考えが全身に染み渡ると、T・Kの目に、なぜか母親の姿が変わり始めた。

それは母親というより、どこかの工場から送られて来た人体模型だった。いや、それもすぐに、もっと極端な形に崩れてしまった。

T・Kの目の前には、……空気中の雑菌を調べるために造られた培養寒天の上に盛り上がった、黴のようなものが、物凄い速さで動いていた。

母親のいたところからは人の輪郭が完全に消えて、何か変なものがただうごめいていた。そのものはヒドラのように動きビニールパイプのような輪郭を持ち、素材は粒状の光だった。粒々はまばゆくてまともに見られない物から、濁ってぼんやりと光るのまで様々であり、また、その個体差さえ別に固定されているというものではなく、物凄い速さで変わり続けていた。なお、――素材そのものはただの光、つまり波動またはエネルギーに過ぎなかったがその点滅の具合やヒドラの動きは、T・Kの目には最初不可解な地獄だった。だがやがてもともとは人体であったそれを動かしている仕組みを、ほどなくT・Kは悟った（と思い込んだ）。

盛り上がる、とみえた物はただ何かに導かれ盛り上げられ動かされているだけなのであった。光粒そのものには意志も方向性もまったく無く、ただエネルギーを産み続け発熱するだけ。集まった光粒の芯から何かが湧き上がってきて、系統立った動きを示すというものではない。

光粒はそのままなら手入れをしない生垣のように、また洗剤を過ごした洗濯機の中の泡のように膨れ上がるだけだった。ただ、そのものの表面を外側から透明ななにかが覆っていて、それが光粒を動かしていた。

粒々のどれにも必ずそれがたかっており、そのままなら単純な球形にでもなるしかないただのエネルギーを、喰い進んで削り、排泄して盛り上げ、咥えて輸送するところが見えるのであった。

それは虫であった。透明なまま、その動きだけで、それが虫なのだと判るほどに凄まじいのだった。虫は光を喰い殺し利用しつくすためにだけ居るようにみえた。こうして、T・Kの頭の中に、外の景色が想像ではなく透視であるかのように流れ込んだ。人々が悉くその虫と光との均衡の上に生じた幻だと、……その時のT・Kは思い込んだ。

T・Kは結局辞職をして、暫くぶらぶらしてから古都に移り住んだ。住民票を移す事をなぜか両親は極端に恐れたので、幽霊人口の一人として暮らすようになった。健康保険証が取れないため、病気をしても気楽に医者にかかる事が出来ないのだった。

再就職といってもアルバイト同然の職場ではあり単純作業は勤まらないでもなかったのだが、無器用な変人でしかも独言しながら歩き、異様に傷付き易いというのでは所詮続かなかった。もともと家を出たいがためにもっともらしい理由をでっち上げて決めた仕事でもあり、その状況はただT・Kに自分自身の目的のなさを、生命維持のために労働をしようという意欲さえも持っていないのだという事を思い知らせただけの事であった。

こうしてT・Kは追い詰められた。とはいえそれは具体的に見れば世の中によくあるしかもそんなに深刻な事態ではなかったと言える。だがそれでもある日のT・Kは死のうとした。その原因は、大袈裟に言えば抽象の病とでもいうものであった。

古都にいても結局はあの透明な虫たちから逃れる事はできない。そういう思いである。虫は具体的な救いの可能性を見出せぬ程抽象的存在であるが故に、それを克服する、一切の現実的努力を不毛にした。

母親が大型な原色の家具を思い詰めたように、また父親が一滴の水に世界中の不幸を集めなくてはならなかったのと同じからくりに操られて、T・Kはその虫を思い詰めた。外から来た様々な不快の具体的内容それ自体は、もうどうでも良かった。

様々な条件下で生まれる自分自身の、極度の緊張を突き詰めて行くと、T・Kには人が人である以上逃れられない永遠の緊張という妄想が生じて来た。それは生命や意識そのものへの不信と化した。

例えば、思う、という事自体が既に、T・Kには、不可解な化物でしかなくなっていた。

幻の声だけでももう充分過ぎるくらいなのに、抽象の病はそれに理論的な裏を付け加えたのだ。そもそも頭の中で、殺さない、と思えば頭の底の方から、殺す、が出てくる。さらに赤と思えばその周囲にありとあらゆる濃淡の緑が集まって来る。つまり、思う瞬間、思いもしない事は自分が選んだ、「ある思い」に対する緊張の故に、個人の感知制御の出来ない脳髄の冥王星とでも言うべきところで、思った事などよりもずっと重く実在してしまう。

そしてそれは脳が死に絶えるまでは増殖することを止めないのだ。

しかもそれはT・Kの最も恐れている虫のしわざだった。

その頃、T・Kにとって思うという行為は既に、銃撃訓練に使う人の形をした、板のようなものになり果てていた。T・Kは暴発する散弾銃かバズーカ砲を抱え、その訓練に参加しなくてはならないのだ。意識は混濁し人前に出られない時間は増えるばかりで、生きて行くことそのものが困難に思えた。

狭い世界の中で、極端な認識や論理の混濁に追い詰められ、ついに、ごく普通の首吊り自殺をT・Kは選んだ。そんな状態では周囲への迷惑や失敗した挙句のベジタブル化、それに自殺の地獄などというイメージは湧きようもない。頭がコントロールを喪っており、体が勝手に死のうとするのである。

首吊りに使おうとしたのは荷造り用のロープだった。他に適当なヒモはなかった。縺れ合っているのをほどく間に、無器用なT・Kのエネルギーは使い果たされ、生への救いになる考えも出て来ないまま、それでも次第に億劫になり始めた。その時、たまたま無意識にロープをほぐす手で不眠症に疲れた眼をこすっていた。すると、いよいよという時、都合良く左眼の目頭の上縁がなんとも痒くなった。

T・Kは何回か瞬きをしたのち、人差し指を曲げて関節で目の中をこすり始めた。目蓋の縁の肉を軽くつねり、手の甲で拭き、睫毛が何本も抜けたのを確かめたが痒みは取れなかった。そこで廊下にでて突き当たりの流し台で両目を洗った。すると目の中から足の生えた小さな者の影が熱気とともに凄まじく次々に飛び出すという感覚があり、その目をまた都合良くタオルで拭うと、タオルのけばでまた一層痒くなった。

というよりは、眼球全体がジンマシンと化し、発熱し自己主張し続けて止まらないのだった。人は痒みのただ中では死ねないのだと考え始めたのは、既に死から距離を取りつつある証拠だった。

一旦外へ出て眼帯と眼薬と国産の小さいザクロ一盛を買い、その時には痒くなくなりたい、ということ以外何も考えてなかった。再びザクロの季節が巡って来るまで死ぬ気にならなかったのも、T・Kの運といえばいえたかもしれなかった。

眼帯はすぐに取ってしまい、目薬をどんどんさしたが、痒みはやがて全身に広がっていった。喉が渇くというのに水を飲もうとはせずに買ってきたザクロの半分を食べ、無論、急激に眠くなった。

夢の中で肉体の痒みは消えていった。目蓋のうらと後頭部で小さな稲妻が走り、左目蓋の裏には観念的痒みとしか言いようのない想像上のしこりだけが残っていた。最初その中に引っ越し荷物のようにごちゃごちゃした、他人や自分の感情が全部見えた。そしてなぜか、次第に幸福になっていったのである。

目覚めた時、すぐ、その夢の中にあった、幸福の内容を思い出した。

閉じた眼球の視界いっぱい、ランチュウの頭部か輸入ザクロを思わせる赤く重い果肉が実っていた。それは最初周囲にオレンジ色の火花を飛び廻らせ、蛇の血をゼリーのように固めた広東料理に似て澄み渡っていたがすぐに厚みを増し、その存在を定着させていった。

半透明ではあるが、見るとそれは一片の肉であった。均質で、在る、ということ以外には何の目的も持たず、しかもその中には最初に見た「感情の荷物」が総て引っ越していて、電車の硝子窓を流れる水滴のように、無機的にくっついたり離れたりしていたのだ。どのような考えも記憶も、その中ではアメーバ状の水滴に見えた。しかも、現のアメーバや生態系にならば必ず現れてくる生存競争や進化の過程が、そこにはまったく見出せなかったのだ。くっつきあうにも混乱するにも何の意志も持たず、ばらばらにとでも一緒くたにとでも、なんとでも形容できる状態に存在していた。

つまり「あらゆる事は無意味なのだ、何でもないのだ」、という感覚がそこには認められた。

だが本来T・Kはそういう感情に対して今まで、ひどく強いこだわりと憎しみを保ち続けてきたはずなのであった。

生きるために、意識から遥かに離れた領域において、結局T・Kはそうした解放を求めないではいられなかったのだろう。その肉をT・Kは異肉、と名付けたのだ。

あらゆるメディテーションに伴う発狂の可能性やその他の危険をまったく知らぬでもないのに、T・Kはそのまま、妄想の中で得た世界を追い求め始めたのだ。T・Kが殺人放火に至らなかったのはただの偶然に過ぎなかったのだろうか。いや、多分、T・Kには妄想をコントロール出来るだけの俗気が残っていたのではないか。もともと生きるために妄想したT・Kであった。現実逃避と生きようとする意志の間には何の矛盾もなかった。

T・Kの同級生の中に、新興宗教に入信してから奴隷のような受け答えしかしなくなったのがいた。T・Kはただ、似たような状態になる事だけを恐れていた。

ザクロ無しで眼の中の異肉と一体化出来るようになるまでに、T・Kは結局、二週間程の訓練を要しただけであった。ヨガの呼吸法や自己催眠を自分流のやり方で押し歪めて、禅宗でいう魔境を自分から求めていくような危険を冒したのだった。

……T・Kが目蓋の裏に意識を集中するとまず観念の痒みがそこには生ずる。すると、異肉はほどなく現れそれが拡大するにつれ、肉体が乾いた軽い針金と化し単なる輪郭のようなものに感じられてくる。こうして完全に肉体が輪郭だけとなると、意識や生命は総て異肉に吸い取られてしまう。この時、肉体と異肉の接点となる目蓋と眼球の間のスペースを意識し、そこを通して今は容器と化した肉体の中へ異肉全体を吸い取るように、点滴していく。

起きているとも眠っているとも区別の付かない状態が出来る。

すると、肉体の感覚が眉間にだけ戻り、そこから血の気が引く。真紅のフィルター越しに現れたものは悉く、均一に偏りなく、つまりは、肉化される。

のっぺりと、静かに、厚みを持ちながらなにもかもが無我のままに発光するのである。

(無論そんなものはただのイメージの操作なのだ。)

そこで例えばT・Kは光を見た。光はおそらく、チャクラなどと称せられるものとは無関係な、ただの幻に過ぎなかった。あらゆるものが墨流しになっている中で、T・Kは知覚の触手に当たったものをただありがたがっていた。

ある時は汚れた孔雀の羽根の束の形をした、嫌な青色と金色の光を見た。別の時はカーネーションの花だけが自己増殖したような、猛々しいかたちが、赤とピンクにめまぐるしく点滅しながら、ふいにフラッシュのような白銀色に伸び上がったりした。真っ赤な異肉ごしに見ているはずなのに、色彩はどれもはっきりしていた。ただ、光にはどれもやはり、生肉の肌理を感じさせる厚みと、冷えた獣脂を思わせる濁りがあり、色彩が重みになってのしかかって来るように、押しつけがましかった。光の中にははっきりした輪郭で塗り分けられたのもあり、それが徹底すると雑念の形になって出る様子だった。例えば、白梅・カトレア・水仙・ひめじょおん、光と雑念の中間にあたるものは全部、なぜか植物の形に似ているのだった。

　そうした光の肌理は雑念に近くなる程細かくなり、最後には映像と大差なくなる。

　どこで見たのかも思い出せない、茶色いネコの後半身がただ通り過ぎたり、分けめの薄くなった幼女のポニーテールの、後頭部だけがいつまでも消えなかったりした。

　それらは何の心当たりもないものが殆どであり、中に幾つか混じる見覚えのある姿も、たいした意味など持たぬものばかりだった。そんな有象無象がくっきりと形を現す事が出来るほどに、重要な物や意味のある事柄は溶け果てていた。そしてそれ自体が、異肉という世界の効果だと、T・Kは思い込んでいた。

　ある日は、何年も前にある洋菓子店へ行った時にたまたま見掛けた、あまり美味でもなさそうだった球形のゼリー菓子などが中心になって、ふと浮かぶのだ。別にその時欲しいと思ったわけでもなく、ただその形が浮かび上がるにつれて、記憶が蘇ってくるのだった。また一度しか行った事の無い遠い親戚の家で、違和感を覚えた家具の配列などが、TVタレントの顔の背景になって現れたりした。

　……見覚えのない帳簿やある一日の記憶全部、またT・Kの体から離れて他人のもののように眺められる皮膚感覚などがイワシの大群のように球になって、同じ大きさで非情に泳ぎ続けるのを探知した事もあった。ただの嫌悪感と、現の世界で最も緊張を要するある動作が接合しており、あるいはずっと持ち続けたトラウマの核心になんでもない記憶が入り込んでいた。あれほどT・Kを苦しませた命令する声も、単なる玩具のように放り出され、何の方向性も持たずただ蛍光塗料で書いた経文のように光っていた。

その中で、あるいはその周辺で、人類全体を破壊するツボという世間には通用しないものをT・Kは見た。

人類全体を破壊するツボに手をかざすと、笑いが際限なく湧き上がって来た。それは根拠のない笑いらしく、自分のとも人のとも区別出来なかった。またその時に実際に肉体が笑っているかどうかも不明だった。そのような状態の時にしか現れてくることができないのだ。

ツボはT・Kの目には薄白く発光しているもののように見えた。人類の生命を断つという意味の破壊ではなく、人間のしてきた事の意味を総て明るく無化して、なにもかもを終りにしてしまうというものであった。もっとも、それが実際頭の中のどのあたりにあったのかは、今に至るまで見当さえ付かない。

異肉を使ったメディテーションに浸っている時間を、ひとつの世界にいる時間だとみなし始め、それに底の世界という名前を与えたのは、T・Kが世界を、つまりは自分を取り囲む何かを必要としていた証拠である。空想の中でさえT・Kは自己であり続けようとしたのである。そのくせ目指していたのは結局は自己の喪われた世界なのだ。自己を喪った自分を外から認めて貰うために、人類全体を破壊するツボが必要だったのである。

底の世界から出て暫くの間、少なくとも二、三日T・Kは幸福でいられた。食べるのにも眠るのにも一切の緊張を伴わずに済み、本来心配すべき事もどうでもよくなってしまったのだ。それは赤ん坊のような生ではあったが、そうしていればともかく死なないで済んだ。

ただ綺麗な色を見たというだけで一日が満たされ、社会的には結局死者であった。だがそれでもどこかで現の世界に追い掛けられている事は確かだった。

人類全体を破壊するツボはそうした幸福で不安定な時間の中で自覚されたもので、これも必要に迫られた逃げであった。それは底の世界のどこかにあったはずだとしか表現できないままに、底の世界のではない現実のある記憶と結び付いていった（しかし本当にその記憶に基いているかどうかは本人にも不明なのだ）。

その場所とは都心部の繁華街で、といっても大学在学中にほんの数回行っただけの記憶である。そもそもT・Kは都会に暮らしていきいきするというタイプではなかったのだ。

つまりそこも別に首都の洗練や流行を代表するわけではなくたまたま交通の神経叢にあたるファッション性の低い、建物の密度ばかりが高いという、要するに雑多なところだった。他所に用事があり、中継地として通り過ぎるために訪れたのである。

電車の乗り継ぎの待ち時間を、歩き回ってみる事にした時からそれらしい感覚に囚われていた。自分がもう死んでいるような気分がふとしたのだった。

大学生活の殆どをT・Kは下宿した親戚の家に閉じこもって過ごしたのだった。親戚は構わないでいてくれたためにそこでの生活は嫌でもなかった。ただ卒業の間際に、これ以上は置けないと宣言され、放っておいてくれた理由がなんとなく判った。T・Kの両親にとって首都という言葉は、そのまま取り返しのつかぬような汚れを意味しており、浪人の挙句、その大学にしか受からなかったという事情でもなければ、とても出られなかった場所であった。日没以後は家にいるという規則を両親から課せられ休暇は総て帰省に充てられたため、一切の交際を欠くことになった四年間だが、何の苦痛も覚えないまま、T・Kは押し入れの中の紙魚《しみ》のような都会生活をした。

T・Kの覚えではそこは裏通りのビルで、ビルに地下四階だかの表示があったためにふと入ったのだ。子供の頃から地下とプラモデルとドラムに対して、中途半端な関心を示していたT・Kであった。但し、何に対しても観念的な受身の興味しか持つ事ができなかったために、そのなげやりな願望は放置されたままいささか幼稚な飢《かつ》えを残していた。そのT・Kの前に路地裏の地下室というものがたまたま現れ、別に危険も無さそうだというので覗く事にした。

なお、T・Kにとってあらゆる単独行動と自主的な選択はいつも途方もない罪悪と危険に直結していたため、たったそれだけが一大事だった。

階段を下りながら自分が一匹のアリであるかのようにＴ・Ｋは思った。確かに、それは白壁を這い下りるアリの幸福感であった。いつしか先程まで歩いていた路上のゴミバケツと、通りすがりに見た超高層ビルが同じ大きさに思えてきて、「アリ塚を崩した古い記憶」と人のうごめく都市が重なっていた。すると、迷路の中の点になりながら爆発して死ぬ、という異常な考えが、事実であるかのように湧いて出て止まらないのだった。

とはいえ、その地下で別にＴ・Ｋは特別なものを見たわけではなかったのだ。ごく普通の雑貨店で、洋服と玩具と骨、が売られていた。

広いスペースの床は白木、壁面は草食動物の腸を連想させるあらゆる緑色で覆われていた。見るとそのしわだらけの壁紙は総て洋服であった。

デザインは少しずつ違ったのだろうが、そうしてあるとどれがどれなのか区別も付かなくなり、とても売るために並べてあるとは思えなかった。

客は数人はいたはずなのだが、人の息も気配も食い取ってしまうような雰囲気と照明があり、音楽が外から流れ込んでくる事もなかったのだった。どこかでビル風のような振動音が続いていた。地下四階の店は無臭だった。

……輸入品らしい白木やアクリルの文房具が木の実のように床に散らばっていた。そのうちのどれにも価格表示がなく、主になる商品の背景のようにしか思えなかった。

街の雑踏から総ての音と体温を取り去り、化石化させたようなスペースの大部分を占めて、様々な動物や人間の人工骨があった。よく見掛ける小型の木や紙のでなく、半透明の、宝石のようなプラスチックで造られたものばかりだった。

中央には体長三メートル程のブロントサウルスが飾られており、その肋骨に幾つかのアクセサリーが提げられていた。周囲にはやはり半透明の紫がかった人骨が数体、一体だけが辛うじて緑色の透明なタイツを身に纏っていた。

それらの頭蓋骨はどれも蛍光灯の光に濁った果汁をまぶした、溶けかけの氷のような紋を浮かべ、標本のようにでもなくマネキンのようにでもなく、投げ出されていた。といっても乱雑な印象はなく、もしも死人に意志があるのならばこのように祀られる事を望むだろうと思われる程に、自然なポーズだった。

猫、鳥、ハンザキ、プテラノドン、そのミニチュア、濃緑色のハンカチの上に載せられて危険な程尖っている鯵や深海魚の骨。

その中に一体、地球上の生物のではない骨があった。一見抽象的なオブジェにしか見えなかったが、その群れの中にあって骨だと判った。

そのものの肩胛骨は二対、向かい合って中空に浮かんでいた。どれもから網状の翼らしい骨が生じていた。さらにおのおのの翼骨の先端から、やはり化石化した噴水のように、何条ものおそらくは触手骨が、小さな球状の骨片を連ねきらめかせながら、床へと垂れ、本体を支えていた。

頭は全部で五箇所に分かれていた。まず、肩胛骨から生じた単眼の眼を持つものが四個、外側に向かって付き、その他には四個の眼窩のある、脳を保護するらしい頭蓋が一個だけ離れ、V字型に分かれた背骨から生じている一枚板の肋骨の下の方に、片方だけのイヤリングのようにぶらさがっていた。

そんな骨の群れの中でT・Kは首都の、名前を知らない人間と初めて口をきいた。大き過ぎる黄色い皮のジャンパーを着て膝小僧を出した、五歳位の男の子が、ブロントサウルスの横から走り出たのだった。頰骨の間に鼻が埋もれている目のとろんとした、口許のだらしない下がり眉の子だった。

大人と一緒にきたという様子でもなく、しきりに強引にT・Kを構い始めた。――言葉の最初に、ホネッ、と叫ぶのが判るだけなのだが、ブロントサウルスを手で指し示しながら何事かを繰り返し居丈高に講釈するのだった。

答えようもなく、ただ言われるなりに後ろをついて歩き、その間ずっと子供の後頭部を見ていたのだ。地肌の透けて見える頭頂部はひよめきと呼ばれる内にならば、ただ圧さえただけでも死んでしまうのだと、何かで読んでたまたま知ってもいた。むろん幼児のそれはもう閉じていたがその薄白い一点を凝視しているうち、地下室が際限無く死の底に下りて行くかのような錯覚が生まれた。災害が起きてみんなが死ぬという考えが確信となった。一秒一秒が密になってそこでそのまま眠り込んでしまいたいような良い気分が湧き上がってきた。

もっともそうしていられたのは結局ほんの短い時間にすぎなかった。誘拐犯と間違えられるというまっとうな恐怖感をすぐに取り戻した。

我に返ると、そこは沢山ある、とどまってはならない場所のひとつにすぎなかった。地下室を出る頃にはいつものT・Kに戻っていた。

理由は判らぬまま、――憧れと疲れの混じったような感情を伴いつつ、メディテーションなしには蘇らなかったであろうその記憶に――T・Kはこだわり続ける事になった。

自分の世界に足を踏み入れたT・Kが結局下宿を追い出されたのは、一種の必然であったと言えるだろう。但し、その時のT・Kは案外正常だったかもしれなかった。

狂気の演技で自分自身を追い詰め、いやな環境を出る。それがパターンだった。それは個人とか自我の範囲を越えたところで行われてはいたが、同時に、今までに繰り返した行為でもあるのだった。

下宿を出るきっかけはやはりメディテーションだった。数日の間朦朧とし常軌を逸したのだ。

そんなにまでなった直接の原因は不明だった。結局は意識のコントロールの及ばない場所での問題である。ともかく、底の世界とT・Kの精神のバランスなり代謝なりがごく微かに崩れ、そのため現の輪郭が少しずれるか、あるいはその感覚が戻って来るのがほんの少しだけ遅れたのだ。

その時のT・Kは常軌を逸しつつも知覚はまったく正常に機能していた。目や耳は正確にそとからの音や下宿の畳や障子を捉えていた。

ただ、心は外界から完全に切り離され、現実感を一切忘れた状態になり果てたのだ。それはそれまでのメディテーションの中でT・Kが無意識に、しかし究極望み続けていた事とほぼ同じだった。

ただし、幸福とは程遠い状態であった。

例えば本来見慣れたはずの自分の部屋。それがいつしか、どこもかしこも耐え難い程の序列のひしめく、秩序のピラニアの泳ぎ回る場所と化していたのだった。

ふと見ると自分には無関係で永遠に理解できそうもない、不毛で繁雑なものが、世界中を埋め、しかもそれが抗いようのない権威となって絶対的にあった。しかもそれを知覚する力だけは完全に保たれ、生きるための鈍磨、あるいは学習の成果は全部奪われていた。

文化という押し付けがましい凹凸が拷問ライトのように喚きたてていた。それは人間が光の粒に見えるのよりも遥かにおぞましい眺めだった。そこでそんな苦しみから逃げたくてつい暴れた。こうしてT・Kの知覚がT・Kを裁いた。

結局、――障子を外したのはそれが死刑と無期懲役を分かっているところが見えたからだし、畳を全部上げてしまったのはもしかしたらその下に正常な混沌が見出せるかもしれないと思い必死だったからだ。一箇所に固まった本はリンチを表していたので均等になるように部屋中に撒いた。鉢植えの花の先端が眼球に突き刺さるような気がしたので先の方を総て摘んでしまった。

むろん、そんな穏健な改革だけでは、コントロールを解かれたまま知覚に耐えている大量のエネルギーは収まりがつかない。全身を刺す訳の判らない恐怖感と目的のない衝動の氾濫が高まり続けた。

T・Kは水と陸との区別を無くすのが一番だと思え、部屋中にもんだ新聞紙を撒いてなにもかも隠した。室外まで紙の海を及ぼした時、それが全世界に至ってはいないという事にすぐに気付いた。紙の洪水が来るように十三回呼んだ後やや疲れて人工の海の中央に座り直した時、心はとても自分一人のものとは思えないような、強く大きな憎しみと怒りで壊れそうになっていた。

T・Kの意識に、切る、そして「肉」、というイマジネーションが迫り出しのように現れてきたのはその時である。世界中が肉化すべきだと思ったのだ。

下宿で放心のままに包丁を出し、まずは柔らかな食料品から切り始めた。刻むものが何であろうと大差はなく、切り応えだけが、腕の筋肉の内側に快く蓄えられて行くのだった。畳も天井もみんなただの皮に過ぎないのだと思おうとした。つながっている、どれも同じ、という感覚だけを信じようとして必死になり、世界が一片の肉であるという演説を始めた。無論、その肉とは眼球上の異肉だった。声が大きくなり正常な知覚は、そのボリュームを冷酷に認識した。

同時に、ふいに現れた俗気が、T・Kに当然の忠告を発していた。しかしその正常な忠告にはなぜか対応しきれず、一層危険な状態に陥って行った。

喜怒哀楽の区別さえ無くなっていながら感情である事は確かだという、叫びを伴うエネルギーが非常に大量に、包丁を置いたT・Kの心身を隈なく物凄い速さで回流し始めていた。

最初頭頂が激しく何回か動いた。雹が降るように人語が、人声が降るようになった。ごく自然に喉が吹っ飛ぶ程の高音で笑い続けていた。幻覚の中で頭だけがちぎれて宙に浮いた。肉体が本当に笑っていた事だけは確かだった。

降る声は増え続けて瀑布と化し、ひとつひとつの単語の区別も無くなって轟音になった。

小豆色と黄緑とフランボワーズの色の、粒々を持った銀色の触手が、後頭部から繰り返してなだれ落ちた。すると、轟音に慣れたのか本当に静かになったのか何も聞こえなくなり、今度は頭頂から半透明なベージュの幾何学模様が際限無く湧いた。やがてその中心が空白になると、そこに天使のような頭で後光を背負った、一見超自然的に思えるものが出現した。

だが、幸な事にその時すぐそれが以前に見た、夢判断の本の表紙の絵と同じものなのだと理解できた。

それから数日間、一日にやかん二杯の紅茶とカップきつねを摂ってT・Kは笑い続け、少し元気が戻ってからはいなりずしを買い、半日は笑い、残りは底の世界で過ごしたのだ。

食物の好みに、イナリの、土俗的な暗示が働いたという可能性はまったく無かった。風邪で食欲の落ちた時など、そういうものしか食べられなくなるという体質だったのである。

様子がなんとなく大家に知れ、次の仕事を捜しているうちに出てくれと言われた。反論の余地も無く下宿を変わった。

すでにもう死ぬ気はなくなっており、働きに出るつもりであったのだが、しかもメディテーションのせいで生きる力まで湧いてきたというのに、社会人としては一層、使いものにならない存在に急激になっていった。脅えがなくなると同時に常識もなくなり、さらにあの地下室の骨のある風景を思い出すとすべて放り出してどこかへ行きたくなった。時には本当にそうしてしまうのであった。

下宿を変わる時T・Kは意図的に奇行をして両親に下見をさせなかった。敷地内に大家の住居があるけれど入口が別の、プライバシーが守れる所を選んだつもりだった。そうして、監視の距離が離れると同時に判ったのは、今までの下宿での訓戒や詮索、さらにはT・Kの側からする一切の挨拶微笑受け答えまでが本物の拷問であったという「事実」だった。前の大家が独り暮らしの人間に蔑みと疑いと自分の欲望を投影した興味を抱いていたのだ、と「気付いた」のだ。

こうして、何回も職を変わる事が平気になり失職中、T・Kは閉ざされた四畳半の内で自分の世界について喋り続けていた。電話は両親の説得で引いたものであったが自分から掛ける事は殆ど無かった。閉じこもる期間が長くなると電話の幻聴に悩まされた。被害妄想も強くなった。

ある時、TVを持たないT・Kのところへ受信料を払わないようだが、という挨拶で一面識もない人間がいきなり来た。いくら説明をしても人を代えてたびたび来るようになった。買えば連絡するからと答えたのに、急に電話番号を聞こうとした。いままでの住居では無かった事であった。

監視や逆探知が気になり始めた。建物のつくりが今までと違い、また通りに面している事なども不安の種となった。

小さな窃盗がアパート内であり、大家が対応を怠っているうちにもう一度起こった。様子を見にくるようになった大家とTVの集金人がある時かちあい、事情を知った大家は断るT・Kに中古の白黒TVを無理にくれた。善意のそれはしかし、T・Kの部屋の中で、訳の判らぬ恐怖と化して発光した。

暫くして、近くの大寺院をある権力者の子弟が継承する、という「事件」が起こった。もともと大寺院の中では、公道を私道のようにして使い多数の弟子を抱え、公的機関にまで異様な権力を陰から及ぼすという一族が生活していた。その事があってからその周囲の警備が一層ひときわ、きつくなった。銭湯の帰り、警備員の目の前で隠れ場もない道の真ん中に十秒程立ち止まっただけで誰何《すいか》された。カノープスを見ようとしてという説明に答えはなく、自分は身元があやふやなので前からマークされていたのではないかと思い始めた。

TVの中にまず盗聴器がある。窃盗と見せかけてその工作に来た。——自分でも異常な考えだと思えたので解決を求め、一人二役の独言カウンセリングというのを試みてみた。するとまったく他人としか思えぬカウンセラーが現れたのはよいが、断片的でやたらに客観的な事を言われたに留まり、最近の典型的な症例であると指摘された。喋る事自体でエネルギーは少し救われたが、結局解決にならなかった。

暫くして底の世界にTVが現れた。当然の事で、それは包丁で切った。大寺院が現れた時にも切りきざんだ。少しは攻撃欲の解消になった。

その他、底の世界には時に、美しい逃避の幻が混じる事があった。

例えば古霊類、という名前を自称している妖精めいたものが、底の世界では一時やたらに繁殖した事があった。そこには蛇の形になって光る水があった。目を閉じた赤子の顔がつぼみになっている、その赤子が泣き出して口を開けると次第に顔がほどけて、大輪の花に変わって行く、という水草があった。底の世界の肉化した岩にそういうものばかりが一面にイソギンチャクのように揺れていたりした。

ある時にはそれらのいる場所とT・Kの部屋とが一続きになり、目の前を軟体動物のように輪郭の揺れる、ウォールナッツの色のドラムが通ったりした。

T・Kは言っている。――切る事が美しいのは切った物の、偏りのない切り口を見られる場合だけに限られていた。内臓はこだわりと脅えだから醜かった。外界に近い物程切り難いのだった。切った切り口が半透明のピンクやグリーンで均一になっていなければ自分でも安心できなかった。ところが均一の肉を支えているはずの、「人類全体が壊れるツボ」は不確かなままなので……、と本人が言うくらいなので、破綻が繰り返される事はもう必然であった。

こうして、底の世界での重要な変化は現と関りあいながらも、メカニズムの判らぬままにまた、ふいに起こったのだった。

郷里を逃げ出すきっかけとなった人体の化性である光の粒の姿が、ついに底の世界にも訪ねて来たのだった。

逃げれば現が追い掛けて来るというのが当然だと言うくらいの、結局Ｔ・Ｋは社会的存在に過ぎなかった。

底の世界で出会った最初の不快な他者とは、以前郷里でよく見掛けたある人物であった。大寺院の木を肩に担いだ姿で現れたのだが、犬に煙草の煙を掛けたり飲み水の容器をひっくり返したりして、苦しめていた人物なのですぐに判った。

最初Ｔ・Ｋはそれを偶然の現象だとしか思わなかった。

なおかつヒトへの敵意を、Ｔ・Ｋは既にあらゆる器物を切り刻む事の中に昇華し尽くしたとうぬぼれていた。しかし今思えば、嫌な予感ならあったのである。

例えば、ＴＶを切った時の話である。そこからは、人体を集めて作った内臓とでもいうべきものが流れ出してきた。つまり飴で絡めたチリメンジャコのようにびっしりと固められたまま、無数の小さい人間が生きてわなないており、或るものは腸壁となって腹を連ね、あるものは心外膜となって手足をぎっちりと絡め合っていた。無論各々の手足にも頭にも何の力もなく、自分自身の骨も一切使おうとせずに、周囲から引き絞られるまま皮膚と筋肉と脂肪をよじらせているだけだった。

それらは部位によって動きも総て異なるのだが、表情は一様で、しかも目と鼻を最大限に見開き、猛々しい満足感とT・Kに対する非難とを表していた。

これはよくない、とT・Kは思った。TVの殻自体もかなり硬く、確かにある種の危機の予兆だった。だがその時のT・Kはそれよりも人間型の内臓のありさまにまず逆上して、ともかくチリメンジャコどもを抹消する事に、思わず、専念してしまったのだった。たとえ小さくとも人体の表面である、要は総て切るべき殻に覆われていて、ひとつひとつの中に小さな内臓があればそれもミンチ状にしなくてはならなかった。

ところで、切るにしては小さ過ぎるその形自体が、実は既にして底に対する、現からの逆襲であるという事を、T・Kは予測できなかった。

TVの内臓を、その時はただ、包丁の背で叩いてねとねとにした。大寺院の切り口から盛り上がった何億ものヒトの頰が、陶器のようにいやにつるつるしていたのにさえ、こだわらなかった。どれもハンバーグのようにまとめても生き返りもせず、ミンチにした時それは完全に均一な肉に戻ったと見えたのである。ただ確かに、いつもより少し粘り過ぎるという自覚くらいならばあった。ただ今にして思えば粘るのはつまり、どろどろでありながら均一ではない、切れないという状態を表していた。

T・Kは何も判ってなかった。最後にして最大の敵、――T・Kが恥の感覚とともにモチと呼ぶしかなかった鏡餅の形をした強迫観念の予兆だったのだ。そんな風に隠れていて、少しずつ増殖し結実したのだった。

しかもいきなり、完全な形で底の世界の視界の中に躍り出た時、モチは既にT・Kの統御を完全に越えた存在となりおおせていた。

ある日やって来た男の、人体を切った時モチはついに出現した。

男をT・Kは侮っていた。いまさら記憶の中の雑念を切る、しかも個体の人間に過ぎないのだ、そう思った。

大寺院の木を背負って歩いてきたその人体にせせら笑いを浮かべ、T・Kは安易に斬り掛かった。無論幻は無抵抗で、遊びと実験のまじった気楽さだけがT・Kにはあった。

妄想世界に自分自身催眠状態のまま好き勝手な筋書きを進行させたり、雑念のひとつに強固な暗示力で色形の修正を施したり、メディテーションに慣れるに従ってそういう事が上手になってもいた。

自分の世界に慣れたT・Kは完全に弛緩していた。

その態度は、以前に最もT・Kの嫌悪していた人間、あらゆるものから自由であるような振りをして生きている人々のそれと大差なかった。

T・Kをも含む現実の人間の心身と同じに、透明虫をいっぱいたからせたその男の体は、その時影を切るように手応えがなかった。というのは、実は、男という宿主は既に喰い荒らし尽くされたあとに過ぎず、男はもう、モチと化す寸前だったのである。それにも気付かず、ついに最悪の幻覚さえ切り滅ぼすのだという満足感でT・Kは何回もブスブスと刺した。

人体は一旦はばらばらになった。が、その輪郭からまずまとまりを諦めた光の粒がほろほろと零れ、不吉な事に、赤く凍結したザクロの実に変わったのだった。

しかも、光粒に付き従って透明虫までもが零れてくるのだった。それは粒々の飛び散り方からすぐさま判った。追いかけて、T・Kは見えない透明な虫を切りまくった。その時点、愚かにもついに透明虫まで思いのままなのだと思ったのだ。

だが本来なら、それは、もっとも警戒しなくてはならない現象だったのである。TVや大寺院のような目に見える敵ではなく、均一な肉に造り変える事のできない、あるいはでき難い存在が生まれてきたしるしだった。

　第一虫自体を切り刻もうという考えを起こしたのが、既に相手側の策略にはまっていたという証拠だった。透明では切ったか切らないかもはっきりとしない。

　底の世界の上下左右も定かでない肉の地面に、断末魔のような振動を与えながらうごめいている見えない虫たちに向かって、使い慣れた包丁をT・Kは振り上げ振り下ろした。

　この件について、――虫が固まってモチと化した、と、結局今になっても、こじつける事の好きなT・Kは真剣に、しかも支離滅裂な図を使って、自分を好いてくれる人にだけこそこそと説明するのである。但し賢明にも、それを世間に公開しようという考えは持っていない。

ちなみに、透明虫を切り刻んでいた時間から覚醒までの時間、T・Kの意識は完全に途切れていた。その間に何か凄いものを見たのではないかという事らしいのだが、ともかく次の意識は始まった時既にモチの支配下に置かれており、それから暫くの間はそれを前提として、T・Kは生きるしかなかったのだ。

気が付いた時、T・Kの肉体の閉じた目蓋の内側、そこにあるはずの奥行きのある妄想世界は消え、視野を埋めつくしていたのは薄茶色の茶がらのような平凡な模様に過ぎなかった。いつの間にか姿勢がうつぶせに変わっており、結局その時の模様は目蓋の裏の血管か何かだったらしい。

畳に押し付けられた眼球が痛いというのであおむけになると、その模様は掻き落とすように中心から消えていって、薄闇が残った。

それは譬えていうなら不快感の爆風に吹き飛ばされ、地上に戻って来たという感覚であった。理由の無い、訳の判らぬ正体の知れぬ、不安の塊、そういうものがT・Kの胃から心臓から血管から絶えまなく湧き上がって、体表に登り、全身を押さえ付けようとするのだった。例によって眉間から血の気がうせ、閉じた視野の中には残像のような、三段重ねの何かの影がふと現れて消えた。

それが何なのか判ったのは、目を開けて現実の世界に完全に入りこんだ瞬間だったのである。

正月の鏡餅が脳の芯にある、あらゆる呪いはそこから発生していた。

実際、どこから見ても、それは完璧な鏡餅であった。

その時に現れたモチ、という名前を持つもやもやの事を、未だにT・Kは仮想敵と定めて暮らしていた。別に今ではそれに悩まされているという訳ではないのだったが、底の世界が消えても、モチだけは消滅しなかったのである。

T・Kが外界と関わりあう理由に、まっとうなものはひとつもないそうだ。強いていえばそれは総て悪霊のしわざである。その悪霊が人に向かって呪いを放つ時にかぶる、最も有効な仮面が、モチ、なのであった。

今ではもう、自分の全行動をT・Kは一切信用してはいない。つまりただひたすらモチに支配されたりモチと戦ったりしながら暮らしているのである。

この、モチの正体についてなのだが、肝心のT・K本人でさえも、モチ、というその単語の語感やその形からの、連想によって見当を付ける事くらいしかできないようである。

無論、正体不明だからモチ、の形を取るのだし、粘るからモチである事も確かなのだ。が、それでは何の解答にもならなかった。ただモチ、はともかく切っても切っても不毛にしつこく粘る存在なのであるという事で、つまり、モチというよりは「モチという譬え」だった。

ところで、底に関わりあうレベルの事象達を、現のレベルで表現しようとした時に必ず、譬えや象徴の形で語るしかない、それこそが真実だ、とT・Kは言っている。そもそもT・Kが体験したというザクロの幻でさえ、またT・K自身の記憶の中で歪み果てている両親の像さえ、T・Kの無意識に用いた、嘘という譬え話かもしれないのだった。つまりT・K自身が一匹の透明なウソ虫と化しているのである。語れば、笑われるだけだと知ってもいる。

そんなT・Kの人生の中で、モチはやはり最も厄介である。それは飾りたての鏡餅、神聖な食物という既得の地位から、永遠に下りたくなさそうな態度なのだ。物理的な大きさは妄想のこととて判らないが、モチ、はT・Kの目に粉を吹いて見える。その三段重ねの白は冷えかたまり、次第に乾きながらもなかなかひび割れない。澱粉のベータ化、身勝手、物欲し気、絶対権力、ご立派でそこら中にあるのにだれもとりたてては意識しない……。

ともかく、一番問題になるのは包丁で切ることのできないその粘りだった。このモチは熱を加えるとアルファ化する普通のモチとは異なり、切ろうとした瞬間にアルファ化するのだった。刃物に粘り付きT・Kの口と鼻を塞ごうとし、均一なふりをしつつ実は何かが混っていて意図的に粘る。

モチが底の世界から力を奪っている事は言うまでもなかった。底の世界の、地面から空からモチは湧き出て、今まではすっぱりと切れたものにさえ粘り付いた。それは当然生きる目的を奪われたT・Kの緊張をつのらせる結果となり、同時に現実の世界をも侵略したのだった。

幻聴や具体的恐怖感は、モチの形でひとつに固まっていた。敵の正体がはっきりと現れた以上そのやっつけ方も具体的に判りそうなものだが、そんなに単純には行かなかった。というのは結局その姿自体が、悪霊の仮面だったからだ。つまり、正体不明を象徴するものに他ならなかったからだ。モチはまたさらにその現れ方の唐突さと量の凄さで、本物の妖怪変化のように、T・Kを圧倒したのだった。

ある日、……TVをつけると、出演者全員の頭の上にモチは出現して静止していた。また別の日外へ出れば、歩道橋の階段の一段ごとに登ろうとするT・Kを出迎えて、モチは段ごとに左右に整然と置かれているのだった。それらは粘りを押し隠した、穏やかな表情の殺し屋、当面は粘ってこなくとも、脅かしている事には変わりがなかった。本を読むと、活字の裏のひとつひとつにもモチが置かれていた。それは一見カタツムリの幼虫のように愛らしいのだったが、一斉に煮えたぎる粘りと化し顔めがけて飛びかかって来る恐れもあるのだった。

電話の幻はモチの出現と同時に完全に消えていた。ただ、毎日掛かってくる母親からの電話の中にも、モチが膨れ上がってくるようになった。

職探しそのものに支障が出始めている事をT・Kは母親に言わなかった。しかし面接の場所がモチだらけになって逃げて帰るという事もしばしばだったし、世間の狭い古都で、限られた業種の職場を転々とする事にも限界があった。

夫が留守がちの家に閉じ籠って、T・Kの母親は半ば白壁ノイローゼになりかけていた。数を間違え日を間違え、動く体を動かないと言い張ったりするのは毎度の事なのだが、それにしても極端に過ぎるようであった。電話の最中に黙り込んでしまうくせに、切ろうとはしない。人間ドックで何の異常も出なかったと父親は言うのだが、しかし、話の半分は結核のような咳で内容が聞き取れなかった。機嫌がいい時は慈母の受け答えをしてくるのだが、T・Kが底の世界の住人になっているため、嚙み合わない。

底の世界に住む以前あまりにもたびたび、母親の脅しでT・Kは様々なものを諦めてきた。また同時に過ぎたやさしさや心配のために却って拘束され続けてきたのだった。そのせいか母親への愛のエネルギーがもう尽きてしまっており、心がごく微かにしか動かせないのだった。田舎に帰ろうと努力してはみたが、郷里に向かう駅はモチの海と化して、足を踏み入れる事さえできなかった。というよりも自分自身が底だとかモチだとかの中でじたばたしているため、母親が親子だ郷里だとか言ってみたところでT・Kに対しては、例えば臨終間際の人に、雨降りで洗濯物が干せないと嘆いて見せるような効果しかなかったのだ。

T・Kの姉妹たちは別にノイローゼにもならず、十代のうちから次々と家を出て全員独身でいた。だがT・K以外は全員しっかりした、いざとなればあてに出来る子供ばかりだった。但し、一旦でも親元に帰ったのはT・Kだけであった。

無能な人間のディプレッションというのは、親思いという形であらわれるのかもしれない。それに利害打算がからむかどうかはケース・バイ・ケース。社会生活の不可能な人間が両親に固執し、あるいは強すぎる愛憎を持つという事は起こりがちであろう。とまるでひとごとのようにT・Kは私に言ったが、社会の権化でもあるような親の管理からまた愛憎からも逃れようとするそのT・K本人が、仕送りで生活している事も事実だった。そもそもモチが出てから一年半近く、T・Kにはまったく、一日も仕事がなかったのだ。お金を返すと言ってはいるがあてなどなかった。

母親はT・Kが逃げだした事で、愚痴の対象を喪ったらしく、情動が一層ばらばらになっていた。彼女は原色の洋服と自分の便秘と、ただ器物の名前を発音するだけで表す怒りと、金の話とを交互にする以外に頭が働かなくなったようすだった。特にT・Kへの仕送りについては止めれば帰って来ると思いこんでしまったため過敏になり、別の話をしていて急に泣いたりするのも問いつめてみるとその事であった。家に余裕がないというわけではなく、母親は小さい宝石も時折は買うし、外国製のイブニングなども買って持っていた。ただ、仕方なく金を送っているうちにストレスをそこに集中させる習慣が身についてしまったらしく、金が惜しい、という事ではなく、いわば金の神経症のようになっていたのだ。だが、その母親さえ結局その時のT・Kの目にはモチの偽足にくるまれてじたばたしているだけだと、モチさえ取ってしまえば楽になれるのに、というふうにしか見えなかった。

こんなに育ててしまった事に責任がある。一生の十字架として引き受けて行くという父親の発言もモチに思えた。ただ、いつの間にか父親が本当の被害者になっている事に気付くと、T・Kの父親に対する緊張は次第に薄れていった。

モチに悩むT・Kは一度、近くの公園へ死にに行っても見た。しかし思い詰めるのもモチの効果だというレベルにおり、馬鹿馬鹿しくて結局死ねないのだった。なぜか時々理性が戻るようにもなっていたので、そんな時にはとんでもない自己嫌悪に襲われるのであった。つまり、最も必要なのはモチ、と合理的に戦う事であって、モチという名前を敵に与え、その名によって相手に呪いをかけるという行為それ自体は、せいぜい第一段階、あるいは気休めにしかならないと自分でも判ってしまったのである。(だってそもそも、モチという言葉は社会に何ももたらさず、T・Kの中でしか生きられないのだから。)

それでもＴ・Ｋには、自分の心や体を壊さずに済まそうとしてそうしているのだ、という言い訳はあった。

一方、自分は家族に尽くしすぎたために苦しみ抜いて死ぬ、と母親は言った。そう言われてみるとＴ・Ｋにもそんな気がしないでもなかったのだった。

ただ母親の咳は、同窓会に出席したのちに治ってしまった。

Ｔ・Ｋがモチから「解放」されたきっかけがなんであるかはいまだに不明である。ともかく「解放」に向かってゆっくりと少しずつただ動いたのだ。そのように今のＴ・Ｋは結論するしかない。もっとも解放と言ったところでモチ自体から自由になったというのではなく、ただモチの実在を認めたため、偽のモチ、というかモチの幻覚を見なくともよくなったというだけの事に過ぎなかった。それからずっと手間のかかるゆっくりとした変化の中に未だにＴ・Ｋはいる。それはモチを消去する幸福への道では決してなく、憎しみの中でモチを眺めつくすという方向である。つまり、モチの支配はずっと続いてゆくしかないのである。

モチが自分の頭の中のどのあたりにあるか、それを知る事が大切だとＴ・Ｋは言った。

ある日の事Ｔ・Ｋはアルバイトに行った。する事がある、という平凡な理由がＴ・Ｋのエネルギーを蘇らせていた。しかしその一方モチの恐怖はずっと続いていた。

仕事は本の取り次ぎ店の倉庫整理だった。電話で予約をしただけでその仕事は採用となった。面接がなかったのでうまくだませたのだそうだ。

しかも当日行くと受付の人間の頭の上には不思議とモチがおらず、整理番号の札を渡され、T・Kは住所と名前を書くように命ぜられた。しかし結局は紙の中でモチが遠足をしているのに気付いたのでとっさに全部でたらめを書くとモチは消えた。

そこの、売れ残った本を記帳するという簡単な仕事をする間にもT・Kはずっと、本から出ている猛毒について考えていた。つまり大量の猛毒を放って国家規模の汚染をもたらす厄介な本の整理に困ったある企業が、死んでも判らぬ独り住まいの人間を集めて処理をさせる。そういう考えを払いのけることがどうしてもできず、しかしそう考えている間中モチは現れて来られなかった。

昔の被害妄想の段階に戻っただけのように本人も思った。だが考えそのものを馬鹿らしいと思いながら、根拠なき納得が頭の中でどんどん膨れ上がった。

統御不可能な記憶の底のほうで、計算機のようにかってに動き回る整理機能、そういうものでしかモチには対抗できないのかもしれなかった。感情の癖、あるいは脳内物質のごく微かな動きや、形を喪いながら重みばかりが残ってしまっているような大量の記憶、それらがある日解決に一歩近付く。

倉庫の裏側にガスタンクがあった。爆発が起これればそのまま死ぬ。その上、T・Kはキヤッシュカードも保険証も身分を保証するものを持っていないのだ。身許不明の死体？　怒りと安心の混じった気分が砂時計のように正確に使いつくされ極限に来た時、久し振りに、地下室と子供をまざまざと思い出した。

引きあてた持ち場がたまたま哲学書の棚だった事と、ひらがなで良いと言われた書名をいちいち漢字で記入し復唱したのと、記帳ではねてはならないとされている数字を全部はねた事とで、仕事はT・Kのところだけが驚異的に遅れた。隣りの棚は児童書で商品番号と冊数を数えるだけだったため午前中に帰り、しかしT・Kの方は、夕方になっても終らなかった。横では正社員が泣き声で身の不運を同僚に訴えていた。自主的に無報酬で残業をしようと申し入れたが、暫くするとやはり余りにも無能だという事がばれて、丁寧に優しく、帰れ、と言われた。

それがきっかけで大海の中の、一匹のアメーバが死ぬ時のようにほんの少しだけ自分が変わっていた。

つまりその日、帰りのバスの中でT・Kの不安は、気がつくとほんの少し薄れていた。但し薄れるといっても、それは譬えて言うなら、巨大なモチに錆びた五寸釘を一本打ち込んだような予感だけで、無論、モチが一日粘り始めれば、そんなものは無効となるのだった。

T・Kは最初、バスの中の人々と自分の頭の上にモチを見付けた。すると本の猛毒とガスタンクが実際に目の前にあるかのように感じられた。さらにその上に自分のところだけ仕事が遅れたというようなことまでが被さって来た。ふいに、――なぜだか急にあらゆるものをしっかりと見なくてはならぬという心構えになり、窓の外と乗客の顔のひとつひとつを、しつこい程に見比べると、人々は恐ろしそうに下を向いた。――ここで、モチがふっと消えた。

わざとらしく、敵が判ったなどと大声で叫ぶ気分にはならなかった。ただ底のレベルで、あらゆる出来事が並べ立てられ世界観にディテールが付け加えられたのだ。

しかししかし、とT・Kはそこで思った。自分は疲れ取り残され社会的に死んでおり、時間は自分のまわりをただ流れて行く。という事は要するに、悪霊は、もとい、モチはT・Kに勝っているのではないか。一方にその勝っているモチを見詰め続け、反撃を加えようとしているT・Kがいても、その根拠は底の世界にしかない……。

こうしてその夜、星が入った箱の夢をT・Kは見た。目覚めた時モチとT・Kの間には距離があった。

家制度、あるいは管理社会というような普通の、しかしT・Kにとっては切実な単語の事をT・Kは思っていた。都会の自由な人間の何分の一かが、ないと言いきるであろう単語だった。だが、T・Kにとってモチこそはそれに乗じた存在なのだ。T・Kはあまりにぼんくらなので、そこら中にあるそれを乗り切る事が出来なかった。

モチが強引な方法で家々の屋根や路上や脳の中を、粘りながら歩き続けている状態、それが人間社会だと今のT・Kは思いこんでいる。モチを統御するものは国を治める。個人でモチと戦えば人は狂う。もしも狂わずに済まそうと思うならば、モチを他の誰かの妄想に預ける。つまり宗教や社会不安に譲り渡してしまわなくてはいけないのだ。そうしなければモチは独走する。――しかし、つまり自分はせめてモチの奴隷である自分を知っていたい。とT・Kは言いたいらしいのである。だが結局星の入った箱にどんな意味があったかは不明なのだ。

星箱も今のT・Kの記憶には微かなものに過ぎない。箱根細工のような箱がどこかにあり、それが勝手にほどけて空になったという。

中からでたのは二等星から六等星までの小さな星ばかりだったのだと。

自分が死ぬ時、頭の中にぎっしりと詰まっている、コンピューターの中の記憶が消去される、その時の音とそれはおそらく関係があるのではないか、とT・Kは思った。だがその思い方には何の根拠もなく、自分でも根拠がないことは知っているのだった。

T・Kはその後また両親から送金を受けて首都に行った。三年ばかり暮らしているうちに天職を得て、というより次第に何かの呪縛から自由になり、やがては自分で暮らして行けるようになった。独り暮らしの部屋は幼稚園のような飾り付けに覆われており、交際するのは十代後半の同性ばかりだった。両親のもとには時々帰っていた。ただ郷里の人間が電話をかけてくると、番号違いのふりをして切ってしまった。

ザクロを喰べる事はもう忘れていた。年に何回か水色の薄青い錠剤を服用して、果物はごくたまにイチゴとペリカンマンゴを摂るばかりだった。マンゴの果肉の中に、鬱状態を抑える力が、アナカルジン酸とアナカルジオールが、含まれていることは知らなかった。

時々何かの拍子に人間がゾンビに思えないでもなかったのだが、それが夢の中の譬え噺であるとははっきり判っていた（モチに打ち勝つ事は出来ていなかった）。

呼ぶ植物

　メディテーションをしていると時々嫌なものに遭う。解きはなたれた心に、雑念の渦から、まとまりある世界が急に現れるのだ。それが怖い場合もある。私のところにあるのは海底の採掘所だ。

　そこは濃緑の海草を固めたような四角い岩石のところで、ぼうと光るにんじん色のひとたちが働いている。別に拷問道具などがあるわけではないが、ただそうして働いている事が地獄なのだ。なにも考えられず穴のようなたてながの目をふたつ開けて、全身をにんじん色に染色され、ただ掘るのだ。自分の皮膚の感覚も奪われている。サイボーグにされていて苦しみも悲しみもつかれも休みもない。

　その仕事の意味も、進み具合さえも彼らは知らされていない。賃金もない。日付も、カレンダーもない世界だ。評価は、いつも不合格で、そのくせクビにはならない。死ぬまで働く。いや死ぬ事もできない。

　メディテーションをしていない時、例えば道を歩いている時などに急にその事を思い出したりする。それは大抵、誰かとの会話の最中である。相手を気にしながら、自分でも失礼だと判っていながら、私は黙るしかない。言葉は全部海底の方へと吸い込まれてしまう。TVを見ていて急に、そうなる場合もある。するとTVの言葉は全部消えてしまう。しかし別に淋しくはない。退屈もしない。

最近、私は植物が読めるようになった。と言っても、別に花と会話するというようなコロアタタマル話ではない。ただまったく一方的に植物の言葉を、絵文字のように読み取る。

植物にはよく意味のないメッセージが隠れている。それは言わば生命の不毛を、またその不毛故の幸を記録したようなものだ。白い菊がまだ緑色のつぼみであるうちに手で触れておく、すると花は細かい、食べられぬマンダラの形にはじけながら、(ハナヤデカッタハナヲタベテハイケナイ、クスリニソマッテイル)とてもこの世に許されるとは思えないような空虚な、ばらばらの言葉を伝える。それは決して話し言葉ではなく読まれるための言葉だ。そのくせ、なかなか読めない。

私は人間の書き言葉を一度は損なった事のある人物である。それ故に読める。言葉のバランスを失ってからもう八年を経た。もっともじょじょに書き言葉は回復しつつあって、次第に植物との縁は薄くなりつつある。だが、結局私の書き言葉は植物の言葉だ。

書き言葉が変になり始めたのは人に見せてからだ。話し言葉が変なのは生まれつきだが、書き言葉は昔そんなに変ではなかった。

私の書き言葉はひとに見せるようになってからは小説、と呼ばれるようになってしまった。私は数字もあて名も書かないのだが小説、を書くのだ。人に見せるまではそれがそういう名である事さえ知らなかった。

誰にも見せない頃私は植物のような言葉を書いていたらしい。

植物はただ水を吸っている。見られているかどうかも自分では知る事も出来ぬままに、気が付くとどんどん改良され、とても自分とは思えない形になっていたりする。地獄草紙にだって植物にされる地獄、が存在している。

だがそれも結局は時と場合による。

仮に、ここに気候の温暖な、木が一本だけの惑星があると仮定しよう。そこは別に地獄ではない。だが極楽でもない。水と緑のある、ただの文字世界だ。(つまり、読み手は書き手でもある、一本の木だけ、という文字の世界なのだ。マンダラの絵文字が植物の書いた言葉だけが、絶え間なく発信される世界である。)ペンもワープロもなくても、そこでは中空を文字が飛び交っている。木が考えるたび、感じるたび、そこには際限なく新しい言葉が生まれ続ける。それは透明な文字だ。それは他者を想定できぬままに、矛盾を含みながらその木の内側でだけ、いきいきしている。

湿度の多い曇り日、外に出してやらぬと鉢植えのカランコエは一日中人の名前を呼ぶ。だが結局求めているのは他者との交際ではなくて、光である。

植物は自分で読むものを頭の中でいっしんに書いているのだ。しかしナルシストではない。同時に言語感覚至上主義者などに木や草や菜っ葉がなるはずもなかろう。必要に応じて彼らは言葉をつくり言葉を並べ、今までの言葉と、新しい言葉とを比べてみる。

植物はなんのために言葉を発するのか。多分、自分の形を確かめるためだ。言葉は発せられて植物でないもののところにぶつかると植物の内側に戻って来る。だがそれで植物は別に、外の自分のまわりにある障害物を知るわけではない。一日中花は、例えば、曇りの日のカランコエはシャクティ・ヴァサンタマラ、シャクティ・ヴァサンタマラと信号を発している。それは人の名だが、別にその人物を恋い慕っているというわけではない。音の好みだけはあるらしいが、ただの音楽ではない。

植物の世界ではあらゆる言葉が空虚だ。だがその空虚を確かめる時に、花は他者のない外界の、まわりの空気を少しだけくすね取るらしい。

花の脳はいつも宇宙全体に拡散しているのだ。そんな拡散と対比されるための点として、花は自分を信じている。無論そんな自分は別に自分などではなかろう。だからといって花に生命の意識がないとは言い切れないのだ。自分でない自分にさえ、言葉は必要である。自分だけの言葉だ。

子供の頃、こわい医者さんにダマサレタヒト、という名の人が身近にいた。その人は、こわい医者さんのところに行くまではニコニコシタイイヒトで本を読まなかったそうだ。だが、こわい医者さんに頭をかち割られてしまったので、本を読む身勝手な人になってしまったのだ。

その速さは一流読書人の三十四倍なのだとおとなたちは言った。（その他の言葉もただまったく単におとなたちの言ったものでしかない。）

もともとその人はきちんと郵便局に勤めていた。自動カサタテ機というものの特許を取りにナゴヤに行ってそんなになってしまった。医者の名前もわからず訴訟事件も誣告罪も別になくただ噂だけが流れた。

私が子供の頃、パンの間にカステラをはさんだ菓子は一個五円だったし、噂ばなしのリアリティはすぐに埋まった。ナゴヤというひとことには人々をひれ伏させるだけの威厳が備わっていた。

こわい医者さんにダマサレタヒトは別にそれまでと変わりがなかった。ただ読むようになった。やはり配達の仕事をし飯を食い、そのようになってから結婚をした。それなのに看板でも敷石でも全部読めてしまう。無論葉書の宛名も全部声を立てて読む。だが昔は誰も苦情を言わなかったのでそれで勤まってしまった。

日曜になると読むものがなく、その人は図書館にはいかないで本屋に通った。弁当と水筒とラジオと辞書を持って一日中本屋にいた。本屋ではこわい医者さんにダマサレタヒトを気の毒に思い、好きなようにさせた。

その人が強いて本屋に来て活字を読むのは、下手に木の芽やトリノハネばかり読んでいると、それらに自分自身が同化してしまうからであった。

なんでも読みたいからつい読んでしまう。そうすると自分の会話の言葉がばらばらになる。植物の言葉は脇の下に喰いこみ、人間の体を脇から裂いてばらばらにしてしまうのだ。また、そうなると例えば郵便局という字などは傲慢に見えて吐き気がしてくるのだ。

本の、活字にはくせがある。人間のおしつけがましい表現がある。でも意志を持たぬ、植物や死体の現す文字には我欲がなくそれ故に取り込まれてしまう。——そう言ったそうだ。つまり、取り込まれるとは、植物にはなれぬ動物の身で、つまり人間でありながら自分をそんな存在だと思い込んでしまうという事なのである。

しばらくしてその人は仕事の途中で、あまり動かなくなった細い年寄りや、小さいおとなしい子供などを、妻と子供の逃げていってしまった自分自身の部屋に、繰り返し担ぎ込むようになった。担がれるのは事情のわからないものばかりで、誘拐かどうかも判定しかねた。だが最後には通報され、とうとう警察に連れて行かれた。子供と年寄りは顔中にハンコを押されて往生しただけで無事に帰ってきたが、彼らにとってはそれは無論殺されるのと同じくらいの圧制と恐怖だっただろう。

ハンコにはヤマモト、と彫ってあったそうだ。だがその人の名前はカキノウチなのだ。たいていの花は人の名前を呼ぶ。だが、あんまりまともに聞くとそうやって植物の言葉の方に取り込まれるのだ。

あるいはその植物の名前が、ヤマモトだっただろうか。

なんにも書けなくなってしまった時、私は無論植物から呼ばれ続けていた。

その頃、主語を記すのは好色に過ぎる、という考えに囚われてしまっていた。私とか彼とか書くと恥ずかしいのだった。第一非常にありふれた言葉ではないか。私自身はそれでも平気だったが、その頃からそれは一応人に見せるために書くものになっていった。

それで判ったのだが主語というのは非常にナルシスティックなものだ。ワタシゴトキがワタシと言ってもいいのでございましょうか、などと許可が必要である。しかもそこでへり下ったらワラワや小生だがこれも結局ひねったナルシシズムの産物である。一旦主語なしで書こうと試みた事もあった。だが、今度は、走るとか歌うとかの動詞が恥ずかしくなり始めた。いかにもわざとらしく、全部演技のように思えてきた。さらに形容の言葉も全部だめになった。形容をするというのは一種の自己顕示だから恥なのであった。

最後には「使徒おかあさん男」という言葉にきちんとつながるような言葉しか書けなくなってしまった。ところが「使徒おかあさん男」、につながる言葉はそんなにたくさんはない。せいぜい「暁の死闘」とか「コアラ預かり所繁盛の巻」、そんなものだ。その上、そんなつながり具合さえも私自身にしか判らないであろう。しかも、その私個人の感覚の内側でさえ、なぜつながるか、何の意味があるかと問われればこう答えるしかない。つまり、通じない事で漸くつながるのだ、と。要は外から見て無意味でばらばらであれば、それは私の内面にとどまるのだ。——自分の言葉を外から見られるのが嫌だったのだ。とじこもったままで、とじこもっている相手に信号を送る。だがその頃にはその相手というのは多分自分だけだった。だがそれでもその言葉は時には他人にひびくかもしれない。例えば、相手の前世の記憶や、共通の夢の中に忍び込んでゆく。そう願っていた。

もう少し回復してからは、「百獣の王おかあさん」、という言葉がでるようになって、まじめな殺人の場面を書き始めた。もっともおはなしはばらばらで主語は一種というしろものである。ただ、連続してあらわれるそれは何か、葛藤と戦いを行っていた。でも結局発表が出来なかった。

その頃、たしか「風と共に去りぬ」と「地獄の黙示録」を見たが、犬の走っていたところしか覚えていない。他のところで何が行われていたのかは思い出せない。なんの味もしない。ただ走っている犬のまわりの地面の匂いや湿度だけが想像出来たのである。

私を癒したのは、ただ、時間だった。結局私が社会を意識したとたんに、小説の中の社会が死んでしまったのだ。小説の中の社会は透明で脆い。言葉はただの模様だ。

一方、メディテーションの時湧く、私の雑念の中には文字世界があった。二十年前に読んでその時には意味の判らなかった文学の文章や昨日見た看板の文字、それに定型が出来ている新聞のコラムにあるフレーズ、そういうものがちゃんと全部同じ大きさの活字になってまったく改行なしで、なぜかひとまとまりの文章の世界になっているのである。まず、——分裂症の人の、話し言葉がばらばらになってしまう場合がある。センテンスに脈絡がなくなり、勝手な造語がどんどん出てきたりする。確か記憶違いでなければその症状の事をサラダ、というのだ。（もしたんなる私の思い違いならば、多分、それは野菜をぶつぶつに切ってひっかきまぜるというような連想から生じた、私自身の造語だ。）

　そのサラダのひとつ、を覚えている。確かにそれは正確に意味を取る事の出来ない言葉だった。だがそれでも主観と感激と極度の緊張をそこから私は読み取る事が出来た。（無論それはただそのケースについてだけの事なのかもしれないのだが。）例えばそこには、真の学問を知った驚きがあった。またその感動のあまり、普通の言葉では足りずに感情のおもむくまま造語しているという傾向があらわれていた。そして何よりも、同じ事を繰り返しながら緊張が高まって横道にそれる、それ自体非常に体温の高い話し言葉だった。何かを伝えたいという意志が人間の体の中で発生していた。

だが私の文字世界には別のものがあった。いや、或いはそれは話し言葉のサラダに対応する書き言葉のサラダなのかもしれなかった。

　私のメディテーションの中の文字世界には、造語はひとつもない。そこはまさに植物の領域である。「使徒おかあさん男」などという言葉は、動物としての私の作為でしかなかった。一方、文字だけの世界なら工夫などいらない。個性も、意味もいらない。そもそも文字の世界に造語はない。例えばある日の主語は何かの学名で言い回しは説教くさく夫婦論めく。そして形容詞は歳時記風で内容は科学に関する最新情報を伝えようとしている、としたら主体は造らない。但し、というか、その主体は情報ではなく、伝えようというスタイル自体である。こうなるともう、オノマトペもなく、固有名詞も少ない。そこに辿りつくと、……。

明治の文豪の文章と昨日みたパンフレットはまったく同じ平面に置かれている。言葉は、自然発生し増殖肥大し、何も持たぬくせに、何かを確かめようとして形式に従う。その形式の中に、ふいに、意味のある言葉が突出する場合も、ごくまれに起こる。しかしそれはたいてい、原始的な欲望か、ぐちか、憎しみの言葉でしかない。もっともそれも私がメディテーションの時に見たものの像を、覚めてから記憶だけで捉えて、そう言っているというだけの事なのであるが。

つまり、そこで読んだ文字を正確に思い出しているかどうかは確かめられない。メディテーションの後では正確などという概念は消えてしまっているし、目覚め直後など文字も確かめも文豪ももうない世界だからだ。映画の中でかろうじて捉えられる犬さえもない。立体感もない。湿度が高ければ生きていようと思うし、乾燥していて風のない日には死にたくなる。

人に見せる文章を書き始めてから、オリジナリティという観念に脅かされるようになった。だいたい、言葉は言葉である限りどこかに他人の息がかかっているのだ。造語は、流通し始めればだれが使ってもよいものになるし、アイデアは蒸気機関から唯物史観まで地球上の各所で同時発生する。追い詰められた自我も、薬で時には人工的に同じものを作りだせる。

描写はたいてい、風景や事実から、或いは自然の音楽から盗んでくる。ヒトノハナシヲカケバソレハジブンノデハナイヨウナキガシテクル。で、私が登場する小説を書き始めるのだ。だがその私が世界にひとつしかないのは完成されるまでの間だけのような気がしてくるのだ。私を固有にしているのは文字ではない。そもそも出来た途端に私の言葉は他人の言葉になる。だがそれでも書く。書く、はどこかで私とつながっているから。だがそのつながり具合さえも他人の視線や外の光だけでクサって死ぬ。

なぜ書くのかと言われてきちんと答えない人間の頭の中にはどこかから来た植物が根を生やしている。それが頭の中の文字を吸い上げている。植物に寄生される事によって、その人物はかろうじて生きているのだ。

自分と人の区別が付かぬほどにふらふらになってしまうディプレッション、嘘をつきたい気持ちやあてのない殺意を、この植物という寄生者が吸ってうばっていく。こうして植物が順調に育てば、寄生主は素直に口をきいたり道を歩いたり出来るようになる。だがそうでなければ、多分寄生主自身が、外の世界に植物を求めるようになってしまう。なぜ書くかと聞かれ、下手に答えれば、植物は死ぬ。或いは死んだ植物の代わりに、自分が植物になろうとする。

植物になるのはかなり疲れる。第一危険だ。私などはどんなに困っても植物になりきる事だけはやめておいた。その代わりに本物の植物の言葉を読んでそれで済ませた。

ヒトが木や草になりきるとやはり生活にきしみが出る。つまり、動物が植物のふりをするという事自体がインチキだからだ。なりきると言ったところで、結局演技だ。

そう言えばこの前、……白いヒメジョオンのふりをしている強引な人たちをたくさん見た。私もその時はなりゆき上、彼らと同じようにしたが、いやな感じだった。その他には、ああ、そうそう。

本屋に行くと、マンガ本を読んでいる男の子がいた。その男の子がそこで、植物をしていたのだ。小さい本屋だがよくはやっており、その子の姿をずっと通路のところで見ていたから、私は何十人もの人間にぶつかってしまった。

男の子が読んでいたのは少し変ったマンガだった。

私は彼の肩越しにその劇画の絵を一部始終見た。登場人物のセリフは全部、彼が声を出して読んでくれた。と言っても無論私のためにではない。男の子はその世界に浸り切っていた。

それはその絵や内容自体を楽しむようなマンガではない。ある目的意識を持って描かれている、成人むきのものだ。しかもかなりマイナーなジャンルに属するであろう。男同士の性を、愛情からではなく、おそらくは一方向からの単なる欲望だけで描いてある。それまでの私は同性同士の愛情というのを、必ず対等な友情を、或いは擬似家族のような感覚を中心にしているものなのだと思い込んでいた。

だがそこで私が嗅いだのは支配欲とカニバリズムの臭いである。それはただでさえ少数派に属するものたちの中でも、おそらくは異色と言っていい分野なのであろう。

対等な愛情ではなく暴力を媒介にした関わりを描く。しかも欲望の対象になるのは、つまり他のケースでは女子学生や美少年の役どころにあたるのが、全員四十代後半の太った男性である。彼らには肥中年とか中年肉というレッテルが貼られている。彼らを奴隷として思いのままに扱うのは、つまり加害者は十代の少年である。

粗筋はこうだ。某国の高級社交場が襲撃される。無論設定上その場に居あわせた美女たちは直ちに射殺されてしまい、そこは男たちだけの世界となる。しかも遊びに来ていたのはたまたま、よく太った四十代後半のエリートばかり。そこで彼らは被害者となり、残虐と恥辱を強いられるのである。ところで、――社交場に遊びにきているという設定であるのに、彼らの半数は制服を着ている。加害者の少年たちはこれに比して、恵まれない階級の人間である。美少年ではなく、ただ若いだけだ。

あまり質の良くない、ハードボイルドもどきの小説でよく聞かれる類いの、男が女にむかって吐きちらすむかむかする、偉そうな説教や恋愛論はここでは男同士で行われるのである。もっとも男尊女卑という設定は取れないため、エリートと労働者、父と息子、または若さと老い、という対立で差別や支配を正当化していた。

読んでいる男の子は十八くらいに見えた。もう就職している感じの子だった。表情は朴訥で体つきは小柄、顔はにきびで赤黒く手足も小さい。髪はまっすぐで長く、後ろ姿だけなら少女にも見える。そこは静かな町で東京近郊なのに古い住人が多い。人々は彼のいる棚の側に来ない。そのくせ、時々振り返ったりする。

きまじめな顔で小さい布の靴を履いた足を次第に内側に向けながら、時々つま先に力を入れて全身で拍子をとり、男の子の朗読は店の外まで聞こえる。無論、無意識にであろう。いや、それともそうする事で植物としての自己を確認していたのか。無論随分いんちきな植物ではある。

だが私は植物の、或いは植物に似たものの発信する言葉に卑しいのだ。いや、偽物を確かめる事でより一層本物の植物が恋しくなる。そして偽物を追い詰めずたずたに切り刻みたくなる。

劇画の中の言葉はたとえ会話であっても、別に作者から読者へと話し掛けたのではない。それはおはなしの中の、閉じた言葉である。作者は或いは私の持つような植物を持っていたのかもしれなかったが、しかしたとえ少数派でも、商品として印刷され流通したそれには社会にむかって放つ共通のイメージがあった。そのマンガは絵と活字を組み合わせた流通する貨幣なのだ。だが本物の植物は（私の見たところでは）完全に孤独だ。

本を読む男の子の発音する言葉は、社会だの共通イメージだのから少しずれてしまっていた。そのずれが彼を植物の方に近付けていた。一見植物の言葉に見えるものは、セリフとその子の肉声とその子の熱意が組み合わせられてかりそめに出来た記号なのだ。しかもその記号は他者にとって何の意味も持たない。男の子は世間を忘れはてただ楽しむ。絵と文字はただ男の子の周囲で反響して消える。自分に都合のいい物語の中で彼は一切の葛藤をなくし外界を失う。

外だけを見れば彼は植物に見える。構造も大変植物に似ている。そのくせ結局は偽物である。実際、決してそれは本物の植物などではない。男の子の中身は虫のいい性の幻想でいっぱいだっただろう。

だってその絵の中のよく太った全員四十代の、（なぜか各々年齢と体重と出身大学、今しているスポーツが記してある）男性たちのどのひとりを取っても、統一のある人格というものを読み取ることは出来ない。彼らは少年たちの強制に対して傲慢に出たかと思えば急に気弱になり、また嫌悪の一秒後に積極的になる。絶対拒否を示しつつ眉毛を剃られたとたんに公家言葉になり、急に肯定的な観念論を述べたりする。どっちにしろすべての女を、蔑み、こきおろす。（言い忘れたが私は七十代前半の女性である。髪は真っ白でとても痩せていて老人斑は少ない。）しかも最後には救出に駆けつけた警官に射殺された少年たちを抱きかかえて泣く。だいたいこの肥中年たちは髪形こそ違うが顔も体つきも全部同じなのだ。彼らの筋肉の上には昔の少女マンガで金髪を表現するのに使われた細い曲線が一面に描かれていて、姿勢も、ただその曲線のためにだけ不自然に変えられていく。彼らは人間ではなく、アイテムに過ぎない。

いや、植物でさえも、虫のいい願望は抱くだろうから。

実際本物の植物が歩くようになれば、人間を切り殺しに走るかもしれない。

だがそれでも私の頭の中ではなぜか植物というのは無抵抗の静止体を表してしまう。なぜなら、私は植物の前で圧倒的強者だからだ。第一私が読んだのは人間の具体的な中身ではない。それはただの仮定。彼がもしも切られ花瓶に生けられ、刈り取られ食われる植物であると仮定するなら、彼がもしも土に植えられた完全孤独の空気とも水とも区別の付かない無力な存在であるなら、そう仮定すれば彼が発信していた言葉は透明になる。そこには性でもなく孤独でもないなにかが活字に組まれて、広がるのだ。そのままでいれば彼のいる場所はただの空想の野原。そこは宇宙一静かで、穏やかな場所。だが一歩外に踏み出せば、彼は植物にされる地獄にいる。言葉でない言葉はただの思い上がった、幼児殺しのような物語になるのだ。

どういうわけか、その雑誌を読み終わって出ていくとき、ひとりひとりの人間に彼は黙礼した。すると黙礼された人はみんな彼と同じヒメジョオンに変った。私も自然とそうなってしまったのだ。が、ヒメジョオンと化しながら私は結局彼を殺したくなった。植物にされた恨みもある。だがそれよりも植物になっているうちに透明な殺人を夢想しておきたくなったのかもしれなかった。

ところで、……あらゆる植物に呼ばれながら、私がまだ自分を人間だと自覚しているのは、多分それらの呼び声が決して会話のためのものでないと知っているからである。もっともそれさえもいつか私は踏み外すかもしれない。そうするとついに人体を読んでしまう。無論例の男の子の読んだようなのとはまるで違う。つまり人体、そのものを読むのである。

人体の周りに集まった活字植物をではなく、人体の中身を、血液や内臓を活字に組もうとする。

昔、私自身が子供だった頃、生物の名前には内臓がなかった。その頃の私は一度小動物で文章を構成しようとして、失敗した。

当時、私が不思議に思っていたのはキンギョという言葉と、ナメクジという言葉なのであった。

私にとって、その頃のキンギョという単語にはサカナノチがなかった。剝いても剝いてもぎっしりとウロコである。口のうらがわにまでオレンジ色のウロコが貼り付いている。指をつっこむとそのままじゃくじゃくとめり込んでしまいそうだ。金魚は体系を持たず、素材のままその本質はウロコだった。

すると、……思春期のある日、新聞でナゴヤキンギョというものを発見した。それは丈夫な個体を選び、医者のような細心をもって長い時間を掛け、最高の技能を持った飼育家が特殊な方法を使ってつくり上げるものだ。完成したナゴヤキンギョにはウロコがない。おとなになるまでに飼育家が自分の手で何日かに一枚という速度で剝がすらしい。肌をさらした金魚。モノクロの写真は今度はヨーカンに見えた。本物は血管も透けているかもしれない。(言い忘れたが、私は今でもキンギョが死ぬ程嫌いだ。)

むろん、私はその時、不愉快になった。百パーセントウロコ、のはずの素材が、一部ヨーカンと化してしまうのは私に対しての造反なのであった。私は中身、というものを疑い始めた。つまり当時の私には世界は素材でしかなく、何もかも機能しか見えなかった。

子供の頃、私には友達がなく時には学校までなかったのだ。自然といつのまにか消えてしまった。ぎざぎざしたものと、ぐにゃぐにゃしたもの、好き勝手に切り殺し抹消できる世界、そんなものを持たされた地獄の中で私は暮らしていた。私にはあらゆるものが均一に見えた。そこでは表皮だけがすべてだった。当時、ナメクジを飼っていたが、私の目に、それはヨーカンのようにやわらかく切れ易くみえたものだ。

それで、確かキンギョの写真を見た次の日、私はナメクジの解剖を思いたった。理由は多分自分の世界の不確かさに悲しみを覚えたから。そこでナメクジと会話しようとした。私はナメクジがヨーカン状であるという事を、ナメクジ自身の口からひとこと言い添えて貰いたかったのだ。

ちょうど、都合よく飼っていたナメクジが死んだ。解剖セットを学校で買ったばかりだった。なのでもしかしたらそんな記事なしにでも私はナメクジと会話したのかもしれなかった。あるいはその日、都合良く死んで貰ったのかもしれないのだ。考えてみれば、その頃から私は怠けものだった。本来なら金魚を求めて解剖する方が妥当なのに、ここでナメクジである。(いや、今でも私は金魚に触る事も、それを見ながら食事する事も出来ないからただ単に怠けもの故とは言えなかったかもしれなかったけれど。)

まずナメクジの死体を飼育器から割り箸で取り出して解剖台代わりのボール紙の上に載せた。

違和感を覚えたのは針で突いた時だ。弾力があった。

生きている時は、半透明の、銀色の粘液につつまれていた。それはすぐにでも霧に変って溶けてしまいそうに思えたのだ。確かに、昨日までおもちゃのようだった。

この生物に私はレタスを与えていた。縁を紺色に染めた沖縄ガラスの壁ごしに、ガラス壁を這い登るそれの顔はくっきりと見えた。自然の状態にいる時よりもよく動いていた。

私にとってのナメクジとは、肉眼で見えるアメーバだったはずだ。

ガラスの向こうで、ナメクジは生物と無生物のあわいにいた。そして少し腐ってところどころが溶け、やはり半透明になった薄緑の野菜の上をうねうねと這っていた。ガラスに貼り付いた時は全身を弛緩させて、そのくせ重力を支配するかのように垂直に這い上がった。意志のある水のように。じわじわと登った。振り上げた触角は確かに異物だったが、それでもそれさえも空気と紙一重だった。

とはいえ、一点、口器ばかりは固そうでたえず擦り合わされ奇妙に獰猛に見えた。だが、全体から、つまり動きから連想されるそれは結局すりおろしたレタスなのだ。生命はすりおろしたレタスをまとめる水とねばりでしかなかったのだ。

それがガラスのこちら側に死体で現れた時、固定しようとする度に中身を感じた。生煮えのモチのように芯があった。針で引っぱっても、生きていた時のように、うねりながら伸びて行くというものではない。死んだそれには確かに体色があった。体のうちから次第に黒みを帯びてくるのだった。

固定出来ず、針を持った片手で押さえながら、メスで体の中心から縦に切り開いた。開いた皮ならば針で留める事も出来た。

その日、ナメクジの体に、生物の時間に見たのとまったく同じの、人間の内臓のミニチュアが使用されているという事を私は知った。もしも都合良く死んで貰ったのなら、私は擬似殺人を犯したのだった。

　フランボワーズ色の心臓と黄色いながながした腸、(その腸を私は念のために全部ひっぱり出してしまった)レバーに似た赤茶色の弁が何枚か重なっていた。ただ、針とメスだけではちぎれないのである。

　予想外の事だが私は胸が悪くなり始めた。ナメクジの悪臭というのにその時漸く気付いた。やがて、自分がいつもと違う時間の中にいるのだと判った。目が開いているのに、体が動かないのだ。針とメスを持って机に向かっていて、ひどく鼻が詰まる。どこからか自分のいびきの音がごくかすかに聞こえ、全身が硬直していた。眉間の上を銀色の霧が走っていた。

　見ると、空気にさらされたそれにはもう人間そっくりの肺が生じていた。自分の指先だけが中空に浮き、人のもののように動いていた。その手は、さらにナメクジの口の中から、マッチ棒の先程の固いものを得た。

　針の先にささったのをルーペで調べてみた。いや、実際に動いているのは自分自身の手なのだが、他人事のようだ。しかもルーペの向こうにあるのはいくらごまつぶ程だとはいえ、人間とまったく同じ様子の頭蓋骨なのだ。

　その日を境に、私は植物から動物になった。それは、私にとって救いと呼べる事なのかもしれなかった。世界は私を拒否し、私は話し言葉を得たのだから。

しかし、そのかわりにそれからは絶えまない脅えの中に暮らすようになった。だがそれでも、自分を植物だと思い込んだままで動物の世界に踏み出すよりはましだったかもしれない。

今も、たとえ、おかしなものであっても、私は一応話し言葉を持ってはいる。ただむやみと使わないだけだ。下手に使うと、自分の中の樹木も、外にある植物も読めなくなってしまう。

この世には書き言葉と話し言葉との区別を知らない人間がいくらでもいる。それどころか動物と植物の区別をしなくとも生きていられる。そんなところでは結局植物を守って黙るしかない。私の植物は私が生きるための装置なのだ。

昔、植物を殺されそうになったから今黙っているのだ。喋れば喋るほどおかしくなる。

昨日、現実世界にある悪夢ではなく眠る時にみる夢の中で、鳴き声が言葉になっている鳥を見付けた。といっても私自身がその鳥になっていたのである。

夢の中で、舞踏神を祭る神殿に直通する、いらいらする程になだらかな坂道があった。そこに頭の五つある鳳の扮装が捨ててあるのだ。

友達がニニギノミコトの扮装をし、私はその鳳の衣装を着た。それからそのたらたらした坂道を八十二色の輝く色がある、清潔な尾羽根を引きずって歩いたのだ。着るやいなや心も声帯も鳥になった。歩きながら朝日をさし招いた。昇りかかっていた朝日をさらに励まそうと。

ブドウ状の、金と紫と鮮やかな青色でくまどられた、たくさんの頭を重たげに揺らせて、黒目のぷるぷる動く、鳥類のくせに白目と、ヒトノマブタのある眼球をふるわせ、しかもこのような妙な鳴き声で鳥は、朝日に呼び掛けていた。

ヒ、サ、ヒ、サ、……ハ、ヨ、……デー、……、……、ヒ、サ、ヒ、……、ハ、ヨ、……、……、デー……。

夏至の方向からひとつ、冬至の方向から二つ太陽が昇った。ニニギノミコトはどこかに行ってしまっていた。三つの太陽が同時に、仮装した私の羽根を照らし、するといつしか私の体は腐り、蛆を落としながらたらたらと溶け始めた。そこで自分には友達がいないという事を思い出した。

単純な夢だ。ただ、鳥の声をひどく怖いと思った。特に呼ぶ気がなくともこの鳥は三つの朝日を招いてしまうらしいのである。病の苦しみ故の鳴き声だというのに。

その鳥の心と鳥の声帯が今でもはっきり記憶に残っている。どんな複雑な意味を表してもそれは話し言葉ではない。必死で声を上げながら鳥の私は、なにも伝えたくなかったのだ。太陽は別に鳥の声を理解したのではない。ただ、非情に昇ったのだ。

私は私の部屋の中に鳥の羽根だけは置かないようにしている。植物は安全だが鳥の羽根は危険だ。

鳥の羽根が読みたくなった時は新宿に行く。ウォークマンでドラムの教則本用テープを聞き、交差点のところにいる人間の発信する書き言葉を読む。私は総白髪で人工の光の端の、薄闇にたたずむ。そこでは誰ともかかわり合わぬままにただ発信する。或いは私は植物よりは鳥に誘惑されやすい存在なのかもしれないのだ。つまり、取って食われやすい、という程の意味なのだが。

若いころはもしかしたら金魚のウロコも危険だったのかもしれなかった。

もっとも、——鳥の羽根や金魚の造りあげる宇宙については、私はよく知らない。知らぬままに七十を超えてしまった。知れば人生は変っていたかもしれない。

植物はいつも自分の部屋に置いてある。時には干した植物や加工した植物からでも言葉は表れてくる。といっても人の手が加われば加わる程それらは、確かに臭くなっていく。とはいえ、純粋植物の言葉は退屈なものだ。ただ、面白がる枠さえ確保出来ぬ時、体力もない時それが光る。植物は呼ぶ。だが求めない。風の向こうでかすかにうめいているようなうつろな空気を、それが反響して来るのをただ待って遊ぶ。

それは生命にかかわるかもしれない、よくない遊びだけど。

夢の死体

ひとりきりで無為に九年間、ただ暮らしただけでYは古都を去った。寺院に囲まれた女子アパートの一室での現実的な記憶は、今ではもうあやふやになってしまっている。だが様々な時間や空間のしがらみから浮き上がったような、どうでもいい事ばかりは鮮明に残っている。

どこに住んでみても何をしてもYの記憶に結晶するものは結局似ていた。

その部屋でYが最後に見た印象あるものは冷蔵庫の氷の中に封じ込められていた。それは一本の銀色のバターナイフだった。あらかた家具のなくなった四畳半一間で、最後の掃除をしていて見付けたのだ。

ナイフのあった冷蔵庫は立方体のごく小さいのだった。フリーザーは剝き出しになった金属の筒で、中に製氷皿を入れればかろうじて氷だけは出来るものの冷凍庫として使うには扉もなく、例えばアイスクリームなどは直ちに溶けてしまう。その筒の上に霜が寒い時には分厚く吹き、暖かい日にはそこから溶けて滴る。滴った水滴はフリーザーの下の肉皿をも兼ねた薄いプラスチックの皿に落ちて溜まって、皿の中に残された水は再び、寒い日に、フリーザーの冷気をまともに受けて凍る。——そんなふうにして、水滴は積もり、いつしか皿一杯の氷が出来上がったのだった。

Yはまったく気付かずその日になるまで、別に出して洗おうとも思わなかった。そもそもバターナイフがどうしてそこに入り込んだのかも自分では心当たりがなかったくらい、しかも別にこれといって意味のある記憶ではない。

ただ、一見した印象だけが記憶に値した。皿を引き出した瞬間に目を見張ったから。氷の中のそれは生き物に見えた。生きて眠っている蛇か魚に。

厚さ三センチ程のその氷の中にはどんな凍り方をしたのか花火のような形で、細長い気泡が一面に走っていた。泡の輪郭は山繭の糸のようにまばゆく、特別な氷に、その時は見えた。例えばちょうどそうして引き出される事を知っていた存在に。しかもその気泡の下に半ば隠れてバターで曇ったナイフは低く静かな呼吸をし続けていた。気泡とその銀色は反射し合い、その上氷の表面はごく微かに、震えるように緩み始めたのだ。

それと同時に、——氷の中のナイフは急にきらきらした波動に変って、Yの頭の中で爆発していた。気が付くとエリック・ドルフィーでも聞きたくなっていた。だが、レコードも何も手元にはない。古都が住み辛くなってからのYは、マルチェルロのオーボエ協奏曲ばかり聞いていたのである。

暦は二月の確か半ばを過ぎたあたりだった。Yは数年来春になるとジンを飲み始めないではいられなかったのだが、その年はジンなしで終わる予感がした。

というのもその日、時間が好きな自分にYは気付いたのだから。

いや、気付いたというより好きな時間を取り戻しつつあったのかもしれなかった。時間の流れや時間の切り口が何にも邪魔されずに身の周りにあるのが好きなはずだ。季節や時ではなく、それらを通して、純粋な時間の質がおぼろ気に見えるような、素焼きの薄いカメのような手触りの毎秒をYは愛していた。

こうして、用が他にもあるのに急に手につかなくなってしまった。例えばひとりではなかなか動かせないその冷蔵庫の裏に、五年前に落とした陶器市の天目茶碗が割れたままで引っ掛かっていて、その始末をなんとか考えようとしてはみたが、茶碗ごと全部が透明になってしまうだけであって——。

さらに例えば、ただ空になった押し入れからの隙間風を感じたというだけでも、極度の安心感が押し寄せて身じろぎ出来なくなった。辛うじて体の向きを変えてからかみを閉めると、それだけで部屋全体が空を飛んでいるような感じがして。——冬の間は、死ぬ意志すら凍り付いていたYなのだが。

引っ越しの準備期間を時間の境界線のように思い込んでか、心と体は何の苦しみもなく動き始め、皮膚も感情もシダの胞子のように伸縮した。

古都は、美しかったが結局Yの神経に良くなかった。年を重ねる毎に死にたいという気分が強くなっていった。それがY個人の事情とは無関係な土地の呪いのせいだと知っていても、気分が極限に達すると自動的に体も感情も凍結するしかなかったのだ。そうやって自分を守ってきた。古都の、というよりそれは定住のもたらした何かだった。（とはいうものの結局、ただウグイスが鳴き始める時のようにYは元気にさせられているだけの事であった。自分自身でもそのからくりに気付いてはいたが、気分が良ければ不安までもそのまま透明になってしまう。）

こうして、ナイフ入りの氷を休暇や卒業で誰もいない共同台所の流しに出し、Yは出掛けた。一間の引っ越しでも用はまだまだある。だが外に出たい。

蘇ったような眼球がYを急かし、皮膚も神経も外気に引かれる。暗くなるまでは体のいいなりに歩き続けるしかない。そして七時過ぎになれば自然と戻って来る。夜歩きはしない。いや、出来ないのだった。

一度だが九時過ぎになった銭湯の帰り、自転車の男にカッターでジーンズを切られた事があった。運が悪かったと思おうとしている間になぜかその類いの事件が増え続けて、解決がないままどんどん極端化し、陰湿にも凶暴にもなっていった。その上この一画の夜は灯が少なく、ひどく息苦しい。

歳月とともに周囲の目を次第に強く意識するようになって、昼の外出でさえ苦痛になっていたはずのYだったのだが、去る間際になってそうするのは別に愛着ではなかったのだ。引っ越すと決めてから古都の光景や空気が空白化し幽霊化したように思えるので、それを確かめようと外に出ただけだ。確かめる度にYは安心した。つまり、そこは住み始めた時の状態に戻っていたのだった。

　別れる場所ではなく初めて旅する、この世のものではない無風の地にふと思えたりした。というのも、この地での自閉の深まりとともにいつか四六時中まつわりつくようになってしまった、数年来の幻覚や妄想が完全に沈黙してしまっているせいかもしれなかった。むろんそんな状態で歩いている事自体が、実は幻覚の中にいるのと同じだったのかもしれなかった。要するに大気が微かに動けばそれがそのまま、外界を知覚する身心の蘇りに思える錯覚。

　日照時間の延びと雨の予感が、Yの神経を宥めていた。

　去れば終わるようなかかわりしか、Yはこの土地に持たなかった。つまりはこの景色の透明化の中でふと今までためた憎悪に脈絡がなくなり、それで人を殺してしまうというような可能性もまずなかった。引っ越しの準備で消耗していたせいか、気分の高揚も、人間関係の記憶やこだわりにまでは向かなかった。歩行も体の中で何かが勝手に転がっており、Yを運んだだけだ。

　九年いながら観光名所にはあまり行かなかった。そして今目の前に拡がるのは、慣れているのに妙な、知っているのか知らないのかも判らないような眺めだった。

アパートを一歩出ると路地の向かいに、高い黒い板塀がただ続いていた。そこは公園程もある立ち入り禁止の史跡の一部なのだ。路地の奥を左に曲がるとまた低い白壁がのたくっており、別の宗派の割合地味な寺院の裏手であった。

白壁の瓦がところどころ外れている。壁全体もわざと掘ったように中程だけごっそりと剝げ落ちているのだ。路地を舗装したアスファルトさえそのあたりで途切れ、きめの細かい白っぽい土が現れていた。

最初は寺院が多いからここに住もうと思った。突き当たりばかりの地形も気に入ったかもしれない。右側は例の黒塀で行き止まりだし、白壁にそっていけば十メートル程で、どこかの長屋の裏側に入って終わりである。そして路地の奥の突き当たりは要するに透明な壁と言えた。

ところどころに置かれた、またいで通れるごく低い標石を境界にして、さらに別の寺院の庭が剝きだしでずっと続いている。奥の方には幼稚園らしき建物があり、そこからさえ何か読経の声が聞こえてくる。

歴史的には一番新しいらしく、手入れも風情なく徹底しており、逆になんとなく通り抜けがはばかられた。

というよりも空気が違っていて体が入らない。

ここの一画にある他の寺院に比べ、そこは由緒のない分公園めいた感じだ。花の木も多く、春になると桜とれんぎょうと雪柳が次々に透明な壁を飾る。一画全体が戦乱の跡地で、どの寺院も桜の大木がとても多い。

住み始めてすぐ、桜の散り際れんぎょうの咲きかけあたり、本堂前の石畳で幻覚を見た。それは数年来Yを悩ませ続けたものとは別の系統であって、ふと現れたという程度のものに過ぎなかった。

ある乾いた春の日、Yが通り掛かると木の花に囲まれた薄白い石畳に何か浮かんでいた。何か、は一見しただけだとヒトに見えた。が、寺院にはふさわしくない蘭陵王の衣裳を付けているうえ仮面がひどく小さく、よく見るとブローチ程のそこから、はみ出しているのはまったく昆虫の顔形であった。

近眼のYが見た雅楽する昆虫、それは白っぽい土埃と夕暮れの大気に半ば溶けた影だ。朦朧とぼろくずになりかけた八重桜から、薄水色の霧のような何かが細く出ていた。虫の精のような、その幻影はそれを、吸収して（食べて）いた。――それは、新しい土地の気配を感じてそこからついYの想像力が作り出した幻であった。古都に来たばかりのYはまだ平気でそれを眺めて楽しむことができた。実に幻らしい幻と言えた。

というのもまずその蝶に似た触角や翠色の複眼、ささいな体毛の尖りや着物の縫い等の細部ははっきりとしているのに、実は、いかにも全体が弱かった（そこが幻の悲しさ）。例えばふやけた花の影がごく微かに動くだけで、体のまとまりや輪郭もすぐさま崩れた。そもそも虫は別に踊るというでもなく、空の衣裳の下半分をただだらりと垂らしたまま風に揺らせていて、袖だけで何か、単純な、非常に遅い動作を繰り返すのみで。そしてそこが特別な見ている内に自分も一本の桜になったかのようにYには思えた。

（入らない方がいい）土地なのだと信じて（判定して）しまった。

その頃の春は少しも嫌ではなく、また、別におかしくもなかったのだった。

去る間際ならば、時節がずれていても、その日もう一度それに会えるような気がYにはした。だが、何も起こらず、また、何かにせき立てられるように路地を出たくなった。ところが、……。

顔を背け、その透明な壁に背を曝して歩き出すと、樹木から降って来るちりちりした気配が背にあたった。それは熱湯をくぐらせただけの螺旋形のマカロニのようなもので、芯があるのに少しもきっぱりとしてはいない。表面はやけどしそうに熱いが噛めば冷たく、おそらくは奥歯に粘り付いてしまう何か。

かつてのと同様、それが錯覚なのは自分でもよく判っていた。それは、芽の気配とも思える何かだった。萌え出ずる前の、無意志なものが放射する生命の先触れ。かさこそいいながら外へは出られず、多分木の薄皮の下で折れ曲がったりねじくれたりまた細かく旋回したりしている何かのヒステリーが、こなごなになってこちらにやって来ているという感じだった。（むろん、結局その発信源は自分自身、という事になるのだろうとYは認識していた。）

そう言えば梅がすでにどこかで咲き始めているはずの季節だった。つまりは別に花でなくとも、外に出る直前のものの気配は満ちているはずで結局それらはY本人の季節感から出たものに過ぎないのだった。

なおかつ、そのあたりには見渡したところ梅の木がなく、樹木がまだ眠っているようにしか見えないわけであった。

歩いていける距離に、Yの記憶では確か十世紀あたりから続いている梅の名所があった。そこならばもう気配どころか咲いているだろう。一方、アパート周辺は古戦場跡で、古都の感覚で言えば新開の土地という事か、少くとも古木の名所ではない。

そもそも、Yのいる二階には梅というものは花びら一枚も飛んでこない。死体を吸って肥えるという桜の方なら、台所の鍋の中にまでひらひらと浮く事があった。

タクシーばかりが目につく大通りに出ても、気配はまだYの背中のあたりでくすぶっていた。それに鞭うたれるようにひたすら大通りを北に直進した。

その北、という選択にも何の根拠もなかった。頭の中まで次第に空白になって行きつつあり景色が細かく目に入って来た。

老舗のプレートを掲げた煉瓦タイル表層の低いビルと、伝統産業のたいして音のしない作業工場、それにいきなり大通りに面している、昔風の磨硝子に木の格子の、錆びた呼び鈴のある一軒家（夏にその格子戸は開け放たれ大通りに顔を向けて眠っている母と子供達の姿が、通りの反対側からでも車越しに見える）など……、競歩のように進みながら今まで漫然と見ていた石碑や高札を数えつつひたすら北を目指し、気が付くと宮中歌人の墓が並ぶところに入り込んでいた。

我に返ると、歩きたい気分は既に弱まりつつあり、どういうわけか急に戸締まりが気になり始めた。同じくらいの速度で、今度は非常に焦りつつアパートに急ぐ。墓の木々からも例の気配が出ていたので今度は逆の方向に押されたのかもしれなかった。

焦りながらしらけ、歩き続けた。そしてもとの路地へと潜り込むまでには戸締まりの不安自体もまた、疲労の中に消滅してしまっていた。

近くまで戻るだけで安心して、今度はなにか手持ちぶさたな感じになり、結局近隣の芽の気配と一緒に限られた一画を旋回した。それは冬の間、止むに止まれぬ事情で繰り返した動作でもあった。だがその時の嫌な気分とはまるで違い、探検のためにただ動き回った。

そこで漸く、ずっと住んでいたこのあたりの変容にまともに気付く事が出来たのであった。今まで意識して目を向けた事がなかったのだ。或いはばらばらに見ていて、何の視点も持っていなかったらしい。だが、去り際だからこそそんな恐ろしい事を平気で知覚出来た。

周囲の建物はやはりここ数年で変化してしまっていた。Yの感じではアパート周辺が特に激しい。ムクゲと地蔵尊と台所の裏側が共棲していた隣りは、ペンキむらのある白い四角い建物にまとまっていた。いや、それも前の景色をたまたま思い出したからそれと判ったので、眼球はかなり前からその建物に慣れてしまっていた、らしいのである。

史跡のあわいあわいに上から押し込んだように、非常階段の剝き出しになった、出窓のある小さいマンションがいくつか出現していた。それらの大抵は柵も生け垣もなく、一階のドアがそのまま道に面していた。一見史跡の闇の中の解放区に見えた。整地され印象は明るくなったはずなのだが、却って目隠しが取れたとでもいうように街全体の締め付けはきつくなった。

ちなみに、史跡の周辺にこびり付いた家々の数は減っていない。ただし表側だけ赤い西洋の屋根を載せて後ろは木造のまま、あるいはその家の裏側にあったはずのちまちました土地だけを白いコンクリートの固まりが押さえるようになっている。

何代も、時には十数代も前から続いている家々が殆ど元のままで、しかも別に旧家というわけではないその家の住人は憎しみや軽蔑の対象を確保出来ないまま、道や商店でただ暗くにくにくしげな恨み話や、或いは隣人と自分の息の吐き方が違うなどという事を大逆扱いで話したりしていた。銭湯の老女達はかたまりになってタイルに白髪染めを流し、口々に息子の妻を呪う。浸かり湯には顔を浸けるし誰か若いものが、脱衣場の扇風機の前に立ったというので、一斉に得意気な聞こえよがしを言う。そのくせ挨拶をしてもにらむだけで、Yの背中へ唾を落として、冷たかったでしょう、と本質を踏まえずにへらへらと謝る。無論こちらがうなだれてしまう程礼儀正しい老女というのももう一方に存在し、しかしそんな相手からたまたま話し掛けられた場合は何かこちらがひどい不作法をしたという含みがある。その上それを面とむかって教えてはくれないから反論も謝罪もしようがないのだった。

個人商店でも神経のまいらないところはごく少なかった。明日まで食べられます、といった弁当はすでに腐っており腐ってないものからは髪の毛が出た。アパートの周辺で利用出来たのは薬屋や文房具屋、だがそれは特例と言ってもよく、例えば文房具屋などYが引っ越し用の荷作り紐を買いに行くと、卒業ですかと言って澄ましているという、まったく外界に無関心な稀な人物であった。

要するに観光客の来る通りを少しはずれるだけで、古都の柔らかな言葉遣いも笑顔も総てその裏にあるべったりした強さを剝き出しにした。そのあたりでは顧客も店舗も動かず老舗のプライドもない。ただ近所同士でがんじがらめになったストレスをよそものにぶつけ、無風無感動に凝り固まって暮らしている。

大抵の買物は大通りを横断してコンビニエンス・ストアやスーパーですませていた。或いは、いかにも古都の表の顔を見せた専門店でだった。だがそれも行きつけにするというわけにはいかなかった。点在し、しかもかなり離れてもおり、外出が怖くなってからは一層困難になった。

むろん「快い場所」はないわけではなかった。細い通りのひとつひとつを探検するために通ってくる観光客、古都に惹かれて住み着いた人間、代々の業種を引き継ぎながらも一点謀反をしたい後継者達、或いは学校毎にそれぞれ何かをひいきにしている学生の群れ、そんな人々が意図的に或いは自然に集まる場所は確かに結構あった。だがそれらは所詮は表の顔であったり、或いはその店自体が幻めいた場所と化すだけの事だ。雰囲気を醸しだす徹底したプロ意識、或いは古都の一部と化してする趣味への耽溺、だがそれを求めて集まる人々にとって古都は生活の場所ではなく、観念や夢と化しているのである。そして店主は古い土地の交際の辛さや定住の重さを、外から来た人間に見せたりはしない。幻を拾ってあるくためには自分自身が観光客であると信じてしまうか、さもなければ自分自身も幻となるかだ。しかしYは古都の住人の眼や考えに縛られ、定住の呪いを受けている立場なのだ。それに学生並みの簡素な生活では行きつけに出来る店というのは限られていた。

例えば何の飾りもない、他の商品といえばスルメさえ置いていない、木枠の硝子戸を自分で開けて入る日本酒の専門店には、大雪の日でなければ辿り着けなかった。純米の地酒を買いに行くのだが、素直で清らかな酒だけを置いているらしい。相撲の番付を真似たものが貼り出してあり、初めて来た顔と見ると山田錦を五十パーセントまで精白した見本を取り出し、純米酒の意義について大講釈する。別に商品知識や格式をひけらかすのではなく、一心にそうする。そしてスキンヘッドの店主はどこか浮世離れしており、家族に守られているのか夢の中の人物にも見える程であった。そもそも、――外の風にあたる所に出さえすれば大抵の人間が親切になった。人混みで地図でも覗き込んでいると、いつの間にか知らない老女が微笑みながら後ろに立っていて思い付いた事を教えてくれたりする。素直な観光客だけを扱う乱暴で冷酷な店や、若い旅行者を狙う犯罪者は確かにいた。だがそれでも、生え抜きの人々は物慣れた丁寧さで他者に接し、親切で気の長い人間ばかりのようにYには思えた。それを外面と悪意で言い切ってしまう事はYには出来なかった。

Yのような金も名前もない商売にもならない相手にでも古都が守るものやその古都の中で育った自分なりの感覚を伝えようとし、古都に引き摺りこもうとする人々が確かにいた。たとえ当たり前の事や品下れる文化を仰々しく押し立て、生え抜きのくせに誤ったアクセントで古都の言葉を発音するようなケースがその中に混じっていたとしても、結局は良い方の印象が鮮烈に残った。

最初の数年、アパートから数十歩の寺院の常設館で、毎月各時代の陶器を呼吸するように見た。安土桃山の茶碗からは遼の白磁や高麗の青磁から受け取ったのとよく似た、土と火のこまやかな振動が伝わってきた。ガイドマップなしで感覚の中に、毎日のように何かが流れ込んだ。

たとえ一番いいものは首都に集まってしまうのだとしても、香合ひとつだけしか出していない骨董屋の窓からでも何かの気配は来た。首都の骨董通りのような、客観的な感覚も日本を意識するという緊張もなく、ただ一流品を見る。品物や歴史だけでは説明の出来ない、湿度と気配とで出来た妙な感動があった。他国の調味料のようなものでさえも、古都の曇った気配の中でならば、ただきれいに発酵するしかなかったのだ。

それればかりか、たまたま入った料理店の中の暗がりさえ古都が長年かけて、産出したものとYには思えた。西洋のソースを軽くアレンジして、京野菜や植物蛋白で米を食べる。そこに女性が一人でいても不快な事は何も起こらない。湯葉の浮いたホワイトソースを吸収しながら女主人と話す。すると店に面した通りのごく最近のこと、つまりここ百年程の歴史話の中に、ソースの研究のためにだけ本場へ修業に遣った本人の息子が見てきたという、古都と似た雰囲気の街の、白壁の肌理についてという話題がいつのまにか忍び込んでいる。普段は人間を意識すると食物の噛めなくなるYなのだが、話し言葉も人の顔も全部幻想めいていて平気だった。

相手の側にも他者といちいちかかわりあう感触がないようにYには思えた。ガクセイサンデスカ、と聞いてそれ以上は問わず、ひとり言のようにきれいなものばかり拾って喋っている。口当たりのいい、重いスプーンの端と女主人の声と、店の暗がりと鎧武者の行軍した旧い道が、くすんだ時間の中でひと続きになり、話の合間にサービスだと抹茶チョコソースのプロフィトロールがふと現れ、喉も皮膚も爪も一本の桜の木のようになっていたYは断らず平気で口にしていた。それは商業のための幻というより、商業をてこにして幻をやっているような具合なのだ。それは、古都とYとの貴重な蜜月であった。

とはいえ、やがて定住の現実から幻の姿が少しずつひび割れ、親和的な存在は乾いて剝がれ落ちるようになった。こうして少しずつだが、Yの眼球と感覚とは同時進行で疲労を溜めて行った。郷里から古都に逃れて来て、隠れるのに良い湿度を幸にし、そのまま住み着いた人間の疲労だった。

別に家族とうまく行っていないわけではなかった。毎日のように電話を掛け、季節毎に必ず長く帰り、そのくせ郷里から、神都のその土地から拒否されていた。いや、というより、どこであっても定住すればYの心も体も歪みながら死ぬしかないのだとその時期には思い込んでいた。

つまりその時のYは自分でも意識できない程に強い土地と血縁との束縛の中にあった。

神都はYから歩く力も笑う気力も奪い取る程に、強い呪いとひと続きになっていたのだった。後になって思えば、——家庭の中にたくさんの悪魔が入り込んでいた。親子のかかわりあいさえも凍結してしまった。

むろん古都を現実にしてしまったものは単なる時間の蓄積ばかりではなかった。幻が剝がれるのと反比例して、肉体が自己主張を始めていた。いや、もともとそれが古都の時間を現実のレベルに押し動かしたのかもしれなかった。

例えば自分が女性であること、老化すること、結婚が嫌な事、痛くて、発熱し、疲れる事、思春期あたりから古都に住み着くまでYはただそれらから、肉体から逃れる事だけを考えていた。生物としての自分にYは疎かったと言える。いや、正確には生物、というよりは社会的動物とでも言った方がよかったのかもしれなかった。むろん、そうして肉体が刻む時間の感覚は無意識の内にも、Yに外の世界を見るように強制し始めたのだ。

路地の旋回が一段落し、アパートに入り掛けた途端にである。Yは夕食を外で済ませなくてはならない事を思い出した。無論疲れていないはずはなくて、おまけに自分がなぜ歩いてきたかという言いわけも自分自身にさえ出来ないのだった。明日一日眠りこけてしまったらどうしようという心配が現れ、急に歩く事を憎む心持ちに変っていた。なおかつ、空腹を意識した途端に芽の気配から道の気配まで胃液に溶けて消えた。

再び路地を出、今度は逆の方向に百歩程歩いた。そこは古都の裏の領域に属している場所のはずなのだが、どういうわけかよそものが喫茶店を始めたのだ。ほんの二カ月程前の事である。最近のYの外食はそこだけになってしまっていた。

夕暮れしか外出出来ないという状態がごく普通になって以来、Yは表通りから路地に射し込む明かりや街灯の影を拾って歩いていた。繁華街の夜は活気があり過ぎ、そこへ入ろうとしても空気が焦げているような罪悪感があった。それでは自分の住まいあたりはというと、木立ばかりの史跡の闇の中が、どのくらい危険かも思い知っていた。防犯灯のある家々のまわりを、犬のように歩いていても、行く先はない。同じ路地の中をぐるぐると回れば、無論音を立てて窓を閉めるのに出くわしたりもする。それがたまたまであったとしても、そしてまた当然の行為だと認めてはいても、結局はまた疲れが溜まるのである。その疲労は生命力の変形したものであるが故に、部屋に籠りきりで眠り続ければかえってひどくなるのだ。

行く先がないからこそその喫茶店に行った。開店したばかりだから誰も平等である。毎日来るものがそこでは正しいのだった。

古都らしくない、それも近頃よくある、外にもパラソルや鉄パイプの椅子を出した店だ。内部は無機的な印象に整えてあるが若者は来ない。明るくても怖くなく同時に閉ざされてもいない場所は、古都の美しい時間の代わりに、ただ金銭とマニュアルで透明になった、土地から浮いたものばかりで満たされていて、なんの意味もポリシーもない単純な消費が、安心な空間を開けていた。

　近所の人々の行きつけの店はすでに決まっていた。なのでこの店に入って来るのは、どこも混みあっている時間帯に表通りから流れ込んで来る集団、さもなければ本当にごく近所の、家の見える距離の主婦達くらいだった。だが彼女達も、にぎやかに喋っているところを見ると生え抜きではないような感じがした。

　序列や内容の判らない役職名、見当の付かぬ実家の地名、がその場の勢いで飛び交うのに紛れハムサンドを食べる。いつも本当にマヨネーズとハムときゅうりの味だけしかない。平和あるのみだ。

　ところが、その日は近所の知らない主婦が、食物を下さいと言ってきた放浪中の老女に、電子レンジで温めて食べるといい、と冷凍の上等なフランスパンを上げたというような話が聞こえて来た。電子レンジとはなにごとだ、と帰宅して話を聞いた夫が怒ったというところを、ほっほほほ、というてれの入ったような高い笑いを何度も混ぜながら特に繰り返していた。気が付かなかっただけだ、と言いまわしを変えて話し相手の主婦に何度も言うのだけれども、相手はまったく同意してもやらないので少しも話題は先に進まないのだった。

　それを聞いているうち、店内の人間は光でずたずたになった切り抜きのようになってしまった。

この店の向かいと隣りは墓であった。墓の隣りが喫茶店というのは、別にファッションでもアートでもなかったのだった。

寺院の隙間に民家が入り込んで、それが生物と化したように、数百年間ぐにゃぐにゃと増えたという入り組んだ町内。一年程前からその墓の土までも次第にコンクリートで白くなり始めて、その頃から墓と家の共存がYの視野に入るようになったのであった。田舎のような大きな墓地は殆どなく、中には個人の庭と間違えるようなのもあった。しかも檀家との行き来が四、五代絶えると平気ですぐさま墓をさらえてしまう。

最近になってそのさらえ方は一層徹底したものになったのかもしれなかった。

例えば個人の庭のような小さな敷地さえも、コンクリートで固められるものが次第に増えていった。もともとは高さも建材も不揃いだった塀が新しくなり、その事で墓と隣家のどちら側に属していたのかよく判らなかった生け垣の所属などもはっきりして、お互いの位置関係が剝き出しになった。塀に立てかけてあったわけの判らない材木のようなものも、どこかに消えていた（地価が上ったからか）。

そもそも墓地自体、――工事中はビニールでも掛かっていたはずだ。――出来上がってみると墓そのものの形式が変っていた。

まず敷地を覆った白いコンクリートの半分が階段状に十段、規則正しく盛り上げられていた。すると墓石はその段毎に雛祭りのように、但しはるかに合理的にぎっしりと片寄せられて立てかけられていた。つまり、あらゆる時代の、また色形の竿石、崩れかけのから蠟石のようなのまでを大きさと重さの配分だけして、コンクリートの階段の上にドミノ倒し寸前で並べてあるのである。なお、誰かが無意識にそうしたのか、或いは偶然の効果なのか、無秩序なはずの石の並びは、西洋皿に盛られた素材色だけの、落雁の見本か何かのように妙に平仄《ひょうそく》が合ってしまっていた。墓はひとつの寺院があちこちに持っているものかもしれなかった。

骨がどこにあり誰に向かって拝むのか判らないそんな墓は、単に人の墓という集合に戻りつつあった。こうなると魂は地下を迷走して、或いは集団の夢の中に浸けられてお互いを溶かす。境界を現して敷地がくっきりと浮かび上がると、却って死と時流はそこから世界中に染み出るように見えた。それもひどく単純化された儀式のような死になり、水玉模様など浮かべていそうだった。

その墓の事を考えながら食物を摂るととても穏やかで安心な気分だった。体が温まると自然と店を出ていた。

古都では各家庭が暖房費を惜しむから厳寒になる、とYは週刊誌のエッセーで読んだ記憶があった。夕刻になれば所詮は二月の温度だった。無論その寒さはもうYの神経を凍らせはしないが、嫌な記憶は次々と引き摺り出された。

ただ単にまったく我慢が足りなかったのか、それとも古都の寒さ自体が、温度そのものではなく何か他の負因を引き摺って来るのか、寒い日には、特に雪が降るとYの心は奇妙にバランスを失うしかなかった。

最初のうちは雪もただ珍しかったのだ。例えば他者の完璧な幻覚の丸ごと一つが、触覚と一緒にそっくり降ってきたようなものであった。住み着いてからの事しかYは知らないが、古都の雪は量も少なく、別に一週間も降り続いたりはしない、その程度のものだ。とはいえ十年に一度ぼたん雪が降るかどうかという神都から来て、雪景色はYの感覚に強烈に効いた。

雪の日、古都の植木や時には切り株のようなものまで、まるで雪の効果を考えてそこに置かれたもののようにYの目には映った。飽くことなく、人の目を気にせずに雪と地面の或いは雪と石との、要するに何かとの調和を調べて歩いたのだ。だがそうしている間にも木造アパートの壁を通して、芯の固い寒さは、冷えに弱いYの骨や神経に染み込んだらしい。

毎年毎年少しずつわだかまった生活時間の澱が皮膚に絡まり、マリモか何かのように増殖して、いつしかYの一部になってしまい、気が付くと雪はただの冷えと湿度に変ってしまっていた。

いや、それでも最後まで雪という風流は嫌いではなかった。雪の降り始めに窓を開け放して空を見れば、またそれが夕刻で雪越しの雲間に一周遅れのヴェガでも出ていれば心は妙に騒いだ。だが最初の粉雪が灰色に半ば解けまた固まった日、やむを得ない用事で外に出ると、解けた雪はスニーカーに染み込むのだ。犬の糞の粉になったのや古都の人の唾や、或いは梅毒の菌も一匹だけ混じっているような雪解け水が、Yを苦しめた。こうなると冷え凍えている間は汚くないのだという、妙な考えに凝り固まってみたり、時にはそのまま、足の裏に他人の侮辱が染み込むと感じたりした。

それでも最後まで定住の垢が付かなかったのは年に一、二回ある大雪の日だった。物音の消えたその気配の中では、時間は止まったままになってしまった。

幻想めいた地面や積み重なった白い結晶の反射が、Yの凍り付いた生命エネルギーを危険な知覚の中へと静かに誘い込んで閉じ込めてしまった。定住してから次第に囚われるようになった、焦りの感情さえその中では消えた。

当時のYが普段わけもなく焦っていたのは、多分古都での時間のひどく遅い流れを捉えきれず、そしてそれが自分の体の中の時間の流れと一致していなかったせいなのであろう。だが、大雪の日には、そのひどく遅い時間の流れさえどこかに行く。いや、そもそも時間という概念がなくなるのだった。それらは別に神秘感覚などではなく、ただ圧倒的な雪の美しさにいくつかの単純な要因が重なってそうなったのだろう。

雪の日は朝から、或いは前の晩から既に、Yは厳しい寒さで動きが鈍くなり頭が透明になった。現実面で言うと、結局は暖房の整わない狭い部屋で出来るだけ動かなくてすむ状態を作り、体を外界から遮断するような温かいもので覆い尽くすしかない。籠りきりで出来る、急ぐ程にも量のない仕事は、こうなると仕事という名の付いた何か変な物質になってしまう。それは、異端の、趣味の、何の関係もない実体もない単語と化して天井裏か、さもなければYの、生えかけのオヤシラズの上の方に上がってしまったまま下りて来なくなる。

Yが、社会とまともに繋がっているのは実はその仕事という単語を介してだけだったのだから、その他の単語はもっと変になりもっと透明になるしかないのだった。

随分ふざけた、しかも非常識な話なのだが、自分の呼吸までそこら辺に転がっているだけのような極限状態になった上の事態であった。そこまで感覚を変えて対処しなければYは寒さでそのまま死んでしまったかもしれなかった。

大雪の中で毎年のように、Yは北米、それにカラフトより遠い、どこかの北方民族の伝説を思い出した。いつしか、気が付くと前の年と同じ考えの中をさ迷っていた。

思い出す伝説は三通りあった。ひとつは北米の先住者達の、世界の始まりの頃の言い伝えであった。もっとも、重要な部分はもう殆ど忘れてしまって、ただ動物人という訳語だけを覚えていた。

あやふやな記憶だがそれによると、その世界では一番最初の頃、動物と人間の区別はあいまいだったという。動物と人間の中間のような動物人がいて、その動物人と人とはどちらも同じような言葉で話すし姿も似ていた。そのため、人々は動物を人間だと思い込んで交際をしたり、或いは人間を見ても動物と思い込んで殺して、喰らうという不都合が起こっていたのだった。

結末を忘れてしまったままなのだが、Yの記憶では神様が動物から言葉を奪って、やがて人間と動物との区別が明らかになった。

北方民族のものの方も、実は部族の名前自体を失念していた。そちらの方は神話というよりも民話の感覚で残っていた。

ひとつは大雪の日の話、猟師が獲物を追って雪に迷い倒れてしまうところからそれは始まる。娘とふたりで暮らしている老人が彼を助ける。老人は雪の中から彼を自分の家に連れ帰って、確か、ノロジカ、という鹿の肉を煮てごちそうする。帰り道の判らない猟師はそのまま、その知らない老人のところにしばらく厄介になる。

が、そうしているうち、助けられるまでに大雪の中を幾日もさ迷った後遺症か彼は少しずつ頭がぼんやりとして来たのだった。彼らの食糧であるそのノロジカ、という鹿、そして彼の同胞である人間との区別が殊にあいまいになった。ただ体は治ってきたので彼は老人を手伝い、鹿を狩りに出てみた。ところが、ふたりで待ち伏せをして、老人が撃てと指示したのは人間のカップルであった。

弾は当たり、男と女は泣き声を立てて倒れたのだが、どうみても人間。しかし人間にしか見えぬその彼らを、煮て食べてみると、鍋の中の肉はやはり鹿のものであった。

猟師は次第に自分を助けてくれた老人を疑い始めた。つまり、老人と娘は実は鹿の化身で、自分に食わせたノロジカの肉と称しているのが実は鹿肉に見せかけた人間の肉だというからくりである。いや、というより（Yの記憶ではだが）何かもっと支離滅裂な、つまりからくりなどという言葉では説明出来ない感じになっていた。

例えばそもそも最初の、鍋の中の肉がおかしかったなどと猟師は、考え始めるのだ。或いはまたそのからくりがさらに逆転して、何か悪魔のような存在が恩人であるはずのその老人の事を疑わせようと、鹿が人に人が鹿に見えるように呪っているのかとも。或いはもっと妙で、人が人を狩らせ人に喰わす、さらには鹿が鹿を狩らせ、その猟師だけが人間であるとも。そしてそれぞれの細部へまた様々な幻覚や思い違いが重なってきて……、という具合で。

とはいえ、結末にはきちんと正解が出ていたはずなのだが、一番厄介なのはYがその正解、物語の終わりを忘れている事だ。もともと大学の図書館で専門の勉強が嫌になった時に思わず読んでしまったというだけの本だったので。

それらの話の、動物と人間の区別というところになぜかとても大切で偉大なメッセージが隠れているように、大雪の中のYには感じられた。確かに食人の言い伝えは世界中にあるが、Yが思い出すそれらの話は、例えば、この国の求婚者達がひとりの女性を分けて喰ったというようなのとは異なり、事件自体よりもむしろ、社会や人間の起源を暗示しているもののような気がするのだった。だが雪が解けると、Yはただ寒さを憎む事にだけ熱心になり、そもそも、その伝説の存在さえ、厚さ数メートル程の硝子の壁の向こうに消えてしまう。そして次の年の大雪、またその物語の結末に悩むまでは忘れたままになる。

結末が判らない、或いは忘れてしまった重要な話は、大雪と一緒にYの定住の呪いをバラバラにしてしまう力があったらしい。だがだからといってその、一種自由な感覚をいち肯定してしまっては困る日常の事情がYの方にはあった。

だがそれでも、毎年毎の大雪の日はその伝説を接着剤にしてぴったりとくっついてしまっていた。そこでは時間というものが意味を失い、まるで、Yが大雪のその時節にだけは別の人間になるか、幽霊同然であるか、或いは別の世界へ定期的に転生しているかのような按配になっていた。

Yのある一面が雪の中で、普段のYとは異なる人格として独立してしまう。そしてそれは雪の中でだけ現れ、つまり雪の中に閉じ込められている分身であるが故に、普段のYのぬるく疲れ果てた人生を遮断してくれる。というより普段の自分に返った時、雪の中の自分は宝物になっている。

例えば食人文化の絶えたYの時代に、喰っていいものと悪いものという区別は重要なはずだ。だが、雪の中にいるとその本来は恐ろしいはずのぼんやりとした感覚は総て映画の中の出来事のようになってしまう。つまり、そこには何かYを引きつけるものがある。

大雪の日、日が暮れかかると急にYの心身には元気が蘇って来る。人と動物の区別が判らなくなる程に朦朧として、初めてどこからか体を動かすエネルギーが取り出される。通りを横切り、やはり尋常でない感じの速足で雪を踏んで、何キロか先の純米酒を買いに行って、いや、外から見ただけでは別におかしくはないが、そうして歩くYには、建物も人も全部均一な粉を固めたものにしか見えないのだった。実在しているのは雪と、自分自身の欲求ばかりになる。或いは夏の半袖と夏スカートの上にコートをはおった奇妙な恰好でやはり何キロか離れた銭湯まで出向いたりする。唯一の現実である雪に同化したいという事らしいのだが。

そんな状態でもわざわざ離れたところへ行くのは、おそらく異常な解放感の中でさえぎりぎりの理性が働いている証拠なのであろう。だが、その離れたところへ行って帰って来るまでの道のりの初めと終わりに、自分が定住している家のごく近くを通るという事実をYは、その時点で失念しているのである（ばれているに決っている）。

一年に一度か二度、物語の中を走り抜ける。その間だけ古都に呪われた肉体が生き返って、ただ、その代わりに社会的なYは死んでしまう。

そんな状態のまま、緑の透明な酒の瓶を抱え、或いは湯冷めでくしゃみしながら雪でまだらになった入浴道具入りの風呂敷包みを抱えて、畳まで薄青く発光しそうな狭い部屋に戻る。そこでまた必ず三つ目の話を思い出すのである。

民話というよりも観念の俳句、といった短い話だ。

Yがまたしても名を忘れてしまっている、なんとかいう魚、その正体が実は雷だというのだ。魚は暖かい間はずっと沼の底に隠れている。そして冬のある日、雷鳴を伴って雷に戻り、空に昇る。一行と何文字かでただその事実だけを記してある。たったそれだけで一話なのだ。

大雪の日、その話はいつもふいに現れYの部屋の畳で、それこそ生身の魚と化して跳ね回った。打ち消そうとし見まいとはするのだったが、話自体、何かを暴きたてたり反論したりする対象としてはあまりにも短すぎて、太刀打ち出来なかった。

例えば、恐ろしい事にその魚が、いつ戻ってきて沼に入るのかその時の様子がそこには、まったく伝わっていないのである。しかもその雷と魚との間には例えば、鯉の滝登りの鯉と龍のような優劣めいたものが一切感じられない。いや、実際はそうでもないのかも判らないが、ともかくYの記憶にある一行と少し、は大雪の中で一切の教訓や人間的解釈を剝ぎ取られて、ただ脳の中の絶対的事実、自分の中に寄生した血縁の霊魂、その類い特有の凶悪さで発光してしまう。

語りで、話し言葉で伝えられた話なのに、そこには書き言葉と同じような妄想力があった。但しそれはおそらくある集団やある地域の中でだけ書き言葉と同じような効果を持つ、いわば共通の風土や慣習や呪いに支えられたものだ。言葉以外の何かのもたらす効果が話の伝聞の際に加わって初めて、そこに書き言葉と同じような認識の強制力が現れてくる。しかも人の口からまた自身の記憶からふいに出た時、その強制力を保ったまま、外界の現実の中に混ざり込んでしまう可能性もある。

多分その効果のほんのひとかけらが大雪の中で、Yのような他国の無縁の人間に影響を及ぼしたのだ。

そんな大雪の日に買った酒は飲むよりも眺める方が重要だったりした。

下宿の部屋のあいまいな照明の中で、瓶の内に光の泡で出来た心臓のような形が浮かんで見えたりする。それは木洩れ陽を密にした感じの厚みのある光で、中に空気でも酒でもないものが隠れていそうに見えた。すると大雪に惑ったYの眼には、狭い瓶の中を、漂うように動き、呼吸しているものが判る時があった。それはどこにも誰にも帰属しない光の心臓、もしもそれが錯覚ではなく本物の生命であるのならば、自分も土地に脅えないで生きられるようになる、そんな異様な考えさえ浮かぶ雪の魔力だった。

だが、それは結局、その日一日だけ、Yが土地から浮いて大雪の物語に帰属していた、という意味でしかなかったのだった。

神話の記されていた本の中には、太鼓を捧げた、白衣のシャマ（ミコ）の写真が何枚か写っていた。だがそのシャマ自身は結局土地に縛られ、おきてに縛られて生涯を終えたかもしれないのだ。さて、……。

さらに大雪の次の日、結局は灰色に固まった道路と同じようにして、Yも固まる。後悔も恐怖も前日の体の疲れで増幅され、さらに前日との落差に一層落ち込んだ魂が残る。落ち込みが極限に達すればごく普通の安心感さえ得られなくなる。

夜の間は、起きていて外敵の侵入に脅えなくてはならない。明け方になると急に何年も前の事を思い出して、あらゆる品物や言葉を鬱と悲しみの対象にして泣き続ける。世間を歩けなくなる程のひどい、殺意と憎しみを表現する言葉や、まったくした覚えのない犯罪と復讐、などが次々とどこからか湧き上がって、声は押し殺しながらでも結局は全部発音しなくてはならなくなる。その挙句に隣りが空き部屋になったのが自分のせいではと急に心配になり、大家に悪いと思い始めてその事でも泣く。――ある大きな哀しみの中に閉ざされていて、凶悪な犯罪と周囲への気兼ねがまったく等価になる。

こうして、夜明けに泣き疲れて眠り昼過ぎに起きる。こたつを使えば感電死をすると確信してしまっており、仕方なく首まで布団に浸かって外敵の気配に息を潜める。

一日中咳の音を立てて、夕刻に目覚め、外へ出るのが嫌さに必需品の抹茶なしに何日も過ごすと――風呂に入る夢、延々とほろほろした味のお茶の新芽を摘んで食う夢を見る。

或いは何百羽も集まって球状になった、大きなウグイスの固まりが笑い続けるのをそのまま粉に挽いて、それで抹茶を作る、というような夢にしばし陶然とする。そして或る日突然、今度は外よりも部屋の方が怖くなってしまう。

風邪が悪化すると判りきっているのに、外に出ないではいられず、結局、旋回する。それが体質か、或いは、他人とあまりかかわり合いもなく生きているせいか、体調の変化や寒暖や湿度にYは引き摺りまわされ、微熱でも出ればたちまち一切の抑圧が吹き出すのだ。するともう古都は、というよりあらゆる場所は完全な地獄に変るしかない。そしてただ、風邪に体力を使い果たす。治る頃には、頭が透明になって不毛に救われている。だが次の日になるとまた別の風邪がやって来てYに取りつく。

その冬の疲れが春に一気に出る。

帰属する理由のない土地に、中心のない場所に縛られている。その不安の中で春の生命の蘇りが今度は肉体を通してではなく神経を直撃する。陽光の増殖に体はまだ慣れず、その中で光は冷やすものも遮るものもなく黄色く伸び始める。

Yのいるあたりで六月近くまではっきりと鳴き続ける、ウグイス達の声が高まっていく。カーテンを通してすら大気の熱にはトマトの茎のとげとげのような、あくのある剝がしがたいものがまつわり付く。

それでも気温の上昇で体は元気になり、夜明けと夕暮れに響く、周辺の寺院の鐘の音も素直に聞ける。だが結局その頃からＹは光そのものを憎み始めるのだ。どこにも行き場所のないまま、濃くなる光をである。

晩春の夕暮れにさしかかったあたりが一番良くなかった。花の頃は植物の発する生気に紛れて時々はいい状態の日が現れてくれる。だが膨らむだけ膨らんだ桜が一年分の殺気を放ち終えた後に溶け崩れ始め、びっしりした花塊の中に隠れ籠っていた光が解き放たれると、新芽はむしろ光の粘りをそのかし光線そのものが人間の体の骨にまで達するようになる。それは縞模様に塗りつけたゼラチンのように夜近くまで残る。その頃外では、寺院の建物の白い漆喰から伸び上がるように、梁や棰《たるき》の黒色が赤味を帯び、息を吐き始めている。

春は部屋の中に閉じ籠っている方がむしろ良くないのだ。カーテン越しに正体の判らないものに取り囲まれていれば、恐怖は何万分の一かの可能性をほじくりだしてでも際限なくあらゆる方向に伸び育っていく。大雪の忘我には危険はあったけれど悩みなどなかった。だが、カーテン越しの春の生煮えの光はむしろＹに外の世界を無理矢理見させるのだ。そして意志的ではない、強いられた外界への関心というのは、Ｙの場合ひどく歪んだ敵だらけの光景になって現れてしまう。

春、室内に居るのが耐え切れずＹは外へ出て行く。外へ出れば、或いは、我に返る瞬間があるのではと毎年錯覚する。だが結局はあちこちに光が固まっていて、人間がみんな通り魔やすぐ怒鳴る化けものになっているだけの事だ。

例えば橙色の光だけが一本の木の片側に煮詰まっている。また油滴で汚れた板硝子のような濁った光が、厚く固まった曲がり角に行き着く事もある。するとその光で囲まれた一画にあるものは全部、電柱もゴミ箱も店先に積まれたグレープフルーツでも、光の濃さにあえぎ、物質の方は希薄になっているのだった。吸う息の苦しい、口の狭い、プラスチックの容器の中にいる魚のようで、いやそもそもそれ自体が空洞に見えた。

空からゼンマイのような触手が伸び、Yの体からエネルギーを吸いとりに来ているのだった。そのくせエネルギーを取られれば取られる程、怒りや無目的な攻撃性は高まっていった。

ある年のこと、そんな日に疲れはてて、その光の固まっている果物店に入って果汁を注文した。時々は入るので危険などないと思ったのだ。いつもはアルバイトの女の人がいて放っておいてくれる。だがたまたま運悪く店の経営者しかおらず、ただでさえ光で腐りかけている骨の上に、さらに土足で踏み込まれるような会話になってしまった。いや、会話の内容そのものは普通なのだ。ただ相手の側に何か合理性を超えた、粘り付くような、しかも蔑むような冷えた感じがあったはずだ。話題がないのにあっちへ行ってくれないので仕方なくなんという事もないジュースを褒めてしまった。すると急にその値段で出す事がいかに大変か、損か、というような事をもの凄い説教口調でいちいち怒鳴り付けるように繰り返すのだ。仕入れのメカニズムを説明するとでもいうのならば自然に聞けるのだがそうではなく、ただ、自分は被害者だという事を叱り付けるようにねちねちと言うだけなのだ。するとYの方はいつしか、相場くらいの正当な価格を払っているというのに、なぜか自分が残飯を投げ与えられているような感じがしてどんどん神経が参って来るのだった。さらに相手は恩恵を施したような妙な顔付きになり何かをしつこく聞きだそうとした。春の光が誰をも操っているという具合だった。

その時、その店のテーブルの上にクリスタルの大きな灰皿が出ていたのをYは覚えている。――にちゃにちゃした汚い吸いがらが一杯入っていたから救われたのだと思う。しかしもしもあれが現実感なく、きれいに洗いあげられ乾いていたとしたら、Yはそれを片手で持ち上げた挙句、相手の脳が飛び散るまで殴り続けてしまったかもしれなかった。

春に空から来る妙なものは、Yの考える力を奪うだけで、外に向かう力はむしろ増やしてしまう。

気候は良くとも、救いようなく嫌な事ばかり起る。本屋に行けば、Yが尊んでいるある作者の本をどこかのおやじが取り上げ、優雅な題名の上を指で弾きながら、おおんなのひいいすてりいいいのほおおんでえ、すうけべうい、と自分の方がずっと気持ち悪い、ヒステリーに引き攣れた顔で言い続けていた。しかも同じ日のうちに遊んでいる子供の姿に振り返ると、へへアノオバハンデモ笑イヨルデ、などとあざ笑われた。

定住者でもなければ身内でもない、中途半端な人間とこの土地との、いまいましい距離は春になるとその光の中で何センチ何ミリまでくっきりと判った。

つまりそういうすべてを引越しによってYは片付けようとしたのかもしれなかった。

段ボール箱に物を詰める。ガムテープで封じては紐を掛けて住所を書いた紙きれを貼り付け、積み上げていく。箱はYの所有物と九年間を覆い隠し、同時進行で生活も単純化した。押し入れを空にする作業は比較的楽だ。ただよく判らないものが時々どこからか出てくるので思わずそれに見入る。するとなぜか今までの生活の仕方自体がひからびて粉になり、飛び散る感覚がある。

無論これから素晴らしい事が待っているなどという意味では決してない。それどころかものの上下左右等が判らなくなり、鍋蓋とスリッパ、コップと双眼鏡等の区別が付かなくなってしまう状態である。むろん、たとえまともな感覚で見たとしても、引っ越しの時にふと出てくるものたちは別にYの住まいに限らずとも、なにかしら異常なはずなのである。

とはいうものの、それにしても、……。何時に、こうしたのか、……ガムテープをぐるぐるに巻きつけて両端に古リボンを飾り結びしたハンガーがある。黒マジックで使用不可と書いた、とても重く大きい硝子製のレモン絞り器がある。束になった領収書の間からは煮干しそっくりの死んだ虫が急に二匹も出る。

押し入れの底でへしゃげていた文庫本に何の見覚えもなかったので片付けを放棄して必死でむさぼり読む。読めば読む程趣味に合わないのだがただ単にまったく内容を忘れてしまっているため、忘却そのものが凄い刺激になり、眼をがちがちにしながら、その場でへたばって眠りそうに退屈なそれを、歯を喰い縛って結局最後まで読む。

考えてみれば本箱がなく、押し入れの空きに箱根細工のようにして本を詰めてあった。そしてまたファスナー式ビニールケースの洋服ダンスはそのビニールの色が狭い四畳半を圧倒するというので、上皮を剝がし、骨組みだけにして使っていた。しかし別にそれでシンプルな印象になったというわけではなく、ただ、洋服ダンスの骸骨が四季の服の内臓を垂らしている眺めなのだ。九年間にたった一度だけ尋ねて来た知人が、凄い生活だといったのはきっとその事であったのだと漸く思い当たった。

とはいえ、その知人とYとの生活レベルにさほどの差があったとは思えないのだ。ただ、Yは金を読むものと食べるものにだけ使っていたから。

ともかくこうして、自分の行いを距離を持って見られるのは、その部屋で暮らした自分がやはり剝がれつつある証拠なのだ。

――畳の一箇所だけ異様にきれいなのに気付いてしまった。急にそこだけ剝がして持って行きたくなった。自分の体は、既に木で作った十字形の墓標のようなものに変り果てていた。そしていつしか、ここ数年来天井裏を小さい丸い音を立て走り回っていたのが、一匹のイタチではなく数匹のネズミだったと、気付かせられていた。その続きで、あまり長く住みすぎたという事さえもすらすらと認めた。ところで、……。

共同台所に出したままの氷はなかなか溶けなかった。金槌でかち割れば済む事なのだがその金槌自体がすでに死体と化し、オタフクソースと書かれた段ボール箱の中に、他の品物と一緒にとてもいい組み合わせで納まっていた。ガムテープを剝がせば済む事なのだが、納めた時の程の良さや感動がまだ残っているため、取り出したくなかった。

その上共同台所全体も引越しの季節で、ガス台の横やまわりの戸棚から殆どの鍋釜が消えさっていた。それがまたＹの頭の中を掻き回した。ソースパンもフライ返しもそれぞれが汚れや焦げの輪郭だけを残してみんな持ち主と一緒にどこかへ飛んで行って、ここの改装の予定は当分なくもう少しすれば、また戸棚の先住者が残した鍋底の跡へ、新しいホーローやステンレスが並ぶはずだ。

例年、新入生が出揃い、アパートの中にカーテンやユニットボックスの新しい香りが漂う頃、少しはＹもその新しさに引き摺られるように元気を取り戻す。だが結局はそれはまやかしに過ぎず、別に学生達とＹとが口を利くわけでもない。ただまだ土地や建物から浮いたままの新人が出たり入ったりするその気楽な気配が好きなだけであった。むろん学生達が建物に根を下ろして、Yの方をしっかりと見て喋り始めれば、結局は苦手になってしまうのである。

同じアパートの中に集団が出来る事はむしろ歓迎だった。人の群れは彼らの世界の中にだけ閉じ籠って、ただ人の気配だけを撒いて側にいる事になる。ならば何かを喋らなくてはならないという苦労もない。ただその群れと自分の都合や利益が抵触をした時、交渉に入るのは難儀だと思う。或いは群れが外側からの視線に気付いてそれを不快と感じた場合も困難である。

住人同士では別にアパートを出なくてはならないようなトラブルはなかったつもりだった。しかし、何かわけの判らぬものがもう一皮外の世界からやはり正体不明の光になって降りて来たせいで次第に、息が出来なくなり、最後にはこの土地の被害者であるはずの隣人たちまでもが、恐ろしくなったというだけの事であった。

春が来るたび現実はYを取り囲んだ。毎年首都へ出ていこうとあがきいつも失敗した。とても息が苦しく目の前の光に追い掛けられ、頭だけはっきりとしているのにまともな計画は出来ないのだ。それ故に自傷行為の性格を持った奇行に逃げるしかなかった。

ある年の春など——酔って半死になり自分自身の背中を幻で見た。その時にYは髪の毛、というものが自分の一部なのかそうでないのかが判らなくなった。生え際が坊主刈りに見える程自分で切ってしまった。するとその坊主のような感じが気持ち悪く、まさかそれで額の皮膚の続きに見えるわけでもないのにその坊主部分をカミソリで剃り、バランスが悪いので眉の大部分も落としてしまった。なぜか暴走族のようなスタイルになっている事にそこで気付いた。その時の心は未必の故意か認識ある過失かのどちらかに支配されてしまっていた。やがて、握ったまま一度に切ってしまった肩までの髪の、揃った切り口ばかりが固まった眺めに急に気付いたりした。それは稲光りするように新しく染みひとつなく、ミンクのように見えた。その不思議さに打たれ、しかし切り口よりもむしろ刃物の方に感動した。

春のジンは、自分から行動力を奪うための手段だった。なまなか体力が回復しているためソフトドリンクくらいでは阻止出来なかった。飲むとすぐに眠くなるそれは、Yの胃と皮膚には悪いらしかった。だが、朝になってもまだ漂っているその香りは四畳半を、香りの世界というようなものに変えてくれた。とはいえ周囲の目の中で溜まった瓶をゴミ置き場に出すのは、難儀な仕事だった。それはYひとりの問題のはずなのだが、同じアパートの住人達のなぜか迷惑になった。

その点については、Yが特に別に自意識過剰というわけではなかったのだ。飲酒、喫煙、共学、自然な発声、自然な歩きかた、時には足の痛くない靴を履く事までが非難の対象になるような文化はまだ残っている。そしてそんな文化は同じ位に、飲酒喫煙性交深夜労働、それら個人の意志で決めるべきことを、女にも一律に強要しようとして、男女平等なんだろおおお、と脅す文化に裏返ってもいた。けして古都という土地のせいだけではなかった。首都でさえも、仕事先の人間から女子寮ってすうごいんだろおお、と自分の方がずっと気持ち悪いこめかみのぴくぴくする表情で言われたりした。その凄さの、具体的内容を尋ねると結局、酒を飲み帰りが遅いところもある、という程度のことであった。

首都の先端産業にいるごく若い男と、古都の花柳界に詳しい還暦を越えた大家との間にさえ、まったく共通の差別フレーズがあり、それは時と場所を問わず多用された。しかもその類いの呪文は会話の脈絡とは関係なく、むしろ会話をねじ伏せるように強引に出た。しかも何がそれを発生させたのかは永遠の謎で、ただ、その呪いの中にいるとYはわけの判らない事をどんどん言われながら、しかも言った方ではなくY（女性）だけがひたすら悪く汚くなっていくのだった。言う側は蔑みながら楽しんでいる感じだった。そのくせ自分達が言葉を発する主体だという意識は、Yが見たところでは、持ってなかった。

アパートの共同の玄関が開く音がした。建物の外壁にそって台所の入口に繋がる階段から、薄いコンクリートをゴムのサンダルで踏む音を立てて、誰かがゆっくりと登って来た。出ていく人間か新入学の学生か、どちらにしろもうかかわる必要のない相手だった。

現れたのは、同じ階の離れた部屋にいた新卒の女性だった。一週間程前に荷物をトラックに積んで出ていったのだが、共同の下駄箱に入れておいた靴をそっくり忘れて、取りに戻ったのだ。つまり履いて出た以外のを持ってないわけで、かなり離れた新しい下宿から来たというのに、サンダル姿だった。もう出社しているのだろうか、と世間に疎いYもまず疑問を抱いた。靴は必要なはずだ。それともサンダルで入社式とか研修に行ったのだろうか。だが、尋ねてみても相手はただ、おおおおお、と笑っているだけなのである。

同じ階の人間の中ではまだしもよく話した方だろうか。優しい印象で友達は多く、ヌイグルミの素材で無理に作った、市松人形風のものという顔形だった。大家から聞いた話では成績が良くボランティアもしているという話なのだが、それは幼い見かけに比してという感じではなく、なにもかも温かくひと続きになっている結果だった。芯に熱のある気性で友人と動く。そこから何もかもが発生する。ところでその彼女の相棒風のしっかりした子からYは嫌われていた。ふつつかにうわついた感じで話し掛けると思われていたのか、或いは、冷酷なエゴイストの面を見抜かれていたのか、愛想で口をきいても切って捨てるように応答され、しかしYは腹を立てるというのではなくやはりなんとなく恥じ入る態度になっていた。

靴を下駄箱から取り出す肝心の動作を放棄したまま、ヌイグルミのような彼女はYと話し続けた。ヌイグルミと言えば市松人形だけではなく、どこかの動物園で売っていた白い大きなフクロウを象ったものとも彼女は似ていると気付いた。そういえばクリスマスに出まわるスノーマンのものとも似ているのだった。要するに決してそのものではなくいつもヌイグルミである。

彼女は別にYに気を遣ってという感じでもなく、ぼーっとしたまま、ついには何か床から生えているソフトクリームのヌイグルミのような感じに膨れ上がり、ぽとぽとと柔らかい話題を振り落とし始めた。顔見知りだからというのとも違う。赤ん坊がおとなより子供に関心を示す、或いは喰いあわないペット同士が人間よりも親しいというような風に……、言葉の切れめ切れめに語尾を籠らせる癖があって、ゆ、と、る、の中間の音がこちらに漂って来る、ところが……、その、ゆ、と、る、の間からふいに、やはり日常の会話をねじ伏せるようにYの判らないものが転がり出た。しかしYはそんな話、まるで振っていない。なのに――そおいうものなんじゃないの恋愛って、人間ってそんなものじゃないの。――恋愛、恋愛？　今掬わねば風に飛び散ってしまう、泡だけでできた菓子を口の中に含もうとする時のように、惜しみながら使い尽くさないではいられないように、そんなバランスの中でどこかもつれながら、まるで狙っていたかのように大声で言い始める。婚約が決まっていたのはこの人だったろうか、と考えてみるが、思い出せない。

何年か前、金銭だけの泥棒が（下着は無事）昼ひなかに出て、昼間は施錠していない共同の玄関からすっと入り、鍵を掛けていないいくつかの部屋から、現金だけをシビアに取って逃げた。犯行後の部屋は、ここまでする必要があるのかと思うほど、徹底して散らかし尽くされていた。プロであるなら、ポイントを押さえられそうなものなのだが、或いは全部ひっくり返すという勢いがなければ、むしろ短時間での探査が出来ないのか。

部屋を荒らして出る時、犯人はふたりの住人と別々に出会っている。逃げようと降りた一階の方では前以て郵便物の宛名から確かめておいて、素早く他の部屋の住人の名前を出し、届けものに来たと称して騙していた。いや、その以前に二階の方で、この靴を忘れた彼女と、出会っていた。こちらの方は不審を糾そうとさえせず、姿を見るや否や誰かの父親だと信じ込んだ。男子が入れない規則があり守られていても、知らない人間を疑うという心の反射がそもそも彼女にはなかった。そうだ、宇宙人だった、とYはそこだけを思い出した。

実際、防犯や個体の自由を守る事に非常に有効に機能しても、異性禁止という規則自体には、住人を縛る一種の呪いが纏わり付いていたから、むろんその呪いに対する緊張と嫌悪、こだわりもあったのだろう。しかしYなどは水回りを共有する生活の場所で、たとえ誰かの父親であってもうろうろされただけで目障りで怖い。なるほど犯人は出て行くところだったろうし、取りあえずそれ以上に追及するのは面倒でもある。そういう事かもしれない。とはいえ警官が数人捜査に来て、かなりきつい口調で、おとこのひとがいるのにっ、おかしいとはおもわなかったんですかっ、と聞いたところ、彼女の方は事態の判ってない声で、おおおおお、と笑った。警官はただがっくりとして見せただけで、例の、自分の方がずっと気持ち悪い顔にはならなかったけれど。

目撃者はふたりとも口を揃えて、――ぜーんぜん普通の人、まじめそうな、――というだけの事であった。もともと各部屋の鍵を掛けるという概念さえなかったのだ。

盗難にあった中のひとりなどは共同玄関の鍵さえも完璧に失念しているというタイプだった。近辺全部親戚という土地柄なのか、或いは自分の幻想世界を持っているのか、それとも脳の中の鍵を覚える部分が二十四時間ずっと眠っているのか、ともかく鍵と彼女はまったく切り離され、別々の宇宙に存在していた。すべて開け放しなので否応なく室外から見える所有物は、鍋、カーテン、スリッパまでモノトーンで、絶対見まいとしても眼の中に飛び込んで来た。モデル体形に春夏秋冬通してモノトーンを纏い、彫りの深い小粒な顔に神秘的な愁いの表情を浮かべたまま、施錠をせずに学校や他県へ行ってしまう。いや、その前の年くらいまではそれでも十分に無事だったのである。

最初はそこにアパートがある事さえ外からは判らない造作だった。アパートは家主の建物の敷地内に取り込まれており、道の側から見れば、モルタル塗りになった二階の屋根がコンクリートの塀とひと続きになって、隠されていた。一方の端に大家の家の玄関と前栽は剝き出しになっていたが、それも長い石畳を設けた道の奥で、白壁はそこで折れて石畳の片側をもカバーしていたのだ。そこに立ってどんな角度から見ても、アパートがあるとさえ判らないのだった。その上壁のもう一方の端を占める共同玄関の方も、鉄格子に厚い曇り硝子を嵌めた愛想のない見掛けで小工場か作業場の入口にしか見えない。その頃まで昼間はずっと施錠せずただ戸を閉めるだけで、鍵は家主が管理して十時になると内側から閉ざしていた。——というと要塞のようだが中庭があるので息苦しくはなく、壁は道に面した部分だけだった。だから後ろ側や大家の家の屋根越しに星を見る事も出来た。

後ろは屋根の低い民家が立て込んでおり、アパートの裏側を囲むコンクリートの塀は低かった。が、他家に遮られここも外からは見えない。塀の内側に物干し場があり、端に人ひとり通れるだけの木戸があった。それが裏の民家の奥庭に続く非常出口なのだ。しかもその民家自体がかなりの広さの駐車場の奥の方に固まっていて(どこかの史跡の関係者の寮として使っていたのかもしれなかった)駐車場の入口はガードマンが巡回し定時には閉める。一番大きな史跡の所有らしく関係者以外は利用出来ない。

だが、堅固なはずのそこへ、金銭の泥棒が二回、洗濯物を盗る泥棒が数回、入った勘定になる。一旦入ると癖が付いたように入るらしく、三年程前からそんなふうになった。金銭の方の泥棒は、全員が施錠するようになってからは、今度は針金を使って鍵を開けていった。全室の鍵を針金で開けられないタイプに取り替えて治まったのだが、洗濯物の方は少し事情が違った。

最初、白壁の一部にごく小さい隙間が出来た時はまだ大丈夫だった。

大家が自分の家を二階建てにし、浮かせた土地とアパートの中庭の一部を併せて五階建ての白いマンションを建てたのである。敷地の関係で塀の一部、大家のもとの家の石畳に沿った、つまり折れた部分だけが取り払われ、マンションは道に面して剝き出しになった。建物と建物との間にせいぜい三十センチ程の隙間が出来、そこから光や声が洩れるようになった。次の年の新入生が入った頃、Yが銭湯の帰りアパートの前の路地に差しかかると、そこから清らかで若々しい複数の笑い声が強く聞こえてきた。声はドアの前でならば騒音にもなろうが、まだ時間も早く、それに何回か話した事のある人間のものと判っていたせいもあって、好ましい程のものでしかなかったのだ。だが十代の寮生活でそんな自然現象さえ危険の兆候になりかねない陰湿な現実をYは知ってもいた。

Yが十代にいたのは町中の寮で、二年に二回、被害はなかったが廊下に侵入した男がいた。侵入者は騒がれて逃げ出しただけだが、まさか全員が徹夜で受験勉強をしているとは思いもしなかっただろう。共同廊下にあった窓の開閉について何度説明しても、一切理解しない人物がおり、無論その窓から入って来たのだった。

その受験勉強のいらいらのさ中、夜食のラーメンを作ろうとしているのにガス台が空かず、腹が減って吐き気がしているような時間にさえ、下から通りすがりに、じょしりょおおお、と叫んで通るのがいくたりもいた。物理的に言えばただの騒音に過ぎないのだが叫び声には何か天誅、というような英雄面とこちらをアイテムと化して勝手な物語を実践しようとする狂気が感じられた。彼らは、国名や性別をただ言っただけで意図的に人を傷付ける事の出来る技術、を駆使していたのだった。青春やパトスのなせるわざではなかった。現実の寮を目前にしていくたりもが、同じ調子を、というところで微妙に、決定的に、何か違った。彼らを異常性格とか背徳性とかで説明すると肝心なところが欠け落ちてしまう。女を蔑む文化に呪われているか、或いは無意識に呪いを利用したか、利用の過程でたとえごく軽くであっても無論背徳性とか現実と幻想の交錯だとかややこしい言葉がからまって来ていたりはするであろうが、ともかく彼らは地に足を付けて、自分以外の誰かに支えられていると確信して叫んでいた。戦時中なら、そんな連中は我欲を通すのに体制を持ち出す教練おやじというようなものになっているかもしれない、と今のＹは想像する。そして戦争がないと、地霊代表のような顔をして若い女を苛めに来るのだった。一見欲望に忠実にふるまっているかのようであっても、実はまさに正義の物語を行っているという印象であった。それは一見勇敢な態度で世間の「モラル」「規則」を越えているように見えつつ、実は物語の禁忌を振りかざしているだけの小心者である。彼らは資質や運命に支配された犯罪はしないだろう。能力を要する犯罪には関心も緊張も持たないだろう。自前の妄想すら必要ない。ただ呪いを再生産しながらＹのような人間を滅入らせるだけだ。

最初その寮に入った時、寮の表札がないので不思議に思った。派手な柄のカーテンを掛けてはいけない、と言われた時、ただの意地悪だとしか思わなかった。自分たちが「若い女」という人権の少ない存在で、ただ存在しているという事だけで犯罪の対象になるという事をそこで知った。無論それだけなら防犯マニュアルを駆使すれば済む問題であった。つまり犯罪が防犯の手薄いところに、或いは加害し易い条件に集中する、というのはまさに合理的に説明のできる事実であるから。だが女子寮となるとそこには別の何かが絡んでいて、いわば結果に付される意味が被害者に呪いをかける、というかケガレや責任を負わせてくるという異様に理不尽なシステムがあった。

アパートで最初に洗濯物がなくなった時、まっさきに内部の人間が疑われた。誰がという具体的な疑いをYはアパートの住人ではない人間から聞いた。だがイケニエになった当事者がいないはずの時間に、また同じような手口で盗難が起きた。持って行くものの選択にある傾向があり、やがて警官が来た。

建物に隠れて見えない、しかも他家の奥庭ときちんと塀で隔たっているところから犯人は来た。なにか道具を使って塀を越えたらしい。しかもその奥庭に入るために、三百メートル先の寺院裏の、ただ一箇所だけある塀の破れから侵入しているのだ。蟻のように、曲がりくねった迷路を這ってくるのだという。たまたま顔を見た学生がひとりいたが、相手はやはり道に迷ったふりをしてごまかしたらしい。無論つじつまの合わない話なのだが、ごまかしを追及するというパワーはいつもどこにもなかった。印象は例によって普通の、まじめそうなひと、だ。繰り返し侵入し、奥庭と塀に鉄条網が立つと今度は道具で引っ掛けて取って行くのだった。複数ではなく、一人の犯行だという話だった。鉄条網と金網が若干高くなってアクシデントはそれで一応終わった。だが、家主が他県にいたり、非常階段が剝き出しになっていて対応のしにくい建物が周囲にたくさんあり、そこからは延々と被害が出た。

それから暫くして刑事が連続事件の捜査に来た。ごく近所で、小柄な男性が暗い道を歩いていて、頭部を殴られ幾針か縫うような怪我を負わされたのだが、それが若い女性と間違えられての事だったという。男と判ると犯人は殴る以上の事はせず逃走した。彼は別に女装していたのではなく、背広にネクタイで勤務の帰りだった。

その事件からまもなく、家賃を納めに行き嫌な事があった。いつもは家主の妻だけと話して帰るのだが、その日に限って一年に三回も会わない家主本人がいた。世間話になり事件の話題が出て、いつしかなんとなく嫌な展開になってしまったのだ。家主は別の本業を持っていて業界に献身している人物でもあり、Yよりもはるかに社会に適応していた。しかも花柳界に詳しく、そこでの知識がそのまま全世界に通用するという固定観念の中で何十年も暮らした蓄積がある。その人物の口から例の呪いがただ単にYへの攻撃の形で放たれたのだ。よくある軽口という感覚ではなく、かなり執拗な悪意が感じられた。

Yの仕事、一度だけ会った母親の事、……おまえおまえ、表面は焼き冷ましのガチガチだが、何をしているものだか判ったものではない、偉そうにくだらぬ仕事を掲げて結婚はどうした、おまえのところの背の低いいなかもののおふくろが信用していようが、……この前道で挨拶をしなかったようだ……眼鏡を掛けるような頭のいい女は、さぞかし高級な事でも考えておいでか。側で必死になって主婦が止めた。このひとに限って、アシヤフジンノヨーナオカーサマヲ。こちらも主婦にフォローしてもらう以上はしかたなくバカデゴザイマスー、と言い続けるパターンにはまった。

その家は対外的にもその主婦でもっている感じだった。彼女は古都の出身ではなく、Yよりも年上の大家の子供達も、優しかった。それに引かれてずるずる住まい続けた面もあった。

相手が酒乱らしいと見当を付けたものの、側には他の、ごく若い事情の判らない住人達も坐っていた。

――自分は連続事件の他のものを刑事の口から聞きだそうとした。そうしないと捜査に協力してやらないと掛け引きに出た、などという話題もその時に大家から出た。主婦が笑ってごまかそうとした。未遂事件に前以て用意した見解を押し付けたいらしく、大家は聞くに耐えない事を言い始めた。既遂を主張した、その断定に若いひとりが急いで賛成した。決して楽しんでではなく、怯えた、異常に高い声で一刻も早く逃れなくてはという態度なのであった。彼女はにぎやかに笑ったはずなのだが、声はうわの空で愛想だけがから回りするしかなかった。

自分が犯罪というものにあまりにも牽かれ、おまけに好奇心だけで週刊誌を買い、また時には異端愛の創作物を読む人間だとYは思い知ってはいる。だがその時の彼にはひっかかった。大家が楽しんでいたのは真実の追求でもなく恐怖心の克服でもなく社会のからくりを知る事でもなく、また犯罪を自分なりの意味で切り取ろうとするものでもなかったのだ。性の妄想だろうか。思う事は自由か？　だが、いやそれこそまさに大はずれだ、とその時のYは推定したのだった。

外界に隔てられて暮らして来たYの嫌悪感が現実との境界に来てついに機能していた。妄想、はたとえそれがどんな種類のものでも現実と一点切り離されて初めて呼吸し得る、妄想には場所が必要なはずだ、ともともとからYは思っていた。――あくまでも現実に密着したにせものの妄想、場所のない妄想、を大家はYに向けて押し付けて来ていた。それについて、大家に罵られながら一方でYは考え事を始めてしまったのだ。

例えば、妄想は書き言葉で行為は話し言葉だなどと。また、妄想は別の行為の象徴であり学習した物語の反復であり、或いは強迫観念の逆転であり、また破滅破壊衝動の代償でもあると。そしてそれがひとりの人間の脳の中にあればその意味するところは比較的限定し易いのだし、いやかりに混乱していたとしても或いは不明だったとしてもそれは秘めてそのまま放置する事が出来るわけだと。そもそも自分だけの妄想ならば自分自身で選び取る権利が残っていた。だが、現実においてその行為の意味はあらゆる人間によって議論され各々試されるしかないではないかと。そしてもしも、その意味をつまり現実としての価値を決定する力が権利が、法や慎重な検討の及ばない場所で、或いは舞台や活字に十分隔てられていないところでもしもひと握りの人間の手にだけ握られるならば、とYは仮定してみた（当然ひどい事だ）。そしてまた、ある特定の意味を実は弱者に押しつけつつ、そんなの何の意味もないと、例えば公共の場所などで押し通すならば（それもまた許せない）。つまりそれは時には個人の犯罪にしても何よりも深く救いのない悪になるような気がしたのだった。――大家は、空想でも性でもないものを楽しんでいた。意味の押し付け、或いはただ誰かを侮辱する事を味わっていた。もしもそこに他の問題が絡むと言い訳しても、それは単なる言い逃れに過ぎなかった。つまり文化的に見て一番トラウマになり易い場所を、論理だけで片付け切れないポイントを拾って他者を苦しめるのに使っただけなのである。それは溜め込んでしまったストレスの他者への転化だった。そしてその日大家の、転化の対象になっていたのは事件の被害者、というよりもむしろ、Yと他の住人だったような気がするのだ。無意識に脅しを振り回すような、たちの悪い感覚を投げ付けられていた。

さらに自分が単身者を住まわせている立場なのに、他の住居に対する何か救いようのないほのめかしを大家は始めてしまった。要するにマンションにひとりで住んでいる女性の暮らしぶりについてだった。――夜、見ておると赤い灯青い灯を点けて、懐中電灯も振り回して、男に合図を、ぜーんぶ合図、世間を馬鹿にして、どこでもそうしたものや、ホタルの灯だ、ホタルの、それこそホテルだかマンションだか判ったものではない――私には恋人はまったくおりません、と事実を述べる事も、或いは、おとなの恋人同士で通いあうのは条件さえ整えば自然な事です、とも、どちらの意見もYはなぜか言えなかった。何を言っても怪我をするのはYの方であって相手は一切行為の主体性も責任も持っていない。大家の主体性はただ評価をするという権力をふるうためにだけ持たれていた。そんな呪いにYは縛られていた。

ホテルという言葉を聞くや否ややはり住人のひとりが急に唐突な悲鳴を発するとぐわんという感じで主婦の膝を殴った。動作はやはり強迫的なもので「冗談を面白がっている」素早い動きのはずが、結局いやがりながらしているようにYには見えたのだった。

その席を去るまでにいろいろな事に思い当たった。大家とYとの人間関係はやはりほんの何年か前までは非常に友好的なものであったはずだ。ただ、以前一度、Yの事情で次の年の部屋の契約が判らなくて、要するにキープしておきたいと頼んだ事があった。大家本人は穏便に出そうとして、自分の家族と一緒にYを食事に連れていった。だが結局Yは主婦に頼む形で押し切っていた。大家はいい印象を持たなかっただろう。結果的に損は掛けなかったが、Yの身分が不安定であるとも判ってしまった。

また、問題はそれだけではなかったのだ。その年毎月のようにYは帰省していた。半年以上の生活費が出るような定期的な仕事がありよく首都へ行った。いちいち挨拶し、外泊届を出して出ていたのに、帰る度に主婦からプライバシーに属する事を唐突な感じで言われたのだ。

大家がYの事を男と旅行に行っている、と思っているという話で、最初は冗談だと思っていた。花柳界の修業をいくらしたところで、Yひとりの私生活も見抜けないのか、というおかしさがあった。ホテルと言われても受験宿くらいしか連想出来なかった。さらにまたYがいかにも男のような服装でひからびた存在だが、時々妙に官能的に見えるという言葉も出た。つまり例の席で、Yはその言葉を主婦の翻訳がないままに聞いてしまったのだ。

それらは結局定住者が異物を排斥する時の言葉だったのかもしれなかった。アパートは結局中継点に過ぎなかった。学生でもなく、勤め人でもなく、何を着てもうす気味悪い印象しかない自分を知ってはいたから、ガス台の掃除を出来るだけしたり老舗の和菓子をたった五個だけ持っていくというようなみみっちい気の遣い方をしてきたのだ。一生ものの装飾品を商っているYの父親の方は禁治産者を預かって頂くと、称しており、大家の側から注文があった時に箱代も取らず原価で出したりした。

その席から帰って、なぜかYはそんな父の気の配り方を思い出した。そして、オヤジガアワレデアル、というようなどう考えても自分では思いそうにない事を思ったのだ。唐突に泣いた。オヤジとアワレが一種の様式になって、Yを動かす原動力になったらしく、泣き終わるとそれらは直ちに消え、その代わりにここを出て首都に行くという考えが発光していた。そしてまたとんでもない事を思い出した。

Yには二浪の後大学へ入ったという経歴があって、さらに大卒後も浪人を重ねるために古都に残ったのだ。アパートに入る時にはそれを黙っていた。遅い季節にひとつだけ空いていた部屋で、別に新入学のみ入居という条件はなかったのだが、事情を言わなかった。面倒だから黙っていろと鬱と恥の固まりと化した母親に調子を合わせた。主婦は聞き流し、ただ大家はのちのちわざわざ問い質した。入った当座で、他の学生から異端視されたり或いはどうしてそんなに、と聞かれるのが辛いという意識も残っていたため、Yは「高卒一浪」で通してしまったのだ。そしてすぐにろくに顔を合わさない大家の事など忘れてしまった。挨拶はしていたが極度の近眼だったから或いは見落としもあったのだろう。

何年かして、学生でなくなり、小説家としてデビューし、ある雑誌に本当の年が載るのをきっかけにその事を思い出した。主婦に話を通し謝ったところがなんでもなく済み、他の住人の何人かにも話したが誰も怒らなかった。だが、大家の方はそれからろくに口をきかなくなった。別にその事で迷惑をかけたわけではないし家賃は欠かさず、早目に持って行った。若くして得をしたという覚えもなかったのだ。だが、なんの関係もない相手であってもやはり彼に取ってはそれは決してただの嘘ではなく、とんでもない謀反詐欺悪逆だったのかもしれなかった。

その辺がYの反社会性の現れかもしれなかった。だがその時のYには、本当に、自分の性別も年齢も、外から見た自分というものが見えなかった。そしてまた自分が年齢で価値を決定される人体である事も想像出来なかった。

足の先がしびれる病気にかかった時、Yは近いからというので産婦人科を兼ねている病院に入った。総合的な健康管理のためか産婦人科医でもあるその医者から、自分の体についての基本的な質問をされた時、戸惑うしかなかった。いや、そもそもそこが産婦人科であるという事にも配慮がなかったのだ。神都ではただ産科の看板の下を通っただけでも、それこそありとあらゆる噂が何年にも亘って続き兼ねない事を、きちんと意識出来ていたはずだったのだが。

大家と共用の洗濯機が汚く思えていつしか使えなくなったのは、無論、ひどい言葉を言われたせいであった。その年の鬱は一段と深いものになった。ただ、出て行ける立場にあり職場でもなかったから少しは救いがあった。――いろいろな事をYは思った。外の世界がはっきりと見えてしまうというのはどんな人間にも堪えきれない事なのかもしれないのだろうとか。いつしか幻覚の結界が破れ、古都にいるべき理由がなくなってしまったのだとか。やはり肉体は女なのに「オレは男だ」ではいけないのではないかとか。——自分は妄想のために生きているのだとYは思っていた。妄想それ自体の中に閉じ籠っていれば一生もそれで十分なはずであった。家族と距離を取って、神都からは逃げ、自分の生活を閉ざす事以外に目的がなかった。それが叶った時に、だが、違和感があった。

思春期から今まで、海という言葉で引き寄せられる幻に囚われてYは暮らしていた。夢の中の海や海に似た波動、色、そんなものと一体化するために生きていたのだった。もっとも日常生活に支障をきたすような幻覚ではなく、確か真性幻覚に対して偽幻覚とかいう、自分でコントロール出来るものでしかなかった。庭園を造るように頭の中に陸のない海を造ってその中に様々な現実の言葉や観念を浮かべておいた。すると世界は海の中に溶け込んでしまい、なおかつ海によって秩序を与えられていた。記憶と化してもまだ恐ろしい外界はそこで漸く安心な親しいものとなる。他の事はまったくどうでもよかった。

だがそれがいつの間にか崩れ始めたのだ。

そんな生き方をしている自分自身に、最初の違和感を覚えた時に水族館に行った。幻の海に近く思えたから。そこで記憶の中の水族館を作り上げて、現実と幻想を接合させようとした。だが結局は現実を取り込めなかった。いや、あるいは、現実の海と幻想の海の落差ではなく、海という感覚や観念や或いはその言葉自体に、Yは、飽きてしまったのかもしれなかった。

たとえ妄想自体がそれにふさわしい場所を伴った純粋妄想であっても、Y自身はその妄想を通して世界と触れ合っていたいらしいと判ったのである。無論その触れ合い自体が一個の妄想にすぎないという解釈も成り立つだろうが。

もともとYには妄想に対する勝手な信仰があった。だが行き詰まった時に、それを初めて意識したのだった。それは救いになった。

集合意識という概念があるらしいというのをYはなにかの小説で読んで知ってはいた。だがYがその時に思ったのは集合妄想である。妄想の中に夢のシンボルや分析のような骨組みがある。そして自分は一個の幻覚を見る端末機で、自分の妄想を辿っていけば外界を妄想の形で知覚出来る、その果てに他者と共有出来る普遍的な感覚があるという、妄想であった。つまり、閉じこもっていても人と触れあえると。

例えば妄想だけで捉えた世界の大海があり、Yはそこへ出る。つまり辿り着くこと自体が冒険であって、そこへ精神活動全体の集合を司る神が現れたりする。ところがその神ときたら、あ、ココイラナイ、と発音するやいなや、集合妄想全部をキーひとつ叩くだけで消去してしまうのだ。だがYにしてみればその消去の一瞬のために存在するだけでも、社会から解明されるための、主体性のない妄想よりはましな気がしていた。しかしそんなの一歩間違えばそれこそ独裁者のえじきと化すかもしれないのに、気が付けばいつも無意識にそれに支えられていた。

明日にはもう引っ越しのトラックが来る。ヌイグルミの彼女とは挨拶して別れ、そのまま夜が更けた。

積み重ねた段ボールの殆どは書籍だった。引っ越しセンターに嫌われると誰かから聞いた覚えがあり、前以て電話で説明しておいた。運ぶ人の腰を痛めるといけないし小さ過ぎる箱では持ちにくいような気がしたので程々に詰めて、嵩ばかり多くなった。

木の部分がささくれてサーモスタットがいかれた十数年目のこたつを、今までひやひやしながら使い続けていた。それも故障の貼り紙をして捨てて行くしかなかった。

並べた段ボール箱の上にえんじ色のごわごわした布団袋をのっけてその中に明日の着替えを放り込んだ。押し入れから出て来た妙なものたちの中でも特に妙な、ハンコを買ったらくれた祝儀袋、というのを取りだして少額を入れた。自分は当分神都に帰るのでトラックの運転手に余分な迷惑を掛けるはずだ。その事と引っ越し先の連絡をきちんと頼んでおかなくてはならなかった。帰れば、また慰めたりあやまったり説得したりするべき相手がいくらでもいる。そういった細かい事を考えていて、いきなり、Yは集合妄想の答えに行き当たった。

妄想を通して外界と触れあう方法、可能性というのを結局Yはふた通りしか考え付く事が出来なかったのだ。ひとつは妄想そのものをオブジェや活字の形で流通させる事、もうひとつはその妄想を自分の記憶や経験で毎日確かめて行き、いわば徹底的に個人化してしまう事、要するに他者の視線に堪えて流通させるか、パラノイアまたは信仰家になるかだった。

考えが粗くそれ以上正確にも精密にもならないのは新しい刺激がYを待っているからである。

首都には、結局仕事の展開を求めてでなければ自分自身でも出て行く気にはならなかっただろう。一度出ようとした時母親が倒れたが別に邪魔されたとは思ってもおらず、これ幸いとやめてしまっていた。ただ今度も上京に際してYの精神活動の部分を全部潰し、自分の家畜にしたいという、母親と親しい人物が例によって登場し口を出した、それは母親を脅し暗示に掛け東京へ出すなとそそのかした。だが結局Yが今している事以外に何も出来ず、その他には興味も生きがいもないのだと諦めてしまっている父親が認めてしまったのだ。引っ越しの費用はたまたまあったが、結局敷金も家賃も、借金と称して払って貰った。しかももっと安全で湯の出るところに替われという父親の言葉を利用した形だった。四重ロックで、非常階段は鉄条網の中、大家は敷地内におり、異性入館禁止というところを探したのは、結局犯罪が怖かったからだ。安全な上、自分で鍵を管理出来るところに入りたかった。

その年の収入をYは少なくともこれ以上減らないものと甘く考えていた。首都に行けば確かにやめるにしろ続けるにしろきちんと見とおしが立つと想像をつけた。上京して二、三年で片が付くと、どこかで、甘く考えていた。

首都にYは仕事以外の芯を持たなかった。勘の働かぬ土地では妙なものや普段なら避けるものに出会いがちだから、それがそのままYの印象になってしまっていた。その中にはYの資質が、或いはYの望む環境が避けがたく呼んでしまうものがあったかもしれなかった。そしてその中にさらに土地の歴史やその時代の経済やなにかが反映するのだった。

Yがもしも、首都では雑木林にひっかかる程の低空飛行で、胴の丸い、凶暴そうな軍用機がぷるぷると飛んでいつも人々を監視している、と言えば、首都の人間は目を剝くかもしれなかった。或いは首都にはおしぼりでハナをかむ人間がいる、などと言えば、東京の人はきっと怒るだろう。でも見たものは本当にそれだけだ。風土という点で判っている事は、普通のくいものの辛いところだ、という事くらいの土地。だがそれさえも何度も繰り返された他者の言説の上に自分の体験をひとつ付け加えるのでなければ確認出来なかった。

首都かその近郊ならばどこに住んでもいい。家賃と地震の事を考えてYはひとつの市を選んでみた。たまたま市役所に掛けた電話の応対が親切だったのでそこに住む事にしてしまった。以前は都心に出るたび、他人に構わないくせに速足してもぶつからない、目付きがうつろなのにけわしい顔の人々をよく見掛けた。それでもそこに住めば堪えうるだけの、他人との充分な距離を得られるのだろう、とYは想像していたのだった。

その夜Yは自分が今まで見た海の夢が全部死んでいる事に気付いた。無論それは寒さの緩みとたまった疲れがもたらした単なる肉体の現象かもしれなかった。だが夢の死体が河になって流れるのを見て、Yは眠りの中で声を立ててずっと笑い続けた。

そのようにしてYは、夢に飽きた自分、を探り当てたのである。一晩の間に、今まで見た夢がパノラマ視現象のように現れて来て、しかも現れるや否や崩れるのだった。別に死に向かうわけではないYの知覚は、その凄い速さを自分で客観的に確かめていた。

夜、Yは吹き飛ばされるように急速に眠り、心臓が痛む時のように急速に目覚めた。まるで気絶と覚醒の交流のような寸断された眠りを眠っており、その短いサイクルの間に死に瀕した夢は、ただの潰れた幻光の重なりと化して廃棄された。何百何十もの夢が固まって再生される、それを一瞬の間に受け止めるのだった。夢は後頭部から盛り上がってきており、絶え間なく、かたまりでやって来るためそれは爆発が続いているような感覚になった。何の根拠もなくその凡てを、Yは過去の海の記憶が変形した夢なのだと直ちに信じた。なぜならばそれらは、Yの意識に触れると同時に急速に崩れる程乾いていたからだ。

夢の死体の殆どは水、を表現していた。モルフォ蝶の翅のように青く、時折はスナメリの背の灰紫や銀が混じっていた。バイカルアザラシの黒目や全反射する子供の頭程の気泡も突出した。そのくせ、乾いていてもう生命はなかった。

目覚めるときちんと眠った覚えもないのに、熟睡感だけは残っていた。トラックが来る前に雨になった。最後の荷物を収め、Yは帆布のバッグだけを肩に掛けた。海の死んだ部屋を思わず見上げた。

すると頭の中に新しい海が生まれていた。もう縁が切れてしまった土地の湿度の中にいても、それは波動と重力を湛えたまま、無色だった。

背中の穴

府中街道を車で走っていて背中の穴の事を思い出した。

私の母方には代々背中に小さい穴のある人が生まれていた。母の背中には直径が五ミリ、深さが二ミリ程の穴があったし、祖母のそれは直径五ミリ深さ五ミリだった。位置はどちらも大体同じだったように記憶している。また言い伝えでは、曾祖母には深さ七ミリの、そのまた母になるともう少し深い穴があったそうだ。深さが異なるのは、父系の血のせいで、代を重ねるに連れ浅くなって行く。直径の方は代々五ミリ程で変わらなかったらしいが、浅くなって行く方は食い止めようもなく、結局その代々の特徴も私の代で途絶えてしまった。実際、私の背中には痕跡もない。そもそも外見も体質も私の体には父方の影響が大変濃く出ている。――いや、本当はそんな事など思い出している場合ではなかったのだ。

車の中で不意に、妙な考えに取りつかれるというのはよくある話だ。だがタクシーの中でぼんやりしている時ならともかく、その時乗っていたのは引っ越しトラックである。

……四百キロ近い本を荷作りするだけで二箇月かかった。朝五時起きしてそれらを全部廊下に出し、あとかたづけをしているとインターホンが鳴った。階段を作業員ふたりが上がって来た時から、すでにどことなくおかしかった。紫色の二トン車がマンションの庭先に停まっていたのを見ると、その輪郭はぐにゃぐにゃしている上、全体に鱗のような模様まであった。私が疲れているのか、それとも最近開発された生物のような車なのか、考える暇はなく、まず真面目に荷物を運ぼうとした。一人前に運ぶつもりだった。冷蔵庫以外は一応全部運べる重さに纏めてあり、以前に弟の引っ越し荷物を運んで自信をつけてもいた。力もちだと褒められた事も一度や二度ではない。だがトラックで来た彼らは私が全力で運ぶそれを一度に二個、いやそれどころかその上に衣類や食器の入った比較的軽い箱を乗せて平気で四個も持ち上げ、ワゴンに乗せ、凄い早さで押して行ってしまう。小型冷蔵庫を、ひとりで軽く持ち上げて運ぶ。ところがこちらは疲れが出始めたのかただ歩くだけでふらふらした。銀色の靄で視界が覆われてしまい、結局張り合うのを諦め、部屋の点検にかかるしかなかった。

そこまでで頭が、カンパンの切り口みたいにすかすかになってしまったのだ。

……気が付くと車は見慣れた景色をどろどろに溶かして遠ざかっており、私は右端が運転席になった三人掛けのシートの中央に座っていた。運転席はもちろん左側にも、引っ越しセンターの人が乗っていたから、邪魔にならぬように身を縮めてだった。奇妙だったのは運転手が、頭からチャドルのような布、鮮やかな黄色のをすっぽりと被っていた事で、それも最初に会った時から被りっぱなしだった。彼の名前はンガクトゥ佐藤とかで、もうひとりの名前が鈴木一であった。このふたりが荷物運搬のために部屋に入って来た時、私はなぜか驚かなかった。

マンションの階段を頭から足首まで黄色い布に覆われて登ってくる人影、その後ろをお真面目に登ってくる尋常な男……。

布男の佐藤は、大量の荷物を落としもせず足も滑らさなかった。チャドルのような、と言っても目の部分も覆われたままの布なのだから、前方も横も判らぬまま下方だけを見下ろして足元を定め、布越し手探りだけで段ボール箱を抱えているという具合だった。荷物を持ち上げると布の前面が上り、スニーカーを履いた茶色い足が膝まで出た。やはり焦げ茶色に日焼けした手は、荷物を探る時だけ一瞬出てすぐ隠れた。脱毛したような筋肉質の手足と、その黄色い布が妙に似合っていた。積み込みが終わると布を被ったままの姿で運転席に着き、手先だけを出し、相棒のいいなりにハンドルを切った。で、その彼の相棒はというとパンチパーマで紺のブルゾンを羽織り、スニーカーの踵を踏んでいるところまでがあまりにも尋常。歳も四十代なかばと見当が付く。右左、後ろから車、という指示は簡単過ぎるような気はしたのだったが、それでもトラック自体は無事に動いたのだ。

そこまではただ夢中で、奇妙だと思う余裕さえなかった。が、隣に座ってやや落ち着くと気になり始めた。布は近くで見るとかなり分厚くタイシルクのような光り方をするし、変にリアルな鱗型の押紋がところどころにあり、本当の鱗で汚れているようにさえ見えたのである。ただの布きれではなく裾に複雑なフレアが出るよう縫い合わせてあり、それはハンドルを切る度にこちらの座席に、侵入したのだった。

と、身勝手な事に……その度に相手は肩をそびやかし身を震わせ、まるで布にも触覚があるかのように不快そうにした。そこでこちらも一応形式上、すまなさそうにしなくてはならなかった。その上そんな私の態度が伝染したのか、気が付くと今度は左側の人が、こちらに向かって怯えているかのように気を遣い始めた。私の席へとはみ出したライターやタオルを次々と片付け、足を上げたいらしく、靴を脱いで遠慮しながら片足をフロントガラスに掛けるようにあげようとしすぐに止めて、周囲の埃を払い鼻の下を掻いた。さらに話し掛けようとも試みてくれたが、こちらは布が気になってそれどころではなかった。

生まれて始めて大型トラックの上から道路や人間を眺めて走っていた。昨日までの引っ越しの準備であまりにも疲れていたためだろうか、考えが変な方向に走るのを防ぎようもなかった。が、ともかくトラックは正常に動いていた。

そんな中で——引っ越しというのは妙なものだなと私はそろそろ気付き始めていた。住所を変えれば人格も景色と一緒に変わりかねないのだ。特に引っ越しの最中には、人格も住所もゼロと言えるし、景色などはもう平面と同じだった。

私には免許もなく車もないから車中から外を眺めるなど滅多にない。一年に何回か八王子の駅から数キロをタクシーで帰った事はあったが、外は真っ暗だしひどい近眼だから殆ど、なにも見なかったし、地図には興味がないから道の名前も知らない。——国道十六号線という知らない道を通り、インターチェンジという自分ひとりでは入れないところに車で入った。

高速を百メートルも走らぬうち雨が降り始めた。埃の臭いが湿気に混じって濃くなり、やがて消えた。私は「雨女」、旅行から引っ越しから全部雨で生まれた時など一晩中嵐だった。葬式もやはり雨だろうか。高速から視界が開けて他の車の速度も全部変わる。一層不安だ。なにしろ右の席は——。

布にばかり気を取られていたせいで喋るきっかけを失っていた。陰気なやつだと思われると嫌だという意識だけ先行しても、私は結局閉じ籠もってしまっていた。

いきなり、ビシ、と音を立ててフロントガラスに直径十センチ程のひびが入った。ガラス板にアスファルトのこびり付いた小石が喰い込んでいた。慣用句の通りの、蜘蛛の巣のようなひびであった。亀裂の巣は車の振動と私の目の疲れのせいで、本当に震えていた。これ以上に広がったらガラスは崩れ落ちるというぎりぎりのところだった。

神経質の爆発、という感じで鈴木一が、あっ、石だ石、どこから撥ねて来た、と鋭く言いながらゆっくりと体を動かして指先でガラスすれすれの空間をはじくようにした。その動作は強く、しかも子供の怒りのような迫力に満ち、私はただ調子を合わすためにイシイシと騒ぎ立てた。だが実は石が飛んで来ないという事の方が奇跡に思えていた。ただでさえ割れやすいガラス窓が高速で延々と走っていて、なにか起こらないはずはないという気がした。例えば隣を走っている車の撥ねた犬とか、まるごと一匹のカラス、時にはミキサー車がフロントガラスに激突しそうであると。だが相手の怒りに同調するうちにそんな考えは消え、いつしか本心から事態に憤慨していた。

それがきっかけになって会話が始まった。だが折角こちらが同調しているというのに、最初から答えようのない事ばかりを相手は訊くのだ。まず——。

——前のところはどうして出たんですか。

それが実に、大問題だったのである。

はっきり言ってどうにも答えようがない。自分で出たかったのかそれともなんとなく出されてしまったのか、済んでしまうともうまったく判らなかった。自分では抽象的な理由が一杯あったような気がしていたのだが、どうしてもうまく言葉にならなかった。いや、というよりもう言葉にする必要が無くなっていた。無難で客観的な答えを探し出そうとすると、返事は、どんどん遅れるだけであった。

——学生、だけになるから、かな……でも他にも理由あるかも。

——社会人ですか、すると前のところは女子学生だけになるんですか。

漸く答えたのに相手はたちまち次の質問を叩き出してくる。しかも人あたり良く、どうしても答えなくてはならないように次々とである。

――どうして学生だけにするんだろう。
――さあ、大家さんはなんとも言ってなかったけど。
――前のところはどういうところだったんですか。
――うん……わりと、なんか……女子専……。
――今度の引っ越しはハイツ、マンションですか。
――一応マンション、でも、探すのが大変だった、つまり。
――それはまたどういうわけで。
――うーん、なかなか、本当になくってどこも決まらなかった。
――家賃とか広さとかそういう関係。
――……別に、そうでもないけど、本当になくて。
――方位にこってらっしゃる。
――そんな事はないけど。
――社会人でしょう、会社の寮なんかは。
――それが……、寮はないので。
――前のところは学生の寮なんですか。
――いいえ……。

——社会人って言い方は嫌いですか、労働者って言った方が素直だなあ、労働してる、でも事務の関係だね。

——はい、どっちかというと、事務です。

——どういう会社なの。

——会社じゃないんだけど。

——おねえさんお仕事は、先生かな。

——いいえ。

——……本が多いですねー、大変だったでしょう。

——ええ、でもそちらこそ大変だったでしょう、すみません……。

引っ越し荷物についてという共通の話題に入ったので落ち着くかと思った。が、そうでもなかった。

——うーん……それにしても、殆ど本だったね。

——……本の引っ越しは嫌われるって聞いてたから……。

——あの紐を全部かけるのがまた大変だったねー。

——……はい、ふつか、かかった。

——別にね、紐はかけなくてもいいんですよ。

——でも運びやすいと思って。

――あ、あんなふうに、かけなくても……良かったのに。

――……まずかったですか……。

――……紐ね、……大きい箱ならいいんだけどね、小さいのはまとめて運ぶでしょう。

開き直って訊いた。

――何キロくらいまでなの。百キロでも運ぶ？

――うん、運ぶ時もある、普通のピアノなんかふたりで運ぶよ、グランドピアノは駄目だ、だいたい百キロまでのものだな……紐あると運びにくいんだよね。

――でも、雑誌にそうしなさいって書いてあった。

――……そんな雑誌があるの。

――うん……その雑誌にはトラックに乗れないって書いてあった。

――ウチは乗ってもらうの、本人が遅れると困るからね、同時に着いた方が。

――そうだね、道も判るし。

――道はいいんだけどね、途中で何かあるとね。

――だって断られるって書いてあった。

――引っ越しがね、一日一件のとこなんかは乗せないんだな、時間に余裕があるから少々遅れてもいいから。

いろいろ訊かれるのが嫌になった。こちらがインタビュアーと化す事にした。で、

――。

――今日は何件ですか、この時期に集中してるでしょう。

――四月一杯くらいは大変だな、ほら、これ、午後からもう一件、杉並から八王子。

――杉並から。

――そう、午前中がおたくで八王子から東戸倉、午後からがこのおたくで杉並から八王子、午後と午前が逆だと良かったんだけどなあ……予約の順番は変えられない。

　思い付いた事をどんどん聞きまくった。初対面だと何を喋ってもいいから気楽と言いきかせた。ただ、次に会う時に困る場合が、つまり以前に言った言葉が全部おかしいような気がして、死ぬまで会いたくなくなっていたりする場合があるとは思った。でも、その一方多分、もう会わないからとも、それ故に今は、聞いて、聞いて、……。

――あ、ここ、府中街道、府中街道にもう入ってます。

　つまりはこちらがものを知らない人間だと気付いたのだろう、彼は道の名前を教えてくれるようになった。一応その名前だけは地図で覚えていた。引っ越しセンターに説明をするために多摩全図を買って、町名とその府中街道という固有名詞と、竹藪、交差点、植木屋などという単語を駆使して、引っ越し先を特定したのだった。だから高速を出て灰色のべったりした府中街道に入るとああ、府中街道だ、と認識する事が出来た。同時になぜかそのあたりから、背中の穴のことを考え始めたのだ。

ただ、その時にはなんでそんな事を考え始めたのか自分では見当も付かなかった。高速の間がひどく長く単調に感じられて、そのせいで変になったのだろうくらいにしか思えなかった。府中街道、という言葉が背中の穴になぜか繋っていて、ただ考えだけがどんどん盛り上がってきた。些細な記憶まで気持ち悪い程くっきりと浮かび上がってしまい、そのせいで歯茎が掻きたくなって苛々した。下を向いて判らぬように掻こうかと思ったが、両側に人間がいるのだからどうしようもなかった。布を被ったまま運転出来る程カンのいい人が、私の動作に気付かぬはずはないと思ったのだ。ところで、……。

背中の穴、は別に生活に支障を来すようなものではなく、また同時に何かの役に立つものでもなかったのだ。明治時代などに、それで婚家を出されたというような話も聞いていないし、背負った本人も別に意識しない。それは誕生後まもなくその女児の母親によって発見され、別に親戚に披露されるわけでもなく、手術で消されるでもなくそのまま放置された。またその後も一緒に風呂に入ったり着替えをしたりした姉妹によって、気紛れに指摘されたりする程度である。当人は、たまに鏡で確かめたりするのかもしれないが、結局、あまり意識しないらしい。ただ時々夢などには出てくるという。

背中の穴から虫が湧く夢を見たといって、一度母が泣いた事があった。祖母は煙草を吸った煙が背中の穴から出て行く夢を見たと話していた。だが私は自分の背中の夢さえも見ない。

背中の穴は一世代にたったひとり、母方直系の長女にだけ現れ代々引き継がれて来た。だから私の体にその特徴が現れていないという事は、それが私の代で絶えた事を表すと思う。遺伝子の気紛れ、または厳密さのせいで、私はこれからも死ぬまで穴のない背中を背負って暮らす事になる。そして背中に穴を開ける遺伝子の方は、私の父の血に塞きとめられたまま、この体から直系の長女へとリレーされて続く、何万年にもわたる眠りについたのである。いや私が子供を持たなければ、その眠りは永遠のものになってしまう。

代々の直系の長女に対して、背中に穴を開ける働きのある遺伝子――そんな遺伝子を持っている男がいるだろうか。或いは背中に穴を開ける遺伝子を体の中で眠らせている女に出会った時、その遺伝子を起こしてしまうような遺伝子を持った男がいるのかもしれない。そして、……その男と私の間に女の子が出来ると、そこで背中の穴は、「復活」となるのかも。だが、そもそも相手の遺伝子がどんな性質のものなのかなど私に見当つくはずがない。たとえ背中の穴が自分の長女の背中に現れたとしても、蘇ったそれをはたして、蘇ったと表現してよいものなのかどうか。

――ほらあれが府中刑務所、知ってるでしょう。

――あれそう、全部刑務所なの。

――うむ、このあたりは三億の事件もあったからね、この道、丁度ここ。

さんおく、と言われてとっさに三億円事件とは判らず、一応、アアソウナノフーンと言ってから反対方向を眺めていた。というのも刑務所の塀があまりに長すぎたのだった。私は極端に長い塀は怖いのであまり見たくなかった。大き過ぎる寺院の塀も苦手だった。むろん背中の穴と塀には何の関係もないのだけれど、塀は怖いから別の方へと、一層考えを走らせてしまった（つまり、背中の穴の方へと）。

……父系の血によって蘇った背中の穴には、それが代々続いていくという保証もなく、次の代には深さ何ミリになるかという予想も出来ない。だがもしも私の身にそのような事態が起こったとしたら、つまり私が子供を産みその子供（長女）の背中に穴があったとしたら、……そういう設定でどんどん先の事を考え始めてしまった。まず、――それのある母が育てたそれのない私が、母になってそれのある子供を育てるとする。その時、子供のそれは実は私が思っている、代々のそれとは違うかもしれない、という不安等について。さらにはそれのない私とそれのある子供の間の深い深い断絶について。例えば子供の背中の穴が鼻の穴そっくりで曲がっていて底が見えない時、その穴で呼吸するのですか、と私は子供に訊いてしまうだろうか。それとも訊かないのだろうか。そしてもしも訊いた場合、子供は欠点をからかわれたと思い、激怒して私を刺し殺すのであろうか。それとも単なる冗談として冷笑しつつも見逃してくれるのだろうか。或いは、本当にそれで呼吸していたので母のカンに驚き何か感慨にふけるのだろうか。いや、やはり私の先祖達のようになにも感じないのか……。

とうとう、こうした話を、誰にでもいい、なんの前置きもなく告げてしまいたくなった。だって相手にしたっていきなり府中刑務所が来るのだから、背中の穴くらいなんでもないと。しかしそれでも思えばその時の私は身勝手だった。その身勝手さ或いは、気楽さに対して、神経質な相手が神経を尖らせるのは当然と言えた。とはいうものの既に、こちらの頭の中は、背中の穴の事で一杯である。そこで軽く愛想良く私は答えた。わざとらしく、相手の話題を少しずらす事で、終らせようとして。

——ああ、府中刑務所、あれがそう、東芝かなんかの工場かと思った。

——ええっ……それはまたどうしてっ。

鈴木が悲鳴のように叫んだ時、しまったと思った。

私はただ背中の穴の話をいきなりしようとして、そのためのずれた相槌をうっただけなのだ。たまたま、刑務所の長い塀にイメージアップのためか、パステルカラーの樹影が描かれていて、いかにもどこかの企業のまねのように思えたから言った。それなのに向こうは真剣に困っていた。一瞬目に走った狼狽の色と、なにか傷ついたようなけわしい表情。

——うーん、とーうしばの工場かあ、どうなるんだろうなあ、これから先。

と言われて私にも狼狽が伝染した。気を遣う神経が暴発した。そこでやむなく、私は府中刑務所と東芝を引き剝がすため、異様に不自然にはしゃぐしかなかったのだ。つまり、

――あー、あっ、あっ、あ、東芝じゃなかったか、そうだ井村屋かもしんない。あ、井村屋じゃなくってサンジルシだったか？　そうだナビスコ、そうだそうだそうだ、昔見た阪神電車の沿線だったのかなあ、……あんな高い塀に童話みたいなパステルの森が描いてあってー。

演技とも本心ともつかぬ事を異様に高い声でぺらぺらと喋る自分、頭の中にはそれを見ているもうひとりの自分がいきなり現れ、この気まずさをぼーっとした破滅的な目付きで、とても気持ちよさそうに味わっている。

その一方事態を収拾するために本物の私はどんどんわざとらしく声を高くしていき、反比例して心は落ち込んで行く。すると、……初めて右側の佐藤が口をきいた。

――んーなものどっこにでもあっるじゃないすかあああ、いーぱいある。

さて、布越しの声というのはこんなものだろうか。それは異様に澄み、性別不明の、半分シラけているようで半分生真面目な声、なおかつ内容は助け舟である。今の対立にこだわらなくてもいいというサイン。なのに、私はなぜかもう決して方向転換が出来なかった。いや、このいい加減さを真面目と信じて貰うために、徹底してそのまま行こうとしていた。別にもったいぶった理由ではなく、ただ単に勢いがついていて止められなくなったのだ。

――。

その時にはもう、自分でも判っていた。トラックに乗り込んだ時点で私は別の私になりたかったのだ。そんな演技は最初無意識に始められたもの。といっても別の私、には特に具体性はなく、ただ単にいつものような気後れや怒りを感じないで、比較的なごやかにしていたかっただけだ。というわけで別の私、は自動的に始まり、それでもひとつの纏まりを見せ始めた矢先だった。それが急に、もしも、台無しになれば、最初から感じの悪い私よりももっと厄介な私像が出来るはずだ。それはつまり、支離滅裂な私、という像であった。

おそらく彼らと再び会う事は一生ないはずで、それならば統一した人格を見せるべきだ、と今度は律儀なのか強迫観念なのか良く判らない考えに私は囚われてしまっていた。こうなると一定のテンポを持続する事にだけ神経が向けられ、もう本心とか意見とかいうものはどこかにふっ飛んでしまっている。ともかく絵を描いた長い塀というものに首尾一貫して、ずっと無垢であり続けたい。それだけである。で、――。

――そお、でも私は殆ど見た事ない。

気のせいかフロントガラスのひびが一回り大きくなったように感じられた。いや、ひび割れているのは世界全体で、いつのまにかひどく凶暴そうな、劣等感を押し殺したような声を私は出してしまっていた。なのに佐藤はいきなり、大声で笑った。それは甲高くて明るすぎる、ケケケという笑い。私は一瞬、ガラスの割れた音と取り違えた。

――いいんじゃないですかあ、べつに、そんなもの、見てても、見てなくても……。

――そうかなー、そうかなー東芝の工場だと思った事はない、……ないな。

鈴木はまだ悲しげに気難しげに対立し、するとまた身上調査に戻ってしまうのだ。

――カンサイの方ですよね、カンサイのどの辺？

ほーら来たといいたいのを堪《こら》えていたので、口がもつれた。

――わたし……三重県ですけど、鈴鹿、ほらＦ１あるでしょ。

――Ｆ１ねえ……じゃあきっと毎年でも行くんだろうなあ。

鈴鹿と言えばＦ１で通ずるだろうと勝手に決め込み、ろくに知りもしない言葉をあてこみで口に出していた。相手は興味がなく、のってこない。ところが、一旦でも故郷の話をしてしまうと私は今度はどういうわけか自分の心の中に、我が家のお墓のイメージだけがどんどん盛り上がって来て止まらなくなった。頭の中では母方の祖母の背中が風景となり、豆粒のような父方のお墓のミニチュアがいつか生じていた。ああまたしてもこんな私的な事を、言ってはいけない、と思うのだけれど、私は話し始めていた。

――それがＦ１にねえ、どういうわけだかいっぺんも行った事がないんですよね。サーキットの裏にお墓があるんだけど、いつもお墓行って本家でお話しして、帰っちゃうから、第一その時は混むしね、はずしますね。大体、ほらお墓とＦ１ってなんか一緒にしにくいから……あ、そう言えば一度お墓のところで伯母さんが急にぶるぶる震えだしてね。

——………。

——墓が唸ってるって言って真っ青になったの。心霊の世界ねー……。

——うーん。

——確かにごおーん、ごおーん、って大勢の人の泣くような声がするんだよね、でもそれは鈴鹿サーキットの音だったんだけど。

なめらかな動作で、あー、と言いながら相手は荷物の方を振り返った。視線をひねると白目が盛り上がって一層かんの強そうな表情になった。が別に怒っているというわけではなく、ただ荷物への関心で一杯であった。

——……鉢植え……全部あったっけか、バケツに入ってたの運び込みましたね。

——はい大丈夫でした、いろいろ無理を言って……植えたあとで転居が決まったけど、捨てていくのもアワレだと思ったから。

余計な事を言ってしまったからか、それともただくどい人なのか元の疑問へと戻る。

——やさしいんですね。看護婦さんですか。

——いいえ。

——でも、お勤めじゃなかったのかなー。

——はい、あ、そうか、……そうかさんおくって、……。

三億円事件は時効になったはずだ。あまり昔の事なので忘れてしまっていた。三億の事件という言葉の意味にやっと気付いて、だが話に戻ろうにもその場所はもう通り過ぎてしまっていた。向こうは唐突に大きなくしゃみをした。そして口のまわりを丁寧にタオルで拭くと軽く会釈をし、決してその話題には戻らなかった。で、――。

――お仕事、自営って事はないし……。

――うん、……私は小説を書いているの。

やけになって言うといつもよりはずっと楽に言えた。引っ越しの最中は仮の人格だからそれで良かった。すると相手の反応はまったく「平均的」。

――おおっ、それはまた御趣味で、それとも……なんか、収入になるの……。

――うん、ときどき、シュウニュウになる。

その件について、答えるのにはもう慣れてた。

――ふうん、有名人なんだ、サインもらっとこう、いるよねー、あの立派な小説家のハヤシヒロコさんや……。

林真理子、林京子、林芙美子、のうちの誰を指しているのか考える間もなく、いつものパターンなので急いで答えた。

――あっ、有名人は別なの、私は無名の方なの。

――うん、むめいなのか。

――無名の人って結構いるんだよねー。

——他にもいるんですか。

——そうそう、別に珍しくはないよ。

——むーめーい、と、そうかっ、うーんそれで、東芝か、何を書くのかなあ。恋愛小説ですか、推理小説とか。

——自分の考えた事なんかを正直にね、割と丁寧に書くんだけど、あ、恋愛小説は好き?

——いや、いいえ、決してっ、そーんな事はぜったいにありませんねー。

否定の勢いが凄かったので余計世界中がひびわれて見えた。

そのひびがどんどん濃くなって行って、同時に緊張がいつのまにか溶けて、消えた。いや、その時にはもう目蓋は閉じかけていたのだろう。

目の前の状況が嫌で眠くなる場合がある。逆に、ショックや感動でいきなりばたんと倒れて眠る時もあるが……半睡時の薄ぼんやりした視界の中に、くっきりと記憶にある背中の穴が見えた。幼い頃に見た祖母の背中だった。私は、無論夢の中でだが鈴木の肩を叩き、その背中を指差して、オバアチャンノ背中、と唐突に教えた。すると鈴木の受け答えの声だけがこちらの、耳に入ってきた。

——あ、そうだ、おれそれ知ってる、ばあさんの里の知り合いの人の背中に穴があったと……、泳ぎに行ってみんなの目の前ですっと消えたと、それから毎年そいつの字でハワイから年賀状が来たと……。

──ふーん、そうだったの。

私はわけもなく安心し……、やがて目を覚ました。

むろん、いつのまにか眠っていてその間自分に都合のいい夢を見ただけであった。本物の鈴木は、こちらが眠っていた事さえ知らなかったかもしれなかった。

しかも、眠っている間に車は思いもかけぬ程進んでいた。引っ越し先の下見に行った時に、見かけた建物が行く手に現れていた。そして現実の鈴木は、……。

──おっ、ガク、あれ抜くぞ、裏道へ入れっ、右。

迂回路に出たらしい。ンガクトゥはその指示だけで素早く裏道に入った。鈴木はンガクトゥをガクと呼んだ。いや、ガクが本名でンガクトゥがあだ名なのか。

裏道に入ると随分住み心地のよさそうなアパートが並び、とはいえそこはいかにも防犯が悪そうだし、防音設備なども気に入らないはずなのに、あっちの方が良かったなどと気を取られた。出窓の鉢植えやヌイグルミはすぐに遠ざかった。なのに明日にでもそこに移れそうな錯覚が起こった。車はコの字型に曲がり再び街道に戻った。

──ほら、ガク出て、あ、……二台遅れた、ああ、抜かれるために回ったようなもんだ。

迂回している間に却って追い越されていた。しかも国分寺の目的地を通り過ぎて、いつしか小平市に入っていた。挙句見覚えのないところでトラックは停まった。

急に丁寧になって、というよりキッとして鈴木がことわりを言った。

――すいません、今から佐藤のお祈りの時間ですので、ちょっとお時間を戴いておきます。申し訳ありませんが、本人の宗派の事ですから。

ンガクトゥのお祈りは小平公園でしか出来ないものらしく、鈴木の態度からすると必要不可欠な事らしかった。で、彼はこちらの顔色を窺いつつきちんと、全部説明をした。

――宗教の関係で一日に二回、流れる水のところでお祈りをして、玉川上水はなんか戒律が駄目らしくて。いろんな宗派の人がいますからね。

お祈りという言葉のところで鈴木は仏教徒のように手を合わせた。が、ンガクトゥのお祈りは大分違った。おまけに公園に着くとなぜか七月の景色だった。国分寺に入った時は四月だったはずなのだが、しかしその時の私は一切気にかけなかった。銀杏の葉が濃緑に重なっていて、木陰は深いのに温風が来るし、桜並木も緑……。

さて、……駐車場にトラックを止めた途端にンガクトゥは勝手知ったるという様子で柵もベンチも飛び越えて走り去った。人間というより中空を走る一枚の光る布に見えた。時間や季節の隙間をつるっと滑って通過するような素早い動きだったせいか、私もその後を追って、青葉と湿度のただ中へ入る事が出来た。

……レンガタイルの体育館の側に柵をした浅い池があって、そこから人の背丈程の水が十一条出ていた。水の勢いは強く先端の方は、モリアオガエルの巣のように少しねばった感じの白い泡が固まって投げ上げられていた。初めて見る公園の噴水の水は枯れ葉が浮き緑色だったが、波紋は眩しく太陽をはね返していた。蒸し暑さに私はジャンパーを脱いだ。ンガクトゥはいきなり汚れた噴水の柵を手もかけずに飛びこえて水に入った。黄色い布は錦鯉が跳ねるように舞って、正確に柵に掛かっていた。

布を取った彼はどう見てもギリシャかどこかの少年であった。だがンガクトゥというのは確かアフリカの神話で聞いた名前だった。男性はチャドルを被らないはずだし、変な日本語も上手すぎるし。お祈りも外国のものではなく、神道系に見えた。ふくらはぎより上を水から出し、どこからいつのまに調達したのか長い笹をもって、彼は噴水の水柱の回りを何回か神降ろしの巫女のように巡って見せた。水を蹴立ててただ跳ね回った。時々は立ち止まり、拍手して空を仰ぐ、お祈りを口実に水と戯れているだけのようにも思える軽さだった。首筋まで伸びた羊のような癖毛は、光の加減なのか、どう見ても金属光沢のある紺色であった。布を取った彼は、――心持ち鉤型の形のいい鼻、きらきらした黒目、白いタンクトップ、緑のショートパンツ、彫刻のようなプロポーションなのに乱暴過ぎる動作。私は、なぜか少し涙ぐんだ。

――佐藤、ンガ、ンガクトゥて変わった名前ですよね。

——ああ、あれ、しょっちゅう変えてるんだな。

——え。

——このごろ多いな、名前も顔も変わる、今のところはガクだ。佐藤も違うんだ。誰かが佐藤だったから羨ましくて佐藤に変えたんだ。その前は、ああ、もう忘れた。

——外国の人なの。

——いや、最初の名は古田だからね、あまり知らない。あまり訊かないんだな、誰も、古田たって、ペルーから来た古田も事務所にはいるから。

——そうだよね、考えてみればね。

鈴木が汗の浮いた額をかく。

——あれ、あいつ……、なんか暑いところのものが好きらしいんだ、なんでもまねするんだ……それが、暑がりなんだが、お祈りも最初はもっと日本風だった……勝手にまねするんだな、外国のものを、あいつはね、夜逃げとかね、夜逃げなんかの時に急に手伝いに来る。ガクが来ると必ず誰か休むんだな、そして夜逃げでも水辺の引っ越しじゃないと引き受けない。水ないと駄目なんだと、事務所でもよく水かぶったりしているし冷蔵庫に頭突っ込んで専務さんにどやされたり、それでもなんか暑いところのものが好きらしいんだな、あの布も最初は事務所の古毛布被ってたはずだが、今のはタイの学生から買ったやつだ。でも昼間出て来たのは初めてだと思う、夜逃げじゃない引っ越しは今日が初めてだな。

喋りながら鈴木は新しい煙草一箱のセロハンを全部剝がし箱もばらばらにし、数本ずつまとめて服のポケットに詰め込んでいた。そのまま吸う様子もなく、ただポケットの上から延々と煙草の本数を指で確かめるのだった。

お祈りはそろそろ終わりに近づいたらしく、ンガクトゥはもったいぶった様子で水から上がってきた、が、そのままこちらへ来るかと思うと、何か悲しそうに噴水の側で膝をついて、地面に唇をあててから再度柵を飛び越して水に入った、さらにまたその浅い水の中でわざとらしく溺れるふりをし、再び上がって大地を拝礼した。こうして水に入って上がるのを九回繰り返して、その後けたたましく笑いながら走ってきた。

小平公園から引っ越し先までの数百メートルを、戻るのに結構時間がかかった。七月から四月まで戻るのが大変だったのだろうか。やっと目的地という感じでみんな黙ってしまうと、私は様々な雑事の事を考え始めていた。電話、ガス、水道、これからの家賃……。

――ああもう、引っ越し終わりっすね、つまんないすねー。

お祈りをしたせいかンガクトゥの声は、あくが抜けてさらさらと無邪気だった。

ところが私はというと眠ってしまった時に、夢で鈴木に背中の穴について語ったのがいざ着くとなると気になり始めていた。寝言に背中の穴、と言わなかっただろうか、もしも言ったのなら別に変なものではないと、一言二言説明したくなった。彼らとは多分もう一生会えないのだし、そこで喋っても積み出しの忙しさに紛れて照れくささは消えると思ったのだ。それ故――。

――あ、そうだ、ねえ、すいません私運転してもらってるのに、さっき少し眠ってしまったんですよ。それで私その時背中の穴って寝言いってませんでしたか。少しだけど途中で眠ってたから、悪いと思ったけどあんまり疲れたので……。

唐突に切り出すと鈴木がいぶかしげに、あん、背中の、背中の何、と殆ど独りごとのように言うのだった。途端、――。

――あー背中の穴おおいっすねー、いーぱいある。引っ越しに多いっすね。

ンガクトゥが急に、得意の話題という感じで元気に割り込んできた。

――え、どういう事なの。

思いも掛けぬほど私は狼狽した。

――だーから背中の穴、あったりまえじゃないすかー、そんなの戻ってくるから引っ越したのしーのねー、みんなといられるから穴もうれしいねー、オレなんか引っ越しの時しか出てこれないすからねー。

――え、……引っ越し楽しいって、背中の穴多いっ……て、え、え、一体、……何を言ってるわけ。

私は今さらどうしようもない恐怖に囚われていた。そう言えば、ンガクトゥが現れた時からずっとおかしかった。むしろ今まで怖くなかった方が変だったのだ。彼は、だが私の狼狽など気にも止めなかった。

——引っ越し、たのしーねー、オレのとこなんか九回陸へ上がって九回海へ下りて、未だに引っ越しの時だけすからねー、いいですなー背中の穴の話、ああ、わたしは椅子の話なんかもしたかったですなー。

——え、椅子の話ってどういう……。

——えーっ、そんな事言えませんよおー、言えませんから話が楽しいですよーお、でも引っ越しするんですねー、椅子のまわりに住んで、雨降らないとこに住んで砂漠の中に住んで、ストーブも焚いて陸はすごいですねー、椅子ひとつとテントひとつですぐに住める。

恐怖の中から、自動的にまるで他人の言葉のように、ひとつの質問が出現していた。

——あなたは、いったいっ、どこの国の人なのっ、どのあたりから、……来たの（するとンガクトゥは）。

——あー、ははは、もうやめてくださいよおー、でもありますよお、いーぱいあるっす、背中の穴。

——いや、そういう事はオレは信じないな。

鈴木が断定して、トラックが着いた。

トラックに乗っている間にどっと疲れがでたのか、荷物を持とうとするとビニール紐に指を掛けただけで、指の皮が破れそうになり、腕から筋肉だけが抜け落ちてしまったような感覚があった。こんなはずはないと自分に言い聞かせて、分解した本箱の板数枚を横抱えにし、植木鉢の方へと手を出そうとすると、荷台の中でンガクトゥに荷物を渡していた鈴木が、そのままのいきおいで植木が数個入った段ボールを、えいとばかりにこちらに渡して来た。確かに普段なら運べる量なのに心臓にまでひびき、おまけに階段を上がったところでその箱を纏めていた紐の結び目が解けて、手品かと思うほどの素早さで底が抜けた。鈴木がなんと言おうと、重い荷物には底が抜けないように紐を掛けた方が良いのだとその時に納得した。鉢は全部建物の磨き上げた通路に落下し、中の土の殆どが崩れて出た。ああーっ、邪魔な紐は切れないで要る紐が切れる、どうせ私の人生なんかこんなもんだっ、と叫びたくなるのを堪えて鉢を両手で持ち、みっともない掛け声を掛けながらなぜか中腰で、あたふたと運んだ。すると鈴木がええくそという感じで、そのこぼれた土を段ボールを持ってきて二三回乱暴に掃き寄せてみせた。すぐ掃除しますと言っておいて、考えてみれば古ほうきは八王子のゴミ置き場に捨ててきてしまったのだ。乾いた雑巾で素手のまま拭く。たちまち土が手に染みてアレルギーが出た。しかもいざ部屋に入ろうとすると、下見したはずのマンションの壁のひびわれもゴミ置き場の様子もまったく同じなのに、なぜか備えつけのカーペットの色が違い、灰色のはずが凄い緑だった。目の錯覚だろうかと気にとめている暇もまったくなく、ともかくひとつでも荷物を運ぼうと焦ったのだが、植木鉢を落としたせいで鈴木はデハ軽イモノヲと大真面目に言って、バッグ類や雑貨の箱を渡すようになった。

痒い手で荷物を運んでいるうちスニーカーの紐が廊下の敷居に引っ掛かって転び、眼鏡が落ちたがなぜか割れなかった。覚えのない紙バッグの中にはただぎっしりと古い布が入っていてそのくせ妙に重く、中からは後になって自分で漬けた梅干しの密閉瓶が出た。が、その時は確かめる事も出来ず、ゴミを運ばせたと悟られてはならないと慌てて布団袋の陰に隠したのだ。その間にも彼らは例の超人的スピードで荷物を積み入れており、ンガクトゥがテレビ端子のあるところに重たい大きな箱を三個重ねようとしたのを、慌てて止めたりしているうち、ともかく荷物は全部部屋に収まっていた。

鈴木が領収書を、と言うのでまたパニックになった。以前にも自分ひとりで引っ越しをして、その時は銀行振り込みだったから全てそういうものだと思っていた。あせって引っ越しセンターの本部に電話をかけ振り込みの住所を聞くが、もう完全に頭がいかれてしまって、簡単な地名の漢字が思い出せなかった。電話口で相手に大丈夫ですかと言われ、そこでまた一層焦ったのだった。

雨は本格的に降り始めていた。私は四百キロを越える荷物に囲まれてたちまち新しい部屋に住み始めていた。やっとの思いで契約した部屋であった。同時に変われるなら今すぐに変わりたくもあった。自分で決めた事だが、難儀だった。

……トラブル続出の部屋探しだった。広告を見て申し込んだのだが、まず斡旋業者がなんのかんのと言ってなかなか部屋の内見をさせてくれず、その上手続きをたらたら引き延ばしてこちらが他を当たれないようにしてくれたのだった。家賃から部屋の付属品まで契約の後で違うと判った。金額や備品ばかりではない。使えるスペースが〇・五平米狭く、ぎりぎりで収めるはずだった本を並べる場所がどう考えても足りないと判ったのが引っ越し直前、ワンルームの住人に〇・五平米の違いはこたえる。いや、頭に来たのはそうした事よりも相手の出方だった。こっちが何度連絡しても担当者は不在で、斡旋と称するに足る仕事を殆どせず、何か訊けば居丈高でしかもふてくされた応対をし、とても強いて中を見たいとは言えなかった。部屋の中に入れたのは引っ越しの四日前、家賃はその二十日前から払い続けていた。しかもそいつはそれ以前に自分の思い付きだけで出鱈目な引っ越しの日を大家に告げ、当日管理人は他の仕事を休んで私のトラックを待っていたのだという。中に入れなかったから直前まで、騒音の程度なども確かめようがなかった。

実際に越してみるとやたら工事関係の車のでかいのが通り、そのたびに部屋の奥に飛び退かねばならなかった。耳へ応急にチリ紙を詰めたが、もっと本格的な耳栓が必要であった。四日前に初めて入った時から一応の覚悟は決めていたが、その日は休日で交通量も少なく、まだまだ覚悟のしようが足りなかったと言える。そう言えば都会というのは線路際にさえも家を建てるわけで、甘かったのは私の方なのかもしれないのだった。

部屋に入ってすぐ判ったのだが、そいつの告げた日に合わせて律儀に、温水器のスイッチが入れてくれてあって、それは毎日毎日、空き部屋で熱湯を沸かし続けていた。管理人は一切何も知らず、一日部屋に籠もって仕事をする人間が、どうしてわざわざ喧しいところに越して来るのだろうなどと不思議がっていた。既に他に変わるには時間的な余裕がなくなっており、いや、そもそも手数料や礼金、それに一切の説明なく業者が自分のところで、勝手に手続きした保険料や内装代金までも支払った後であった。

箱に囲まれ、カーテンの金具だけがごちゃごちゃ下がっている窓ガラスを見た。真昼だというのに、ベランダでおけらがジーと鳴き始めた。

なにもかも恐ろしく手応えがなかった。疲れているのに眠気よりも吐き気が高まっていて、窓越しの空気さえひずんでいた。が、それでも私はすぐ要る品物を入れた大型バッグの、チャックを開けた。黒い普通のスタイリストバッグの一番上には、伸びたのに移動に邪魔だと千切ってきた、全長二メートルのポトスの茎がなぜか入っていた。その中からダイヤル式黒電話を引きずり出し、接続端子を付け替えて貰うためにＮＴＴに急いだ。電話はすぐ仕事に必要であった。それだけが私の眠気を押さえていたのかもしれなかった。

——ともかく、国分寺の駅前へ出た。すると、——。

必要上そうやって駅まで「連れてきた」その電話が、急にペットかヌイグルミのように感じられた。八百円で私の所有物になっていたのだった。同じ端子ですから買い取って持っていけばいいですよと言われてそうしたはず。が、いざ取り付けようとすると部品が違っていた。

親指で受話器を押さえ他の指を受話器を受けるところの裏側に突っ込むと、——指先に力を入れてそれを支えながら私は駅の構内を歩いていた。半分明るい駅、北口側の天井は鉄骨に支えられたガラスであり、柔らかい光が足元まで降りる。が、南口の天井はかなり低く暗い色に塞がっている。頭上にデパートの通路があり、そこも一応ガラスになっていて少しは採光がましなはずなのだが、結局大型ビデオが視界を塞いでいて天井の重い平面が迫ってしまう。このようにして、空間のせこいところが都会なのだろうか、それともそこをガラスが透けたままで置いておくと、ホラー映画のようにガラスを破って、駅の構内へと飛び降り自殺をする人が出るのだろうかなどと、考えてつい立ち止まるとファーストフードが構内に一軒あり、八王子より地味で不便そうなのに混雑だけひどく、いや、駅が小さいから人間がぶつかりあうのかもしれなかった。

歩くたびに電話機が鳴るのが急に辛くなった。指で電話を押さえて持つ事に飽きてきた。ところが一旦ああ飽きたと意識するとふいに、受話器のコードがぷるぷる震えるのさえ、電話が心細さを訴えているようで哀れになってきた。途切れたコードの端も異様に思えた。せめて音を立てないで歩こうとすると、人にぶつかって難渋した。

そしてついに——意味もなく落ち込んできた。部屋の問題や雑事ではなく、何か根源的な落ち込みであった。そんな理由のない悲しみを消費するためには、やはり演技の世界にのめり込むのがいいと急に思いついてそれで、思いつくやいなや私は、——失恋をして引っ越しをし、電話端子付け替えのために電話を持って泣きながら歩いているトコロデアル、という設定を採用した。取りあえず悲しげな顔で陽の入る明るい北側をよろけながら歩き、さらにファーストフードに入って泣いてやろうと決心をしたが、小学生の団体が店を占領し、シェイク、シェイク、シェイクと叫びながら跳ね回っていたので諦めるしかなかった。というのも小学生達は一チームいる上、全員が西武ライオンズの完全コピーのユニホームを着用しており、おまけに見ているうちひとりの顔が次第に清原に似てきたのである。これでNTTが見付からなかったら物凄いだろうな、とふと思ったところ、やはりわざとしたように方角を間違え、結局三回電話し二時間かけ、辿り着いた。

……その日のうちに銀行へ行って、電信扱いで引っ越し料金を振り込んでいた。カーテンをかけてワープロと資料を出し、ねじ式の机を組立てる根性はもうないので、必要なものを、全部持ってきた新聞紙の上に置いた。絨毯の掃除は二日前に一応しておいたのだが引っ越しの埃で床はまた汚れていた。仕事先に電話して明日の校了の相談をし、鮭弁当を四時に買って帰ると三分で喰べ、その間何度もトラックの音に飛び上がった。私はもう泣けもせず笑えもせず失恋の演技も止めるしかなかった。ただ密室の中で斡旋業者の名を呼び罵り怒った。
ベッドの下へ本の箱を入る限り押し込みその隙間のスペースへ布団袋を無理に詰めて、ジーンズと上着を床にたたきつけてそのまま布団に入った。朝食はコンビニのシュークリームと水道の水であった。甘すぎて苦手なメーカーのしか売ってなかったのに、その甘味が上顎まで染み込んでいった。

こうして、——本格的な耳栓を買い騒音にある程度耳だけが慣れてしまった頃、私はストレスで半病人と化した。相変わらず部屋は変わりたかった。が、そのあたりの土地柄は気に入ってしまった。トラックは季節的なものだったのか最初程には通らなくなっていたが、ただ一週間に二回程来る特に喧しい日には、難聴の恐怖とともにアトピーが増悪《ぞうあく》した。一方、部屋は随分細かいところに配慮してあり、台所は小さいながら妙に使い易く、エアコンの音は無駄に、何の救いもなく「静か」だった。一日家で仕事をするのにはどうしても向かない部屋。終日耳栓が必要だった日などは特にそう思った。

それでも住むという状態に埋没して二箇月、ある日、夜更けにいきなり上がるけたたましい笑い声を聞いた。カーテンを開けると真夜中に引っ越しトラックが通って行く。運転席に例の、輝く布が見えた。

するとその日ンガクトゥは夢に出てきた。彼は椅子の話をするために「戻って」きたのだった。

椅子の話、というのには大した内容はなく、ただその話をする事自体に意味があるのだった。椅子を置いてその側に住む、と彼は繰り返し、私は目覚めた。起きると今まで使っていた灰色の金属の椅子が壊れていた。その時に背中の穴の意味が少しは判った（気がした）。

というのも目覚めてもまだ夢の中のようだったので、――記憶の中の二見の水族館に私は立っていた。それが記憶だと判るのになぜか目の前にあるような感じだった。冠毛を立てて赤い目を細めるペンギンのプールの前に、母と私とが並んでいた。その時に少し喧嘩をした。だが海に近いせいか喧嘩の途中でどうでも良くなってしまい、というより喧嘩しているうちにその原因を忘れてしまった。バンドウイルカのプールの前に私たちは歩み寄っていた。プールの水は大分濁っていて、本物の海よりも強く匂った。そう言えば隣接の幼児遊園地で遊んでいた猫の毛からも海の香がしていた。

柵の下の水面にイルカが顔を出した。一定速度で動き体の三分の一程を水から出し、頭部を少しひねると、ク、ケケケケ、と小さい声で鳴いた。げんきー、と私は軽薄な態度でイルカに声を掛けた。イルカは鳴きながら顔半面を水に浸けた体勢になり、横顔の片目だけで私をみた。視線をこちらに向けてゆっくりと水の中に消えすぐに浮上したが、その時にはもうこっちに何の関心も興味もない。見えたのは背中の穴だけであった。そこからシュッと吹き出した空気と海水のしぶきが私の顔にかかった。

——わあ、イルカに拒否されてる。

母は手を叩いて喜び、すぐに飽きて、幼い顔で一心に鼻の頭をかいた。

そうして気付いた。背中の穴はどこにも住みたくない私に繋がっていた。引っ越しの疲れ、引っ越し先がなかなか見付からなかった理由にまで関係があった。どこに住んでも窪みのないロボットの背中に似た土地、中心から何キロとか方角がどうとかに何の意味もない街。別に土地に個性がないとか都市化して嫌だとか、そんな贅沢な事を言いたいのではなく、ただもうどこにも住みたくなくなるほど、どこに住んでも意味がなかったのだ。ホームレスは嫌だ。そのくせどこに住んでも先がないと思える何年か経ったら出ていけと言われる自分を常に想定するしかなく、住む場所を選ぶ根拠さえなく……そんな生活の中で本ばかり四百キロ抱えこんでしまった。引っ越しても引っ越しても同じ事で、田舎に帰っても家族の中にただ浮いているだけ、それでも一箇所に住んでいるとどんどん変になった。別に飽きて変になるのではなく、周りの人や土地が私に飽きて、どこかに行けばいいと言い始めた……。

引っ越しというかなりのエネルギーを要する作業を、何の見返りも理由もなく行わねばならないという事になって、私は多分意識をどこか一点に無理にでも集中しておかなくてはならなかったのだ。どこからか忍び込んできた何の役にも立たない妙な考え、それがいわば意識の臍になって私を支えた。場所も時間も人間関係にも、大して意味のない私に辛うじて残された希望のような考え……背中の穴があれば海に帰れたのか、いや、イルカにまで拒否された自分を知っていたから、よろけながらでも引っ越しをした。結果？

今の私には次の引っ越しをするという目標がある。——現実の厄介な問題が私をこの陸の上に引き止めている。安全で静かで本の入る場所へ……しかし今のところそれは実現不可能なだけに、私を焦らせるが、根源的な不満や心細さはむしろそれで覆い隠されている。

九回陸に上がって九回海へ戻ったとンガクトゥは言った。彼の背中にはその九回の変化を示す痕跡として、いや、痕跡などではなく空気を取り込んで水の中で暮らせる機能が、あるのだろうか。彼は、誰？　海の精霊、俗化した海神、或いは万物の祖先、いや、時間の境界を司る存在かも……熱帯に住めば、或いはほんの一日陸地に放り出されればたちまち乾いて死んでしまう彼の体、それなのに暑い国から来た人々の顔形や名前をまねようとする……。

また気付いた。背中の穴があろうがなかろうが、それのある子供もない子供も私はまだ育てた事がないのだった。つまり論理的に言えば、どちらの子供も私にとってはまだ未知なもので、背中の穴の有無に関わらず未知という点で条件はまったく同じなのだ。それでは——引っ越しの時のあの命題は一体なんだったのだろうか。

次の日吉祥寺に行って茶色いニス塗りの椅子を買った。帰って来てベランダのポトスに水をやろうとすると、鉢の陰にオケラがすくんでいて、気配に気付いたのか素早く隠れた。

記憶カメラ

デジタルカメラを二台持っている。使いはじめて十年程である。一台は一階の台所に置いてある。毎日猫を撮る。他には自分の食べたもの、買ったもの、捨てたもの、宅配便で届いたゲラ、いただき物等を記録しておく。もう一台は二階のパソコン前にある。これはパソコンの画面を撮るためである、ある日。

一階のそのカメラのレンズに水が入ったらしく、寒天のようなモザイク風の白いぼやけが、画面の一箇所に浮かぶようになった。機械に弱い私はそこでついレンズを、指で拭いてみた。すると画面に霧が広がって一層見えなくなった。

私は白内障になって十年以上になるカメラまでがなったのか？　さて、ネットで調べて冷蔵庫にこれをしまって乾燥させてみた。それで直る事もあるという話なので。一週間くらい入れておくとあった最近歳のせいか気が短い、一晩で出した、……直っている。しかしシャッターエラーが出るようになった開き切らない。

やむなく何回か手で開けて撮ってみた。すると前より速度は遅くなったものの結局自動で開くようになった。とはいえ完全には直らないつまり、……。

気がつくとこのカメラには撮影した覚えのない画像が混じって出るようになっていたの

である。要するにどこかがおかしいのだ。

だってここは千葉県の佐倉なのに、三枚に一枚池袋の画像が映り込むようになった。その池袋とは佐倉に移る前にいたところであり、入ってくる画像は見覚えある物ばかり。

しかし今さら池袋とは、……それは二十年も前の話である。当時、というか前世紀、私は豊島区雑司が谷のマンションに五年ほど暮らしたことがある。当時はまだ（ささやかに）流行作家だった。そして私は東京を好きだった。なのにその都心で猫を拾いすぎて、二間の部屋では飼いきれず結局はここに家を買った。つまりは猫を取って池袋を「捨てた」のである。

そこで拾った猫とはまず、ギドウ、モイラ、ルウルウ、しかしうちには元からのもいてそれは中野で拾ったドーラ。そこでは他にも器量良しの子猫や中猫を四匹拾った。すべて良い人にもらってもらえた。

なのでここに連れてきたのは成猫四匹である。全員ひとくせあって、ただし普通の猫というよりまさに盟友、離れがたかった。が、全てもう看取りおえた。一度はこの家でひとりぼっちになった。現在は猫シェルターから老猫のピジョンを迎えて暮らしている。

ピジョンは子猫から溺愛してくれた独身の「おとうさん」に突然死されて拒食になり、しかも猫の癖に猫嫌いなので集団生活に適応しなかった。献身的なボランティア達の努力にも関わらず動物病院への入退院を繰り返していた。迎えてみると腎不全の他に体幹部皮膚上の腫瘍ひとつ、分離不安気味でアレルギーもあった。さらに家に来てから、ここに原因不明の耳軟骨炎症が加わった。しかし今病気はすべてほぼ落ち着き、腫瘍もごく最近手術してきれいに取れた。ちなみにこのピジョン、里親募集は雄で掛かっていたが実は雌だった。

手術は高齢猫の麻酔で非常に心配だったが急に出血して危険になり、するしかなくなった。家に来てほぼ三年、今十代半ばである。

ところで、過去の写真が画像の中に混じって来た時私は最初だけちょっと期待した。つまり池袋当時の懐かしい画像が、カメラに飛び込んでくるかもしれないと思えたから。

しかし、出てきたのは結局最後までどれも、撮影に失敗したものとしか思えなかった。むろん、どんなピンボケでも当時の猫達の姿が出たり、或いはバブルの名残りの、好きだった洋食屋の店内が写るのなら失敗ではない。が、例えば、自分の昔いた部屋のカーテンが半分写っているだけで後は心霊写真風に光っているもの、或いは窓から見た電柱のごく一部が手ぶれで流れているもの、そんなのが延々と続くだけである。立体感までも何か変である。まあこの現象自体、珍しくはある。だからと言って別に取っておく値打ちはない。

そこで削除すると決めて、ピッ、ピッとボタンを押していった。すると、そのままには消えていかない。本来ならそれでひとつ前の、現在の写真が出てくるはずなのに、消えると同じ箇所にまた、別のが出る。それは池袋の画像のあった位置に、さらにその前に住んでいた、中野の「景色」が出現したものである。私は頭が混乱してしまった。つまりこの現象以前、ちょっと自分の意識に問題が起きているからだ。

最近、過去というものをいちいち思い出さなくなってしまっている、というのも。

収入が減ったので仕事を増やしている。その横で裁判だのトラブルも増えている。なので忙しくて、ただ目の前の事に必死になっている。疲れるので病気も悪化している。まあもともと、私は私小説を書くのだが、それ故にというか自分の過去に「冷たい」のである。

　責任上置いておくしかない事は保存してある。その一方、素材として書いてしまうと記録に安心し忘れている。ことに刊行してしまうと「作品が覚えている」モードに入る。なお、当然の事だが、まだ書いていない遠い昔の話などは普通の人よりはずっと覚えている。そうでなければ私小説は書けないからだ。そこにはけして私怨などはなく、ただ、すーっと蘇る再生機能があるだけ。むろん、「なぜそこまでくわしく昔の話を?」と聞かれても自分では判らない。

　ところで、……池袋には五年いた。中野は、やはり五年程だろうか? しかし実はディテールやセリフを記憶出来るこの脳は、咄嗟にだと年数や時系列が出ない。私の記憶はひとつの場面やその時のセリフで蘇るシーンから始まっている。さらにディテールは出来る限り歪ませないように残しておく。そんな私は語り部ではなくて琵琶法師かもしれない。

記憶を記すというよりその記憶がなぜ残っていたか、その理由が大切と思っている。

おそらく私は古い記憶を使って、自分の今から過去に渡る思考や存在を掘り起こしているのだ。それは、過去の復元であるとともに、書いている現在が求める「創作」である。そもそもだって、「思い出した」というのはまさに、今の自分の切実な現状の故なのだから。そもそもなんと言っても、「目の前のもの」から私は書きはじめる、すると過去がずるずると引っ張り出され、年数と順番は置き去りになる。一方、そんな時には過去を調べる必要もある。簡単な事なら自分の本の年譜を見てみたりして、即思い出す。しかしこの年譜というのが案外、実は間違っている事も多い。

以前一度だけ大学院の先生をした事があるのだが、その時にいきなり学生から言われたセリフ、「先生、先生の本を出している版元の同じシリーズ、あれ、福永武彦の年譜が間違っていますよ」。それを言いたくて、私の講義をとったふしもある福永好きだった。

ともかく、記録は大切だ。前世紀、八〇年頃から二十年程は日常をいちいち記録していた。その他に上京した一九八五年から二〇〇三年の三月末までは、毎日夢日記を付けていたはず、他、年来の論争を蒸し返すことになれば、書斎の床や机の「地層」からは、ちゃんと当時の敵方が私にくれたメモ等が発掘される。しかしそのようにして、……。

記録というものを実社会でいちいち大切にしているとはっきり言って世間から笑われ

る。そんなもの何の役に立つのかと多くの人々は思っている。

そう言えば新世紀初頭、論敵側編集者との交渉会見時、「録音します」と家から東京まで持っていった古臭い録音機、相手は笑って操作を手伝ってくれた。私は機械に弱く新しいものは使えない（しかし）。

中野ではどんなカメラを使っていただろうか、デジタルカメラに変えるまで持っていたはずなのだが。やはり機械に弱いので、記憶の中からでもメーカーや型番だけはすぐに消えるのだ。ともかく今よりも重くて分厚いカメラで若く美しいドーラの写真を撮影した。海芝浦に取材に行ったときも持っていった。「カメラは五万円」とその海芝浦を描いた作品に私は書いた。実際は三万七千円、五万円以下であった。それでも私には高かったので随分考えて買ったはずだ。「これからは取材が大切」と教えてくれて、それを書かせてくれた編集者に勧められた。

最近自分について忘れた時は自分の旧作を読む、見ると記憶も全部蘇ってくるから。ところで、この中野についてだが、またしても……。

結局、「混じってきた」写真は池袋と同じ、何の価値もない。当時の住まいの外廊下タイルだけ、或いは防犯用金網だけ、そこで捨てたフライパンの黒く焦げた柄、なおかつ心霊写真風の影が散見される。やはり削除する。ピッ、ピッである。その後の私はもう驚かなかった。つまり削除後の画面へ想定内に、もうひとつ前の住まいが出現しただけ（そこは小平）。

　小平は街道と街道の交差点に面した部屋、振動にはまいったが一年いた。さてそれではこの小平も削除、削除。しかし、するとその前は？　八王子「だったかな」？　「ぴんぽーん、ほらすぐに出てきたよ！」、八王子、見れば思い出す、上京してすぐ住んだマンションの「光景」。ただし八王子と言っても、鉢植えを落として汚してしまったベランダの内側だけが、小平の外廊下を削除した後に連続で出現しているというか、ずーっと、ずっと同じひとつの鉢の、違う角度ばかり写っている。さてこうなると自分は一体何回引っ越したのか？

　東京に来てからはこの八王子、小平、中野、池袋、そこから千葉に来て二十年になった。今六十四歳だ。そして住宅ローンはあと十一年。おや？

　ふいに電話が鳴った。私は携帯など持っていない。一階には固定電話の親機があるだけだ。驚愕の事実、それはちょうど、まさに八王子の銀行からであった。

　三十五年使っていた私の取引用口座がふいにもう使えなくなると件の銀行は言ってきたのだった。長年記帳しなかったから満杯になって、そろそろ引出も振込も出来なくなると。しかもそれはもう明日かもしれないのだと、……。

　普通の銀行はまとめて記帳してくれているのだが、私のには出来ないと相手が言っている。しかももう記録してしまったものは纏められないと。つまり記帳あるのみ、さもなければ今入っている金が引き出せなくなり、出版社からの印税も原稿料も届かなくなる。ええええ、これは大変。というのも最近はすべて前倒し気味で、振込も親切なところにいそいでたのむことが多く、なのにいきなり「少しは余裕あるかも、でもいつなるかは判らない」と、むろん速攻で記帳すれば……、直るものなのだ。が、そもそもこのあたりには支店がない。相手はメガバンクで、こっちは遠い城下町にいる。

　調べるとどの支店も電車で三十分かかるコロナ頻発地帯、今は第二波、加えて猛暑が危険。私はリウマチと易疲労と筋炎のある難病で、かかれば軽症からでも死亡する可能性の高い高齢の基礎疾患持ち。春から晩秋までは紫外線の皮膚症状も出る。昼の外出はフーディとマスク。つまりコロナの前も後も私はマスクをしていて、以前から外出は三日に一回もしない。それがまた今回の疫病で十日に一度になった。というか元々から遠出は基本、しない。とどめこの記帳手続きには何時間も要する。

「長年その危険を教えずなおかつ、なぜ通知してくれなかったか」というとそれはしないという。相手は相当に謝ったが（末尾の注参照）私は、……さて、電話機をおいてすべての取引先に泣き泣きメール、無論遠い銀行なので変えようとは思っていたのだが、以前まず最初に連絡した版元に二回放置されて諦めていた。三十年も経った？

　連絡を終えて、変更版元の返信を確認、気の毒に相手にも面倒な手続きのようだ。そしてここでカメラをまた手に取り、消し残しを見る。つまり全部同じような八王子の写真を延々と消し続ける。あっ、そうかこの鉢はポトスのだな。あの時、小平の引っ越し先に持っていった植物は中野で全部枯らした。多忙とトラブルと論争で放置。道知辺という種類の梅の盆栽も。まあ今は庭があるから鉢は置き放題だが、……。

しかしこれも放置するだけであり何か草木を買ってみてもどんどん枯れていく。中で最初に植えたコニファーの苗は雨水だけで育ち、二メートル越えている。梅は思いのままという種類のを三年前に植えた。その年にはまだ前の猫が十八歳でいて、後何年か一緒に花を見ようと思っていた。でも結局その年に別れることになった。と思い出しながらも、ひたすらに削除、削除……。

しかし？　あれ？　この連続同一写真を二十枚消すと、ここにはもう何も蘇って来ないのかい？　で、残った最後の二、三枚をピッ、ピッとしようとしてふと、手が止まった。同時に、一瞬とはいえ、気がつくとおお怖い、頭が、記憶が曇ってしまっている、つまり。

そもそもこの前にどこに住んでいたか、ど忘れしてしまったのだ。私小説家なのに。

銀行の件がショックだったからか。いや、でももちろん一瞬で思い出した。そうとも、そうだ京都にいた。しかしそこで私は何をしていたのか、でも思えば四十年も前の話なのだ。いたのは二十代で私は今六十四歳、一回引っ越した何年いたのか？　九年。

まず、家を出た。そこは名古屋の予備校で二浪して大学、そこからまた四年、京都で書いていた。すると、そうか九年もいたのか。いつも、なんだか辛い事ばかりだったようなカタマリが浮び上がる。例えば風呂なしエアコンなし最後は四畳半でも当時はそんなのが普通だった。それに送金して貰ってた。銭湯に行っていた。しかしそんな普通の中で、一方、下宿における私の日常の記憶というのがかなり「独特」なもの、例えばいつも、昼間さえも布団の中にいた。というと、気分良さそう？　つまりもし今だったらそれはカーテン越しの光と仕事明けの休息。でも、そんなのじゃない。あの頃、寝たままで息も辛く、焦っていて、……。

　そう、焦っていて、自分を責めていた。焦り主体の仰臥、どうして寝てる？　起きて戦えよ、ばか、バカ！　司法試験受けろ、それか働け、応募原稿書け、うわーっ、うわーっ。

　そもそも今何をしている、ちょっと前まで何を（していたのか判らない）、ていうかずっと眠れないのに、起きられもしない。で、頭の中で自分を殴るけどどうやっても動けない。熱い？　いや何も考えられない動けなくて時間が経っている。でもそれ思えば、結局痛くて固まっていたらしい。ただ鈍痛過ぎてだるすぎて判らないのである（意識もうろう）。

　うわーっ、うわーってそれでも心は捩《ね》じれながら叫んでいたけれど体はというとまったく立てない。もし自分が奴隷だったら殺されてしまう、でも奴隷でなくてもなんか許されない。焦げるような熱、喉から目の下までことに首に痛み以上の違和感（折れそう）、ももから体側の痺れ。手足に脱力。うっ、うっ、て根性でうめいても涙出ない。嘔吐しないのにずーっと吐き気感ある。涙は合併しているシェーグレン症候群のせいで出にくかったのかも。

最初の一、二年は元気な時もあった。大学なんて、時には三キロ以上も往復徒歩で通学してみたし、でも次第に疲れて……。

紙が散らかった暗い畳の間。唸ろうとしても声が出ない。熱があるし起きられないけれど寝ぼけているでもない、ただ動けない立てない、夏は夏バテ冬は風邪？　春は微熱なのに筋肉ずきずき、真夏に焦げるような不快感と疲労必ず号泣、涙はその時だけはわりと出たはず。同時にやはり理由のない凄い罪悪感が来る。その後初秋に高熱何日間か（高熱の前はちょっと脱水のような寒けが来る）。初夏は歩ける。でも紫外線が体に悪いの知らなくて皮膚症状を出した。真冬？　京都に来てからはリウマチが出ていた。一度強くてマヒのような痺れも出たこの本にも書いてある。

さて、それから何十年？　病名がついたのは五十六歳、十万人に数人、混合性結合組織病、膠原病の一種。就業率十五パーセント、圧倒的に女性の病気、よくフェミや左翼の女性でさえも専業主婦を叩いているが、その中にはこの病気の人もいて、中には合併症の肺動脈性高血圧になってしまっているのに糖尿病の姑の看病をしていたりする。その他には私よりずっとハードな検査をした後でそのまま家族四人のご飯を作っている女性もいる。

私はステロイドで寛解したけれど、年のせいと最近のトラブル続きでまた少しずつ悪くなっている。例えば今の状態でマックス悪い時は、……あ、京都の頃みたいと感じている。

その他、「うわーっ」より軽くて、ただ肋《あばら》だけが痛くて立てなくて固まっている時があった。今は原因が判っているので平気だけどその時は「んーっ、んーっ」て言って凭《もた》れて脱力するのみ。しかし病と知るまではこれが痛みだと自分でも判らず、対談一回遅刻した事まである。昔は「なんで怠けたの自分」と反省していた。でも今は痛くて動けないのだと判明していて「気楽」。

病と知ってから何が変わったか。それはまず、自分の意識変化。うわーっ、が減力され罪悪感も消えた、同時に「何で私だけ」と思うようになった。しかしちょっとした事の不自由はただ不自由なだけなので、「ほらこれは病気だから仕方ない」といちいち自分に言い聞かせたらむしろ腹立ってくる、なのでそんなに意識しないでそこは今まで通り、「私ってなんて馬鹿」とか独言で済ませる。だけど絶望しそうになると「ほら、これ難病なんだから、すごいがんばってるすごい力」と自分に言ってあげる。要はその根本で、……。「病気は他者、自分のせいにするな一体化するな」と肝に銘じる。病は敵と思い、やむなく付き合う。最近は年のせいかすぐに怒るが、怒ってよいことが増えたとも感じている。

難病とは何か、建前だけで言えば社会に対して話の通じるコードがひとつ増える立ち位置。しかし実生活ではそんなの何も通じないも同然。つまり難病が迷惑と感じる人や、単に怖がって「わーっ」と言って消えていく人がいるという事実。そんな中、人が具合悪いの知っていながら平気で体調の愚痴電話を掛けてくる人間をがんがん切るように私はなった。他人に厳しくなったのは自分が働けなかった理由が判ったから。なおかつ、病気を自己責任にして責めてくる無知蒙昧で鈍感な社会の余計者たちから、ネットで嫌がらせされたりしたから。

いつしか三十半ばまで仕送りさせた親への罪悪感はほぼなくなった。家庭内生活保護なので、普通の生活保護より待遇良かったと感謝している。しかし待遇良い分だけ家庭内生活保護叩きもされていたと。それに今は私がお金や洋服をプレゼントするし。

難病の人のブログを見ると本当に働こうとしているし適切な働き方がない社会だと思う。あと、難病でありながら医療崩壊を試み「仲間」を殺して保身を図っていた安倍は（辞めても、一生、絶対）許さない。

今思えば、自分が難病と判る前から、多くの症状が既に作品化されていた。しかも、病気でない人々に自分の問題として、新世紀になっても共有されている。その上で激しく納得感動したのは長い読者の中に結構な数、同じ膠原病の人がいた事の判明。要するに、書くことは変わらない。肉体については、正確に書いたつもり。但し痛み中の幻想シーンはすべて夢日記から抽出したフィクションに過ぎない事も明言しておく。つまり欲求不満とか、病理ですまされてはかなわんので。

そう言えば四十の時、この本に書いた二十八歳の時と同じ痺れが出た、母の看病の後。当然作品化した。この痺れを妊娠中絶とも読める、と書いた評論家がいた。彼は最近コロナを肺炎に過ぎぬと言ったり、命の選択を提唱している。「君は変わらないね、コロナの前も後も」。

ついでに書いておく。コロナ以後に思う事、一億総難病化で自分と健康な人が近づいたということ。というか沖縄と本土が連帯すればいい。それと同じように、難病の人と健康な人も仲間になればいいと感じている。疫病はむごいけどそうすればきっと未来はあると。さらに思う。どのような病でも急性で重くなった人は私より大変だろうなあと。私などはじわじわと来て、気がついたら今ここ……。

郷里にいた十代から既に発熱と疲労はあった。立てないという程ではないが朝礼に座り込み登校出来なくなる。焦げるような独特の嫌な感じの熱、発熱した後も発散しないし汗もなかなか出ない。日光でもすぐに具合悪くなる。何をしても疲れ、人と話していて眠ってしまう。家族からも学校からも信用されなくなって、でも予備校に入ったら一時良くなった。日光がない生活とマイペース通学。だがそれでも疲れ、すぐに疲れ、立てなくなっていた。しかし今思えばなんという皮肉だろう。

人は自分の肉体から逃げられない。第二次性徴がずっとずっと受け入れがたく苦しんだ自分、差別される女性というものについてずっとこだわりつつ忌避していた「オレ」。「オレは男になる」、……、しかしそういう自分が実は女であればこそ、女が圧倒的多数である膠原病になった。ひとりでいる時は男になっていられる、と思いながら暮らし、生理も排泄だと言い聞かせていた。——今も昔も社会性はある方だ。つまりむしろ社会性あるが故に性的役割や女性への偏見に抵抗して一人きりでいた。若い女である時代はまったく、困難ばかりだった。京都ではその困難が病と共に顕在化していたのだ。しかし、……。

その難儀から私は小説を書きはじめた。女であり、病名もないというのに病人の体である。差別され「社会に通用しない」その身体性が私をつくっていた。それは漲《みなぎ》る憎しみ、怒り、恐怖、精神世界への憧れ。しかし何も気付かなかった。結局書くことは向いていても他の事は出来ない、セックスもお化粧も全部嫌だから「女が書けない」。そもそも親からさえ、時には「女だから失敗作」と言われて育っていた。すると自由になる設定が小説には必要で、……。

随分長い間、自分の書いている人物は性別不明瞭または「男」だった。

学生時代、男子学生の多い法学部でも殆どの男子とはうまくいっていた。しかし、今なら例えばフェミニズム説教強盗としかいいようがない男子（保守派）に付きまとわれていた。そいつは或いは半勃起でもしているのか目をぴかぴかさせ、「男女平等について話し合おう」と言いながら差別を肯定させようとし、肘で横から乳房をつこうとし悪い頭でねちねちと話をしに来る。議論、議論と付け込みで寄ってくる。監視も恫喝も快感のうちなのか？「男女同権なら触らせろ」と来る。図書室の職員に助けてもらったことまである。その他にも合宿の女子部屋に男子が数人（先陣は左翼）で入ってきたり、ぶつかり痴漢、知らないおっさんに道でタクシーに拉致されそうになったり、自転車痴漢も一度ではない。京都は強姦の町、観光していると説教ナンパ。史跡が暗いからどこも危険。

故郷に帰ろうとすると近鉄特急の車内のトイレの戸が開いていて露出狂がいる。私の指定席におっさんたちが宴会をしていて人のスカートを足でめくるので逃げるのみとなる。ああ、そう言えばこれは京都ではないけれど、私は大学試験に行く新幹線の中で痴漢に遭った。隣の席に母親がいるのに三人掛けの真ん中、乗っている間中、延々と私は相手の手を顔を見ないようにして自分の腿から持ち上げ、何十回もはね除けた。降り際になぜか相手はにたにたしながら私の母に向かって、座席ベルトが外れていますよ、などと言い残して行った。母は気づかないで礼を言って感じのいい若い男だと思ったようであった（後で母がショックを受けない形でそれとなく伝えた試験は落ちた）。

なお、痴漢ではないが朝の通学路で一度キャバレーロンドンのスカウトに声を掛けられた。これは紳士的で身形もきちんとし、断るとすぐに謝って去っていった。で？

それらが嫌で外に出ないと体調は良くなっていく。ひとりでいる時、「私は男」。

全身の炎症が始まったのは多分京都から。四十度から下がるまで数日かかる。親が保険証を分離してくれないので医者に行けなかった。それでも一々送ってくれるだけ良いのだが、健康診断で相談しても開業医ではなかなか見つけてくれない。ヤブ程せせら笑って馬鹿にして来る。

就職は当時四大だとまずなかったコネもなかった。それでまだ勉強するからと親に嘘をついて、名刹の隣古戦場の後お墓に囲まれた風呂無し四畳半に住んで送金して貰い、小説を書いていた。それで二年後だかに「楽勝」、二十五歳で群像新人賞を貰ったのだ。ダブル村上の時代である。その時の私は男性を主人公にして、藤枝静男さんから男だと思われ、徹底擁護されて受賞出来た。自分は男だから、と私はまだ思っていた。というか、所謂性的役割に対する強い拒否があり、それを脱ぎ捨ててしまうと人間として、個人として、自分本体を発揮して自由に書けた（魂に性別があるかどうかはともかくとして）。

藤枝静男師匠は私を拾ってくれて、私を人間と見て差別しなかった。師匠は私をうんでくれたおかあさん男、しかしその場合私は男の子でいなければならないのか？　受賞後第一作の主人公は女の子のような男の子で、その次は女装しているぶよぶよの閉じこもり男だった。

例えば、吉田知子さんは私の近作を書評してくださった時、私小説は男の書くもので女は「離婚小説」を書かされるだけと言った。そう、そう、と私は膝を打った。少し不謹慎なたとえをする。実話だというが家族を養うために男装して市場で品物を売ったイスラム少女の話、私は一度男の服を着て原稿を応募した。そうしなければ私小説にならない時代でもあった。すると自分の性欲を憎み、ペニスを切ってしまおうとした藤枝静男さんが私のノーメイクの人間性を認めてくれ、菅野昭正さんは時評において「離婚小説」を書かない女をずっと取り上げてくれた。

私の読者の中にはごくごく一部にだが腐女子もいて、一度ある出版社のウェブページで彼女らの論争に味方したら、「漢として礼を言う」と言われたりした。また、別の論争をしている時は男性から「漢の中の漢」と言われたりした、むろん闘争も本当はフェミニズムでやるべきなのだろうが、しかし、この思想は日本だけではなく、結局最近ではネオリベラリズムに腐食され曲がって来た。昔、ウーマンリブの時は女の権利だけ、自分と仲間(女)のための原則論が通った。しかし現状のマスコミのフェミニズムだとそうはいかない。何かあると「男性のこともやれ男性に気を遣え」、「男性はもっと辛い」等、等、等、するとこっちは誤った女の性役割を全部受け入れた上で、化粧品を売るためにセックスの話をしてみせていちいちくねくねしなければ「真の解放ではない」と言われるのだ。しかしそんなのフェミニズムの皮を被った性奴隷である。

というかともかく、「離婚小説」を書かない私はそれから十年近く本が出なかった。それでも時々は小説が採用になる。その時は小遣いをくれる叔母にバッグを買ってあげたりして、その残りで何ヵ月か生活した。その生活が出来ているほんの少しの間に「自活しているY」を書くという「抜け目なさ」で「海獣」という女を主人公にした小説を書いた。それだと男でなくても書ける気がした（鍵のかかる部屋と?·）。しかしはっきり言っておく。

私は親の送金で執筆に専念していたのだ。泣く程罵られる事もあったけれど、叔父が子供の頃くれたベビーリングのルビーもその時に母親に取り上げられて勝手にペンダントにされてしまった（しかし後からいろいろ償いをしてくれた）けれど。ともかく希有な親で送金してくれた。でもそれでも本は出ず、編集者からは離婚小説どころか中絶小説を書けといわれたがそもそも性交をしていない。しかも心にもない事を書くわけには行かない。私の体は女だから絶対女湯しか入らないけれど。魂は差別を脱ぎ捨てて、「男」、になっていた。しかしこのカギカッコを外せば、真の女とかそういう意味でしかない（かもしれない）。

さてそんな状況では親も煮詰まってくる。まだバブルで両方とも元気だったし上京すれば持ち込みに有利なのは判っていたが、そうすると言ったとき、母はいきなり倒れた。働くと事故を起こしたりして迷惑だから止めてくれと言われていた。しかし白樺派の時代とは違う。作家論が出ているのに本が出ない。本は既に商業で出す時代だった。というか家は戦後らしい家であって、そんなご立派なおうちではないから。

不快なかかわりをしないために私は生きていた。というか「オレは男だから」というのはそんなニュアンスだ。身体違和はごく軽くてもあったし、学校が許可していたのでズボンをはいて高校三年通した（しかし例の新幹線ではそのズボンで痴漢にあったのだ）。その他には男物の学生服を着て外に出たりした。むろん今自分の体は女で平気と思っている。人それぞれである。時々は魂の男のオレが「オレの女の大切な体を守ってあげている」と思っている事がある。最近「左のきんたまがしびれてかなわん」と思った事もある（師匠の影響かも）。しかしきんたまの本物の全体などまったく、見た事もない。

第二次性徴の頃は自殺したかった。初めて生理が来たのでこの世は終わりと思った。一方その割りには三十代、「オレは男なのに」女の子を四人欲しいと思っていた一時期もあった（無論単なる夢だった）。しかし今はもう閉経もしているしすべてオッケーである。そんな私が「ソフトじゃない売れないフェミニズムはいらない」とか言われる覚えはないしそもそも流派のあるようなフェミではない。今はただフェミ自称の乗っ取り男や侵入男、フェミ説教強盗を女の居場所から叩きだせと言いたいだけ。私？　私は文学だ、思想ごときになる前の永遠の原初だよ。なんらかの哲学や思想、政党等と親和的にしていてもいつでも捨ててやる。

京都時代の最後は「ベーチェット病かも」と身内の医者に相談してどなりちらされてい

た。「判っているのかお前は、どんなに難病の人が大変か判っていないだろう」。家に帰ると言っていて次第に帰れなくなった。手足の指が腫れる。湿疹というより内出血のような大きい痕が知らぬ内に出来ている。少し鋏など使うと手の皮が円形にぺらりとはげる。

少しでも自活したくて仕事を探しに行った。葉書整理の仕事に応募すると、そこで私には無理そうな染め物の仕事をすすめられた。タブロイド誌の編集は、サラ金の営業とセットだった。印刷所に行ってみた。洛中から桂川へ、すべて翌日から熱を出した。

病気でさえなければ、きっと良かったのだ。だって四畳半風呂なしというのは当時貧乏な人を形容する慣用句だったけど、送金付きしかも京都である。本当はもっと楽しめたはず、まあでも時々は良いことがあった。ふらりと入ったお寺が智積院で襖絵が長谷川等伯、人形寺の引き戸に描かれた小犬とタンポポの絵、紫野のスーパーで買ったドンクのフルーツパン、ステンドグラスの伽羅舎は小野道風（蛙《かわず》にみとれて）。バブルの最中に京都という贅沢冷酷シティの片隅にいて、しかしやはりカメラに出て来るのは、……ぼやけた、ぼやけた……ピッ、ピッ、お、珍しくはっきりした？　画像？　でもこれは何？

「ぴかぴかの新しい藤籠に黒い布の縁取り、藤という文字」、ああ思い出した。生まれて初めて入った銭湯である。特に予行演習とかしていなくてきれいな脱衣籠があったからふと手を伸ばして、当然注意された。つまり一家の専用。「おたく藤○はんのお家の人どすか」。女湯八、九年通ったけど、帰りに痴漢はいるし女湯は椅子がなくてお湯にも何か浮いていて、意地悪をされたり、サウナのタオルにひどいものが付着していたりそこで妊婦が子供を三人洗っている。なので、——八王子でユニットバスのあるところになって「生きている、この世は天国」と思ったのだ。しかし当時地方では単身住居は風呂なし当然、親戚から「才能もない癖に風呂のある部屋に住んで」と言われ、なぜか本気で自殺したくなった（が、強運にもやめておいた）。

しかし、都会で持ち込み生活をしても「離婚小説」は書けないからなかなか載らない。長きに渡る送金もついに切られると決まり病気も悪化、本格的な急性増悪。西日の下で首が曲がらず高熱は治まらず、とうとう、……痛い炎症値の体とSF的皮膚症状を「なにもしてない」に書いて、引っ越ししたが……小平の騒音部屋で苦しむ一年、でも版元は原稿料上げてくれて伯母のひとりはその時十万円くれたそしてそのひどい部屋は強運の部屋、つまり、——刊行出来たっ！　さらに野間文芸新人賞の賞金で、中野へ引っ越し。本当をいうとそれは「難病小説」だった。そこから新人賞三冠になり、筆で三十年自活している。

毎日ハードには働けなくとも、書くほうならば驚異的に無理の出来る私、病は私の我慢と瞬発力を産出した。これ、他の事が出来る人なら止めたのではないか。止めなかった事だけが私のオリジナリティで、この痛い体と通じない痛みが、そこだけが私の「才能」かもしれない。さて、……。

この写真だけは置いておくか、と思ったら勝手に消えた。

ふん、でもこれで正常に使えるよ私は今カメラがないと認知もないのだから（ってボケてるわけではないけど）。

最近本当にいろいろありすぎて、デジカメ位しか記録をしないのだ。実になんでもかんでも撮影してある。つまりこうしておかないと、食べたものやしたばかりの仕事も消えてしまうから。ご飯も仕事もやっている時だけ楽しくて後はいきなり消える、動物と同じ。だって、……例えばなんか血涙出てると思ったら前日にゲラ一冊やったのを忘れている。他、「なんで？　最近のらくらしていたのに腰痛で立てない」一週間前に二百六十枚脱稿して忘れている。

いまは猫の記録もカレンダーに付ける看病メモだけで、ていうか猫はやはり写真に撮るのが主。ああそうそう、そう言えば今日なんてこんなにも熱が出ているのに「なにもしてない」のにずっと家にいたはずなのにとても手首が痛い、ならば私一体何をしていたのか、サボっていた？　つまり今日はまだ何も労働していない。ふうーん、メール打ってデジカメ消して「いいお暮らし」ですなー（仕送りの時にも良く言われたセリフ）、え、でも疲れているよ？　病気で疲れただけ？　そうそう昨日のカメラ画像これで見れば判る……。

お、玄関前の封筒が写っているこれは。上に宅配便の伝票を乗せたゲラの写真、つまり昨日送ったゲラの。そうだ、……。

その他にまだ書きたしの短編もやっていたから、疲れたんだ。でもそれでも仕事していると思えてない私。動物がご飯食べるように書き終えるとすぐ忘れ、でも、すべてカメラが覚えていてくれる。（しかしさて、何のゲラをやっていたのかな？　ああそのひとつ前に、封筒に入ってない画像があった、拡大したら目次も写っている）。

海獣、柘榴の底、呼ぶ植物、夢の死体、背中の穴、……（おお、全部思い出した）そうか昨日まで結構手入れしていたなー。

どれも修業時代の作、そう言えば柘榴の底、掲載までに三年かかったはずだ。今読むとなんか八〇年代感あるね。例えば幻想シーン派手、でもこれは自分の事じゃないからまだしも書きやすかった。つまりT・Kって実は「ただの記号」という名前なの（結局、そうはなってないけど）。確か初めてワープロで書いたもの、最初のは二行しかディスプレイが出なかった。この主人公一応、娘と書いてあるけれどなんとなく性別不明瞭。

海獣の時は後々大喧嘩した担当だが、それでもプリンスホテルで御馳走してくれた。私はガチガチに固まっていて、言葉も出なかった。すでに方向性違っていたし、会食ってしないから（編集者って、偉いし）。しかもやはり本は出せないと言われたはず。

さて、夢の死体ではもう担当かわってた。これが私の強運の夜明けだった。ちなみに――この時期の短編は他に冬眠とか虚空人魚とかあって、実は海獣、冬眠、夢の死体で三部作なのだが、そして虚空人魚はこの三部作と同系統の、水にまつわるSFなのだが別の文芸文庫にもう入っているので、今回はこんな配置になった。

呼ぶ植物について？　主人公が女だと閉経させがちの私である。男でなければ老女、今の私より年上だけど清潔感ある人物だね。一方読み返して自分が今闘争老人なのに気付いて、呆然とした。他、引っ越しのたびに何か作品に変化があるかも、私。

今回文芸文庫版を出してくれる担当者は河出書房からこれの単行本版が出ていた事も、この小説自体の存在も知らなかった。ただ河出版を送ると読んで驚き「八〇年代にこんなまともな事考えていたなんて」と喜んでくれた。しかし思えばもう四十年前の話である。――閉じ籠もり感だけのこの作中さえ、八〇年代が忍び込んでいる。

おっと、そうそう、そう言えばまだ残っている方の短編書かなくっちゃの私。つまりこのゲラと同時位にパソコンで送信してくれと頼まれているのだ。それは文芸文庫刊行記念、書きたしの新作というものであって、しかし、おや？　どうなったんだあれ、ああっ、その原稿どこにある？　多分まだ書いていない！　そうか、やっぱり怠けている、怠けているっ、うわーっ、うわーっ、うわーっ、って……。

あっ、でもそうだそれはけしてあれなんかではなく、まさに今書いているこれなんだと思う、多分。じゃあだったら、ああもうそろそろ完成だな。ならば送信してからその画面をデジカメで撮影して、で？　題名は、なんだっけ、おおおお、

「記憶カメラ」

だった……。

（注）銀行からはその後結局電話がまた掛かってきて、しかもOさんという方が大変親切で、向こうで記帳をしてくれる事になった（しかし取引口座はもう変えた後であった残念）。

2020年夏、愛猫ピジョンと。

「超小説」との再会

解説 菅野昭正

あれは一九八四年であったと思うが、当時、私は新聞で文芸時評を担当していた。毎月、世に送りだされてくる文学作品（小説とは限らない）を、既成の老大家から未知の新人まで、洩れなく読まなければならないのだから、なかなか骨の折れる仕事ではある。けれども、これは滅多にないことだが、初対面の若い作者の常套の型に囚われない新鮮な作に出会ったときの、なにか貴重なものを発見したような気分は、記憶にふかく残る。他人事ながら、それは時評の筆をとる者にとって喜ばしい瞬間である。

その年の四月号（「群像」だったと覚えている）は、その種の稀少な価値を含有していると思える労作を提供してくれた。重厚な読みごたえはたっぷりあったが、例えていえば、綺麗に磨きあげられた光彩陸離たる宝石のような部類のものではなかった。そんな具合に体裁を飾った瀟洒《しょうしゃ》さとは正反対、いま鉱脈から掘りだしてきたばかりの、手つかずの粗々しい原石にも似た、素朴ながら逞ましい強靱さを感じさせる作品だった。

その強靱さを産む源となっていたのは、小説の書きかたである。小説は何をどんなふうに書いても許される文学形式であるとはいうものの、方法を重んじる意識がいつの頃からか作者の筆に纏《まと》いつくようになったせいで、そこにはおのずと制約が加えられる。のみならず、既に膨大な数の小説と称する作物が出現し、小説の書きかたも千差万別あれこれ試みられる時代となって、若い作者が隅から隅まで先例のない新規の書きかたを開発するのは、至難の業である。そこで小説家を志す新人にできる方策といえば、自分の資質に近そうな優れた先達を選んで、その書きかたをそのまま模倣するのではなく、自力で編みだした変奏を考案することくらいしかない。しかし変奏がそれなりに功を奏したとしても、折角の工夫も認められるに至らず、先行の轍《わだち》を踏んだにすぎないと判定される惧《おそ》れはたぶん付いてまわるだろう。道はまことに険しいのだ。

ところが、世に例外はなきにしもあらずで、いま私が思いだしている新進の労作は、それまでに読んだどんな作品ともほとんど似通っていなかった（もっとも日本の近代小説に限っても、すべてを読破したどころではないから、正確にいえば管見の及んだ範囲でということになるけれど……）。いかにも小説らしく飾りたてた書きかたとはおよそ縁遠い印象が濃厚であったし、かなり長い全篇の構成にも無理をして整えようとした形跡はまず残されていなかった。華麗とか、明晰とか、緻密とか、小説の文体の性質を言いあらわすありきたりの用語をもちだしてみても、どれもあっさり撥ねかえされそうな印象が際立っていた。いってみれば、常識的な型の規準を楯にとって、秀作とか佳品という評語を貼りつけられる要素は、まったく見当らなかった。

さきほどこの小説を読んだ直後の感想として、「掘りだしてきたばかりの、手つかずの原石」のように思えたと記したが、この簡便な譬喩を別の言いかたに代えさせてもらうと、あれこれ右顧左眄《うこさべん》して装飾に精だしたりするのでなく、作者の書きたい事柄、書かねばならないと信じている問題が、自由奔放に書かれているように読めたということである。もうすこし言葉を添えるならば、かねがね作者の考えてきた事柄、考えてきた問題が(一場の譬喩としてそれを「原石」に見立てたわけだが)、あたかも未加工であるかのごとく、卒直かつ果敢に連ねられてゆく小説と定義づけてもよろしかろう。

しかし自由奔放とか卒直かつ果敢とかいっても、それは前後左右になんら顧慮を払わず、作者が思いつくまま無軌道に筆を走らせているという意味ではない。小説であるからには、もちろん筋道が通っていなければならないし、読む側にとって話の運びの脈絡が見失われるようであってはならない。この作者にしても、小説作法のそのあたりの約束ごとは十分に承知しているにちがいないし、その制約に意図的に逆らおうとしている節《ふし》がちらついたりするわけでもない。それにもかかわらず、自由奔放な書きかたがときに自由奔放すぎるせいか、いささか混沌を招いている場面があるのも、見て見ぬふりをして済まされないように思えてならなかった。

しかしながら視点を変えて観測すると、こうした混沌がもたらされるのは作者の不用意によるのではなく、そこにはそれ相応の理由がひそんでいることにも気づかされた。作者がここに登場させる青年はあくまで独立不羈《どくりつふき》、いかなる関係であろうと他人に依存したり、支援されたりするのを拒否する姿勢を崩そうとしない。外部を取りまく社会事象・社会現象すべてについて深い憎悪を燃やし、激烈な敵意を差しむける態度を変えようとしない。他人や社会に対するこのような姿勢や態度にもまして、この人物が白熱したエネルギーを注ぐのは、自分自身の存在の底にわだかまる数知れぬ難しい問いの群れである。

たとえば、現にこうして生存している私は、本当に私であるのか、実のところ私は生存していないのではないかなどと、誰にとっても完全な答えを出しようのない問いが、私の前に立ちはだかることがある。あるいはまた、社会との関わりを遮断しようと努めながらも、しかしどうしても消去しきれない外部に繋がる私が内部の私を抹殺するのではないかという、深刻な不安が湧きあがってくることもある。独立不羈という願望はこの青年の場合、徹底的に自分を自分自身のなかに閉じこめようとする意思と結びあいもするし、そうした閉塞的な内部を占めている多様でもあれば異様でもある数々の想念と――それはときには幻想であったり、ときには妄想であったり、ときには空想であったりするが――縺《もつ》れあったりすることもあるだろう。そうであるとすれば、錯綜の限りを尽したかのような絡みあうこうした諸々の問いを書きつらねてゆく過程で、ある程度の混沌やら晦渋やらが惹きおこされるのは、よしんば熟達した作家であっても避けがたい難関であるにちがいない。況《いわ》んや新人作家に於いてをや。

ここまで書いてきたことから推《お》して、すでにそれと見ぬいていた向きもあろうかと思われるが、この小説の題名は「皇帝」である。大胆すぎると受けとられかねない命名だが、そんな大それた称号を授けられたのは、他人の介入をいっさい撥ねつけると同時に、自分自身を不易《ふえき》の領土として明確に掌握している人物だからである。江藤淳さんがエリク・H・エリクソンの理論に倣って、『成熟と喪失』（一九六七）と題する評論の指針としてアイデンティティーという概念を導入して以来、その影響によるのかどうか別として、《アイデンティティー》探しに右往左往する小説が、眼に見えて増殖する時期があった。「皇帝」が出現したとき、《アイデンティティー》探しの傾向はまだ終りを告げてはいなかったせいもあって、この異色の小説は一見それと近似するように見えないでもなかったろう。だが、しかし、眼光の度合いを強化しさえすれば、そこには明瞭な一線が画されているのが認知されるはずであるし、両者を分かたねばならない要因は、まことに簡単である。皇帝の座に据えられた人物は、自分自身を見失ってなどいないし、したがって《アイデンティティー》を探したりする必要を感じたりもしていない。この自分自身は本当に自分自身であるのかという問いを発することはあっても、それは見失ったものが果たして探しだせるかどうかという、当てどのない不安な旅とは異質の行為であると識別しなければならないのだ。

「皇帝」の作者がのちに使うことになる言葉を借用させてもらうが、この皇帝が求めているのは、確かに所有し統治する領土である自分自身の居場所である。そう断定した上であえて補っておくほうがよいと思うが、それはもちろん現実社会において身を置く場所ではなく、自分自身の内面を占める精神的な生存の拠りどころとなるはずの居場所である。笙野頼子さんがはじめて世に送りだした長篇デビュー作の「皇帝」は、これまであらまし見渡してきたとおり、そのような意味での居場所がどういう種類、どういう性質のものであるかをあれこれ検分する難題と、絶えまなく向かいあう小説であった。そんなふうにして書かれた小説が、いかにも重たげな抽象的な色彩に塗りこめられているように見えたとしても、それはむしろ当然の結果であるにすぎない。そのあたりの諸般の厄介な問題についておそらく考えつめた上で、作者は《観念小説》という部類に組みこまれる「皇帝」を構想し完成させたのである。贅言をひとつ弄することになりそうな気がするが、観念といっても現実から遊離した空疎な思いこみなどではなく、現代の荒寥のなかで揺れうごく生存を支える効力のある思考を指している、と補っておくことにしよう。

「皇帝」より以前に笙野さんは「極楽」（一九八一）、「大祭」（一九八一）など、習作ふうの作品を書いていたけれど、小説家として出発する起点となったのが「皇帝」であったことは、疑う余地がない。この解説では書下ろしの「記憶カメラ」を除いて、初期作品五篇について検討してゆくことになるが、五篇は紛うかたなく、その起点と密接に結びついた短篇小説である。そこに読みとれる関係を樹木に譬えるならば、「皇帝」は直立した幹であり、五篇はその堅固な幹から分かれでた枝葉に見立てられる。ひとしなみに枝葉といっても、五篇はそれぞれ枝ぶりも異なっているし、茂らせている葉の形も違っている。どの枝葉も幹から樹液を送られて育ったわけだが、樹液はいくつか種類があるので、五篇ともいずれも微妙に差異のある姿を示すことになる。要するに、これら五篇の短篇小説は各篇ごとに異質の特異な色彩を帯びているが、その差異を見わけるのも、この短篇集の読みどころのひとつである。

「海獣」の主人公であるYは（このイニシアルが何を指すか触れる必要はあるまい）、職業上の必要から滞在する場所は「首都」（東京）、実家が所在するのは「神都」（伊勢）、現在の主な居住地は「古都」（京都）であるという。しかしそういう暮らしかたに、特段に意味があるわけではない。Yは若い女性らしいが、大事なものといえば、自分ひとり孤絶した状態に閉じこもって、幻想、妄想を脳裡に湧きたたせる時間しかない。というのも、生きているという感覚は、そういうときだけ目覚めるらしいからである。オパールのなかに閉じこめられた「虹」という名の生物が、何百年ものあいだ、外へ出ようと踠《もが》きつづける奇態な空想を、小説の導入部のようにまず最初に配置したのは、なかなか妙味のある工夫だったと思われる。これからどんな夢想・空想・妄想が語られても、読者はさしたる抵抗なしに乗ってゆける素地が、そこで逸早く固められるのである。

こうして、水族館で見た「バイカルアザラシ」の話をはじめとして（と書いたのは「海獣」という題名を思いだしたせいである）、夢想・空想・妄想をYのなかに植えつけることになった、さまざまなものを次々に小説の前面に連ねてゆく運びかたについては、なにか注釈めいた言辞を述べるまでもあるまい。アコーディオンの鍵盤から指が離れなくなった事情など、幼い頃の思い出についても同じことである。

夢想・空想・妄想そのものにも増して注意しなければならないのは、それらの異想は生きることに纏わりつく不安や恐怖から、あるいはまた無関心から生まれてくるという事実である。たとえば、実際の海の「水の量感」のことを思いだそうとしても、すぐさまそれは海のなかに住むバイカルアザラシやジュゴンやスナメリに似た、しかしそれら海獣とは違う想像の生物に摩《す》りかわってしまうのだ。このような思考を廻転させつづけている頭脳のなかに、「現実生活」における「先の見通し」が開けるはずもなく、そこには「空白」がひろがるしかない。

夢想・空想・妄想の群れと、「現実生活」に適応する能力の不足と。「海獣」にその解きがたい矛盾は暗示的に刻みこまれているとはしても、むろんその答えが提出されているわけではない。しかし答えまで踏みこんでいないからといって、それを欠如と言いたてたとしたら、不当な判定ということにしかならないだろう。誰にとってもすっきりと答えを出すことのできない領域に、誰かが踏みこまなければならない試行錯誤に似た試みに、この小説はなんとか挑もうとしたのである。

「柘榴の底」はさまざまな妄想を跋扈《ばっこ》させながら、その「妄想領域」すなわち「底の世界」を生きてきた女性T・Kの、妄想遍歴を跡づけてゆく小説である。大学を出てから就職はしたもののどれも長続きせず、「十四度目の失職」とあるから、T・Kは若い部類に入るとしても、それ相応の年齢に達していると考えられる（作者は年齢などあまり問題にしてはいないだろうが）。読む側はまず最初、T・Kを主人公とする三人称の小説として接するにちがいない（私もはじめそう読んでいた）。だが、小説がかなり進行したところで、「まるでひとごとのようにT・Kは私に言ったが」という一節があらわれる。小説のなかに、「私」が出てくるのはこの箇所だけだが、この「私」は何者であるにせよ、T・Kの妄想遍歴史の語り手であるとみなすほかないだろう。T・Kの年齢の件にせよ、この語り手の問題にせよ、とくにこだわるまでもない些事と受けとられそうな気もするが、ことによると妄想の信憑性を強化するために、作者が案出した小説的な工夫であるのかもしれない。

この種の小説が読者の興趣を繋ぎとめてゆく秘訣は、どんな気難しい読者をもたじろがせるほど、思いきり意想外の途方のなさに塗りかためられながらも、しかし結局はこんな珍奇なことを考える人間もいるのだと、納得させるところに潜んでいる。作者としてみれば、それは伸るか反るかの冒険である。「柘榴の底」に繰りだされる妄想は、冒頭に披露される「十四度目の失職の直後」、電話機を切断するという異様な想念をはじめとして、まずは妄想小説の題材となるだけの資格を認めることができる。T・Kの脳や精神から吸血する「透明な虫たち」が周囲を飛んでいる幻覚も、むろん同じ列に置かれる。小説の題名とも関連することになるが、秀逸だと思われるのはまだ少女期のある年の秋、柘榴を多量に食べると「ペレチエリン」とかいう成分の作用で、幻覚に襲われると知って「暴食」したという挿話である。

そのほかにも事例はいくつか列記されるけれども、是が非でも見落してはならないのは、この小説に語られる妄想は無償のものではないということである。これまで笙野さんの作品を濃密に彩っていた数々の妄想は、特別になにかと関わったがために生起するのではなく、いわば当人の内部で自然に形成されるように見えるものが少なくなかった。それとはいささか変って、この「柘榴の底」で語られる妄想は、外部から押しよせる暴圧に対して防御するなり抵抗するなり、ともあれなんらかの反応として胚胎される場合が多い。

それはたとえば家族、とくに家父長的な性格の父親の圧力である。「家制度」とか「管理社会」という用語が一度限りだが眼にとまるのも、決して意味のないことではないだろう。「現実逃避」と「生きようとする意欲」とは別のものではないという、たいへん示唆的な一節も思いだされるが、そこに社会生活の不可能な人間と称するT・Kの自己定義を重ねあわせてみるならば、「妄想領域」＝「底の世界」に下降したがる意思が、外部の現実社会の悪どい攻勢や刺戟を避けて、生存を持続させるための知恵でもあるらしいと理解することができるのである。

その上で読後の感想として忘れてはならないのは、小説の最後の二つの段落の記述である。たとえば、T・Kが「天職」を得た、あるいは「何かの呪縛から自由」になったという記述に関して、これが「妄想領域」からの脱出を意味すると受けとっても、たぶん間違いではないだろう。たとえそれが一時的な小康状態であるとしても、笙野さんの小説の世界の脈絡からすれば、明らかにそこには前進の跡が記しづけられているのである。

ずいぶん以前の話になるが、超小説という造語を私は思いついたことがある。小説というものにはそれこそ千差万別、じつにたくさんの形態があるが、そのどれにも似通ってないにもかかわらず、これは小説として読むしかないと納得させられてしまう作品。それが超小説である。そんな勝手な定義を作りだしたのは、笙野さんの「呼ぶ植物」を読んだときのことである。「呼ぶ植物」は「群像」一九八九年五月号に発表されているから、それから三十年あまり経った計算になるが、久しぶりに読みかえして、我流の超小説という分類を改めるに及ばないと思ったことをまず明記しておきたい。

「呼ぶ植物」の「私」は小説家だが、一度は「人間の書き言葉」を忘失したことがあるという。やがて少しずつ「回復」したが、ともあれ「書き言葉」を他人に見せるようになってから、それは変質し、そして「小説」と呼ばれるようになったのだと説明する。そして、「私」は物事をあれこれ考えめぐらす「メディテーション」（沈思黙考）に耽る習慣があるのだが、何も知らずに働きつづける人間たちの蠢《うごめ》く「海底の採掘所」の幻想が、そこに浮かびでたりする。また、「私」は「植物の言葉」が分るし、「植物」から名前を呼ばれることもあると思いこんでいる。

そんな具合に連ねられてゆく幻想ないし妄想そのものには、どんなに奇態なものであっても、理解に難渋するところはないから、ここでもう一度その跡をなぞるのは無駄ごとでしかあるまい。ただ読者をとまどわせるのは、次々に登場する幻想ないし妄想のあいだに、因果関係、連鎖関係、類縁関係といったものが、ほとんど見当らないことである。「私」は折々に想念の地平に現出する事態を、現出するままに語ってゆくにすぎないのだ（ただし「海底の採掘所」にせよ「植物の言葉」にせよ、個々の幻想ないし妄想にはなにかしら寓意が託されている可能性があることも、読者は考慮にいれておくほうがよさそうな気がする）。こうした話の運びかたが、通例の小説の書きかたと大きく隔っているのは念を押すまでもあるまい。「私」は「人に見せる文章」つまり小説を書くことをはじめてから、「オリジナリティという観念に脅かされるようになった」と述懐する箇所があるが、通例を歯牙にもかけず振舞うこの小説の書きかたには、笙野さんの小説の独創性が図らずも顕示されているのである。

幻想もしくは妄想を紡いでゆく「私」の心事を追うのもさることながら、「呼ぶ植物」のなかには、小説とは何かという根本問題をめぐる笙野流の考察が、ひそかに埋めこまれているのも見過ごしてはなるまい。「書き言葉と話し言葉」の対比など、言葉というものについての言及が多々あらわれるのが、そのひとつの証しである。そしてそれ以上に大事なのは、大胆にというか奔放にというか、常規に沿った曖昧な基準などに囚われずに、作者が思いどおりに筆を運んでいるのが確かに認められることである。これぞ小説の書きかたの自由を示す一例と考えても、過言ということにはならないだろう。

「夢の死体」は、「海獣」に繋がる一種の続篇とみなすこともできなくはない小説である。主人公は同じくY、「古都」、「神都」、「首都」が舞台として出てくることからして、誰しもすぐ「海獣」との関係に思いあたるだろう。ただし、繋りの程度はさほど濃厚ではなく、ここでは主としてYが「古都」で独居の生活をつづけた九年間、その内面に出没した常識の枠にはとても収まらない心的現象が、仔細にわたって回想されるのである。

これまでの小説と趣きを異にするところがあるとすれば、ここでは外界の光景や身辺の他人に視線を向ける場面がたびたび出現するという事実を、なによりもまず指摘しておかねばならない。たとえば、「古都」にふさわしい多くの寺院、それら寺院の庭に立つ桜の大木、雪がしめやかに降る冬の日の空のたたずまい、また年毎に一度はある大雪のときの雪景色。あるいはまた、古風な慣習を守る商人、アパートの家主、同じアパートの住人たちの動静。断るまでもなく、Yの視線がそんなふうに動くからといって、そこに具体的な描写が伴うわけではない。本来は客観的なそれらの対象は、いずれは主観的な妄想を喚起する要因となったり、他人との関係を嫌う自閉的な不安や疑懼《ぎく》を植えつける種子となる役割を演じるにすぎない。結局のところ、脇役の水準以上に出る場合はひとつも見られないけれども、こうして外部への扉がともあれ開かれた効果によって、小説がいささかなりと明るみを帯びるようになったのは間違いない。

新しい変化と指摘できる局面として、Yが妄想について自分なりの経験をふくめて、あれこれ考察をめぐらす部分をあげることができる。その機縁になったのは、「外界」の侵入が防ぎきれなくなった事態に、Yが気づいたことである——「外界に隔てられて暮らして来たYの嫌悪感が現実との境界に来てついに機能していた」という一文は、注目に値する重要な意義をもっているように思われる。この一節はもともと性の合わないアパートの家主（俗悪な世間知の権化のような人物）に対する反感から生まれたものだが、そんな出所は取りたてて問題にするには及ぶまい。この部分を十分に読みこなすことが望ましいのは、妄想を主軸のひとつとして構想されてきた笙野さんの小説の特異な性格が、そこに如実に要約されているためである。笙野さんはここで小説人物たるYに乗りうつって、妄想のなかに閉じこもり妄想のために生きてきた人間の資格において、自己流の妄想論を簡潔に述べていると読むこともできるのである。

この小説についてもうひとつぜひ書いておきたいのは、末尾の部分で語られる「海の夢」の死のことである。小説家として仕事をするようになったので、首都への移転を思いたち、実際に転居することになった前夜、Yはそれまでよく見た「海の夢」が記憶から消えているのに気づいたという。それというのも、首都に移れば「他人との充分な距離を得られ」て、生存するのに必要な接触も可能になるだろうと想像したからにほかならない。「夢の死体」という題名はそこに由来しているわけだが、「海の夢」が死んだ以上、「海獣」で前面に大きく登場したバイカルアザラシなど海獣たちにはすべて退場してもらわなければならない。その一事からしても、さきほど一瞥したように、「夢の死体」は「海獣」の一種の続篇という証拠が得られるはずだが、それよりも格段に重く特筆しておきたいのは、現実生活への通路をほんの少しなり開くことによって、笙野さんの小説が新たな地歩を確立したということである。

「背中の穴」がどういう小説であるか、一言で的確に要約するのは難しい。語り手の「私」は小説を書く人物、いまは引っ越しのトラックのなかで、母や祖母の背中に遺伝的にあった小さな穴のことを思いだす（「私」にはそんな穴はない）。これが書きだしだが、小説がこれから先どんな方向へ進むのか、見当がつけられる読者がいるだろうか。やがて走行中のトラックのフロントガラスに小石が当って「ひび」ができるが、そのせいで「私」は「世界中がひびわれて見えた」気がしてくる。誤読かもしれないが、その「世界中」の「ひび」と母や祖母の背中の穴とは重なりあって、ある種の暗示となっているように私には思える。それから左側の席の鈴木一という四十がらみの「作業員」の釈明によれば、「ンガクトゥ佐藤」という名の運転手の宗教的なお祈りの儀式のために、トラックは小平市の公園に立ちよったりする。引っ越し先のワンルーム・マンションにそろそろ着こうとする頃、走行中に居眠りした「私」が寝言で「背中の穴」と口走ったりしなかったかと尋ねると、鈴木もンガクトゥも「背中の穴」という一言をめぐって、訳《わけ》の分らないことを熱中して話しはじめ、「私」はなぜか「恐怖」に襲われたりする……。

そこまではいわば小説の前半である。ともあれ、こうして新しい住居に入った「私」は、電話の「接続端子を付け替え」るために外出を余儀なくされ、疲れはてて帰ってくることになるのだが、このあたりのいろいろな挿話は、引っ越しという現実生活の行為の煩わしさを、切実に語っている感触がある。それから話題は部屋の狭苦しさとか、すぐ脇の道路を走る車の騒音とか、日々の暮らしの平穏を乱す重大な支障に移ったりするのだが、こうした一連の記述はむろん偶然の思いつきではあるまい。脈絡をすっきり辿れない憾《うら》みはあるものの、曲りくねるように運ばれるその脈絡をじっくり追っているうちに、散乱しているかに見えるさまざまな細部の話題がどこに収斂するのか、中心の一点がゆっくり浮びあがってくる。そこに作者の小説的な企みが隠されているはずだが、そのあちこち屈曲する筋道の行方を突きとめない限り、この小説はやたらに煩雑な転居の苦労話と受けとられるくらいで終ってしまうだろう。

「夢の死体」が外界にむかって僅かばかり扉を開いたのに較べると、ここでは格段にひろく開放されている。いや、開放などというより、「私」は面倒な引っ越しや暮らしにくい新しい住居を介して、外界=現実世界の渦中に置かれることになったとでも判断するほうが、むしろ事の真相に近づける。それに加えて、あのトラックのフロントガラスの「ひび」と、母や祖母の背中の穴とは形がどこか似通っているので、「私」の意識のなかで重ねあわされるようになった事情を、もう一度ここで呼びかえすのは欠かしてはならない手続きである。「ひび」にしろ「穴」にしろ、極小の割目、極微の欠落にすぎないけれども、ともすれば現実から離れたがる「私」の意識の拡大作用の動きにしたがって、それは外なる世界の割目、社会生活の裂目を寓意する障害に変容する。それが肝心な要点である。

そして特筆しなければならないのは、世界に割目があり現実の社会生活に裂目があるのを認知した「私」の意識の底に、「どこにも住みたくない」、「どこに住んでも意味がなかった」という特異な思念が誕生することである。それがどれほどの強度に高まっているのか測りがたいが、「背中の穴」の主題の中心はそこに集約されているし、小説としてのオリジナリティーはそこで結晶している事実について、これ以上もう詮索するまでもないだろう。ただしそうはいっても、これが最終的な結論でないことにも触れておく必要があろう。「どこにも住みたくない」という思念を書きつけたあと、それとは矛盾するのをおそらくよく承知した上で、「今の私には次の引っ越しをするという目標がある」と、いったん行きついた場所を覆《くつがえ》すような予測が付けくわえられる。これを矛盾として一蹴するのは、見当はずれというほかない。笙野さんの小説にしばしば見られるように、この逆転めいた発想は、次の文学的な展開に備えるための問題提起の意味あいを帯びているからである。

ここに収められた初期作品五篇（書下ろしを入れると六篇）を通読して、後年の作品にまだ接したことのない読者まで含めて、熟達と認めるには不足するものがあると感じる向きは少なくないだろう。しかし、「皇帝」を発表してから「背中の穴」までまだ七年、未熟さの痕跡が認められるのは否定できないとしても、だからといって厳しい批判の矢を向けるのは、当を得た接しかたということにはならない。それよりも五篇のなかに興味ぶかい差異を探しだしたり、後年の熟達に結びつくはずの文学的な意匠の芽を見出したりするほうが、はるかに実りの多い読書の時間をもたらしてくれるに相違ない。それはまた、生存の拠りどころを探索して遍歴を重ねてきた笙野頼子という小説家が、どのような独創的な工夫を尽しながら遍歴の初発の段階を堅固にしたか、その道筋を確かめることとも一致するはずである。

年譜

笙野頼子

一九五六年（昭和三一年）
三月一六日、三重県伊勢市で真珠商を営む父・淳、母・陽子の長女として生まれる。本名・市川頼子。二歳下に弟（心臓外科医）がいる。母方の祖母で四日市市に住む山口誓子門下の俳人・岩本彰子に溺愛されて幼少期を送る。家では長男のように育てられた。

一九六三年（昭和三八年）　七歳
四月、伊勢市立修道小学校に入学。大人に向かって理屈を言ったり、昆虫図鑑を見るのが好きな子だった。自分はやがて男の子になるのだと信じていた。楳図かずおのホラー漫画にはまり級友たちと怪談噺を作る。

一九六九年（昭和四四年）　一三歳
四月、伊勢市立五十鈴中学校に入学。自分はどうやら完全に女であると気づく。一年生の時にアマチュア無線の免許を取得。部屋でたくさんの蛞蝓と蝸牛を飼っていた。祖母の家や図書館で西鶴、谷崎潤一郎、三島由紀夫、高見順、サルトルなどを愛読する。この頃、祖母から俳句を作る際の言葉を突き詰める厳しさを教え込まれる。

一九七一年（昭和四六年）　一五歳
四月、三重県立伊勢高校入学。殆ど人と交わらず登校拒否気味の生徒だった。夢や空想にふけり、断片的に夢日記をつけるようになる。

一九七四年（昭和四九年）一八歳
親の勧めで医学部進学を目指すが、解剖写真を見て不眠に陥るようなタイプだったために理学部に変更するも不合格。名古屋の予備校に入り、寮生活を始める。鍵の掛かる寮の個室で二年間、受験勉強と読書に明け暮れ、創作をノートに書き込むようになる。

一九七六年（昭和五一年）二〇歳
四月、立命館大学法学部に進学。社会科学の書物やSFを読み、京都の下宿でSFとも純文学とも名づけようもない作品を書き始める。

一九七七年（昭和五二年）二一歳
大学に通うよりも自室で小説を書く時間の方が多くなり、文芸誌の新人賞に投稿し始める。

一九八〇年（昭和五五年）二四歳
三月、立命館大学卒業。卒業後は就職せずに他大学受験の名の下に京都の予備校に通いながら小説を書く。

一九八一年（昭和五六年）二五歳
四月、「極楽」（『群像』六月号）で群像新人賞受賞。選考委員であった藤枝静男が激賞。京都の四畳半の部屋で創作活動に専念する。一〇月、「大祭」（『群像』一一月号）発表。

一九八四年（昭和五九年）二八歳
三月、「皇帝」（『群像』四月号）、七月、「海獣」（『群像』八月号）発表。時評で取り上げられて評価を受けながらも、単行本刊行には至らなかった。

一九八五年（昭和六〇年）二九歳
三月、「冬眠」（『群像』四月号）発表。四月、出版社に原稿を持ち込む利便性と文学的環境の好転を求めて上京。八王子の女性限定オートロックマンションに住む。夢日記を本格的につけ始める。

一九八八年（昭和六三年）三二歳

祖母が肺癌になり看病に加わる。四月、祖母死去。七月、「柘榴の底」(『海燕』八月号)発表。
一九八九年(昭和六四年・平成元年)三三歳
四月、「呼ぶ植物」(『群像』五月号)発表。後の「太陽の巫女」の原型になる長編四〇〇枚を執筆するが、ボツになる。
一九九〇年(平成二年)三四歳
一月、「虚空人魚」(『群像』二月号)発表。四月、「インタビュー　新人作家33人の現在」(『文學界』五月号)。五月、「夢の死体」(『群像』六月号)発表。一二月、八王子のマンションが学生専用になるため、立ち退きを求められる。
一九九一年(平成三年)三五歳
一月、「イセ市、ハルチ」(『海燕』二月号)発表。三月、小平市に転居。小説の原稿収入で自活できるようになる。四月、「なにもしてない」(『群像』五月号)発表。八月、「アクアビデオ―夢の装置」(『すばる』九月号)発表。九月、「作品が全て」(『海燕』一〇月号)、「十年目の本」(『本』一〇月号)、第一小説集『なにもしてない』を講談社から刊行。同書で野間文芸新人賞受賞。デビュー一〇年目にして、注目される。「背中の穴」(『群像』一〇月号)発表。一二月、「今している事」(『毎日新聞』一二・六夕刊)、「レストレス・ドリーム」(『すばる』九二年一月号)発表。グラビア「笙野頼子―十年ぶり二度目の新人賞」(『現代』九二年一月号)。
一九九二年(平成四年)三六歳
一月、「賞と幻想」(『群像』二月号)、「引っ越しの時間」(『海燕』二月号)、「短針が動く」(『新刊ニュース』二月号)。四月、「ヌイグルミといる」(『文藝』夏号)発表。部屋が街道の交差点付近にあったため騒音に悩まされ、五月、中野のプール付きオートロックマンションに転居。六月、この時のエピソードを基にして三〇代独身の自営業の女性が部屋探しに四苦八苦する顚末を描いた「居場所もなかった」（『群像』七月号）、「大地の黴」（『海燕』七月号）発表、「夢の中の恐怖」（『ミス家庭画報』七月号）。七月、捨て猫・キャトを飼う。九月、「レストレス・ゲーム」（『すばる』一〇月号）発表。一〇月、「硝子生命論」（『文藝』冬号）発表。一二月、「ふるえるふるさと」（『海燕』九三年一月号）、「増殖商店街」（『群像』九三年一月号）発表。

一九九三年（平成五年）　三七歳

一月、『居場所もなかった』を講談社から刊行。二月、「レストレス・ワールド」（『すばる』三月号）発表。三月、「無名作家の雑文」（『太陽』四月号）、「幻視建国序説」（『ブックTHE文藝1』）発表。四月、「脳内フランス」（『太陽』五月号）。五月、「オートロックの怪」（『太陽』六月号）。六月、「言葉の冒険、脳内の戦い、体当たりの実験」（『新刊展望』七月号）、「会いに行った―藤枝静男」（『群像』七月号）。七月、「トレンド貧乏」（『読売新聞』七・一夕刊）、『硝子生命論』を河出書房新社から刊行。八月、「インタビュー　現実と幻想を見極めたい」（『サンデー毎日』九・五号）。九月、「歌わせる何か―ドリー・ベーカー」（『群像』一〇月号）。一〇月、キャトが家出、ポスターを四〇〇枚貼って行方を探すが不明。同時期に担当編集者とのトラブルもあって精神的に追いつめられる。「夢の中の体―松浦理英子『親指Pの修業時代』」（『文藝』冬号）、「一身上の感性―小山彰太」（『群像』一一月号）、「水に囲まれている」（『アクアス』一一月号）、「現代美術入門講座　境界線上のアート」（『太陽』一一月号）。一一月、「二百回忌」（『新潮』一二月号）発表、芥川賞候補となる。「ガラスの内の葛藤」（『東京新聞』一一・六）、「狂熱の幻

視王国―渋さ知らズ」(『群像』一二月号)、「水晶の交響」(『東京新聞』一一・一三)、「人形恋愛」(『山陽新聞』一一・一八)、「透明製造人間」(『東京新聞』一一・二〇)、「猫と透明」(『東京新聞』一一・二七)。一二月、「下落合の向こう」(『海燕』九四年一月号)発表。

一九九四年(平成六年)　三八歳

一月、「レストレス・エンド」(『文藝』春号)発表。一月七日に捨て猫・ドーラを飼い始める。二月、『レストレス・ドリーム』を河出書房新社から刊行。三月、「母の縮小」(『海燕』四月号)発表、「テレビゲームと観念小説」(『すばる』四月号)、「背表紙の十二単衣」(『波』四月号)。四月、「松浦理英子／笙野頼子対談　書想倶楽部〝男根主義〟を超えて!」(『SAPIO』四・二八号)、「松浦理英子／笙野頼子対談　もの言う太鼓(トーキング・ドラム)のように」(『文藝』夏号)、「アケボノノ帯」(『新潮』五月号)発表。五月、「タイムスリップ・コンビナート」(『文學界』六月号)発表、『二百回忌』を新潮社から刊行。六月、「死者も生者も来て踊る―『二百回忌』」(『朝日新聞』六・七夕刊)、「二百回忌」で三島由紀夫賞受賞、「本の中の真空」、「インタビュー　不思議だが本当だ」(ともに『新潮』七月号)、「三島賞受賞インタビュー　装置としての差異」(『すばる』七月号)。七月、「タイムスリップ・コンビナート」で芥川賞受賞。「フルサトマトメテ忘却ヲ誓フ」(『東京新聞』七・一八)、「『祭り』の前、後も書くだけ」(『読売新聞』七・二〇夕刊)、「東京グラデーション」(『共同通信』配信七・一九)、「六時間のメモ―『タイムスリップ・コンビナート』」(『共同通信』配信七・二四)、ダブル受賞騒ぎで生活が激変し、疲労が重なり耳鳴りに悩まされる。八月、グラビア「野間新人賞・三島賞・芥川賞・作家・笙野頼子」(『週刊文春』八・四号)、「シビレル夢ノ水」(『文學界』九月号)発表、「なぜか今も、ヌイグルミ掬い」(『毎日新聞』八・一八夕刊)、「インタビュー 私への評価は初めての受賞以来まっぷたつ」(『週刊現代』八・二七号)、松浦理英子との対談集『おカルトお毒味定食』を河出書房新社から刊行。九月、「インタビュー 最近面白い本読みましたか」(『クロワッサン』一〇月一〇日号)、「インタビュー 芥川賞の使い道?」(『エフ』一〇月号)、「新芥川賞作家対談 笙野頼子/室井光弘/辻原登 居場所は見つかったか」(『文學界』一〇月号)、『タイムスリップ・コンビナート』を文藝春秋から刊行。一〇月、「こんな仕事はこれで終りにする」(『群像』一一月号)発表、「コップの中の嵐、の中」(『中央公論』一一月号)、「人形の王国―『硝子生命論』」(『太陽』一一月号)。一一月、「九〇年代の半ば」(『東京新聞』一一・二六)、『極楽 笙野頼子初期作品集〔Ⅰ〕』『夢の死体 笙野頼子初期作品集〔Ⅱ〕』ともに河出書房新社から刊行。一二月、「虎の襖を、ってはならなに」(『海燕』九五年一月号)発表、「走っている、曲がっていく、刻む、スピードとテンポ、激しい愛」(『新潮』九五年一月号)。

一九九五年(平成七年) 三九歳

一月、『読売新聞』の書評欄執筆を担当(～九六年一二月まで)、「水源の力―マックス・ローチ」(『文學界』二月号)、「インタビュー 笙野頼子イズム」(『鳩よ!』二月号)、「走る足下から京の時間が溶けてくる」(『京都新聞』一・一五)。二月、川村湊との対談「言葉が言葉を生み出して……」(『新刊展望』三月号)、「一年分のイメージ」(『へるめす』三月号)。三月、「特集・女の言葉 現実と戦うために夢のかたちを借りる」(『広告批評』四月号)、エッセイ「珍しくもないっ」を『太陽』四月号から一年間連載。五月、豊島区雑司が谷に転居。六月、「生きているのかででのでんでん虫よ」(『群像』七月号) 発表、「純文学ではない〝オウム〟」(『共同通信』配信六月)。七月、エッセイ集『言葉の冒険、脳内の戦い』を日本文芸社から刊行、「母の発達」(『文藝』秋号) 発表。八月、「インタビュー　夢でわかる自分　作家と夢」(『鳩よ!』九月号)、「なぜ新聞は文学作品に半年ごとの勝敗をつけるのか」(『週刊現代』八・一九、二六合併号)。九月、「太陽の巫女」(『文學界』一〇月号) 発表。一〇月、「黄色い戦争」(『日本経済新聞』一〇・一朝刊)、「人形の正座」(『群像』一一月号) 発表、「野方、夢の迷路」(『本』一一月号)、「これを書いた」(『I N★P O C K E T』一一月号)、『増殖商店街』を講談社から刊行。一一月、「日帰りの伊勢」(『中日新聞』一一・二九)。一二月、「パラダイス・フラッツ」を『波』九六年一月号に連載開始 (～九七年一月号)。この年、純文学叩きに抗して論駁の声を上げ始めたところ、事実無根の醜聞が流れ、中傷記事の掲載誌に抗議した結果、一ページの謝罪文が載る。

一九九六年 (平成八年) 四〇歳

一月、「渋谷内浅川」(『新潮』二月号) 発表、「眼球の奴隷」(『HYPERVOICES』ジャストシステム刊所収)、「母の大回転音頭」(『文藝』春号) 発表。二月、『レストレス・ドリーム』(河出文庫文藝コレクション) 刊行。三月、「忘れていた」(『日本近代文学館ニュース』三・一五号)、『母の発達』を河出書房新社から刊行。四月、「東京すらりぴょん」(『毎日新聞』日曜版、四・七～毎週日曜日六・二三まで連載)、「一九九六、段差のある一日」(『三田文學』夏季号) 発表。五月、母が腺癌のため入院。帰郷して昼間看病し、夜に執筆する生活で一〇キロ近く痩せる。八月、「越乃寒梅泥棒」（『新潮』九月号）発表。九月、母死去。「箱のような道」（『群像』一〇月号）発表。一二月、「使い魔の日記」（『群像』九七年一月号）、「壊れるところを見ていた」（『文學界』九七年一月号）発表、「マンガ名作講義」（『朝日新聞』一二・一四夕刊）。
一九九七年（平成九年）四一歳
二月、「夜のグローブ座」（『一冊の本』三月号）発表。三月、「魚の光」（『新潮』四月号）発表、「言葉を得た犯罪性」（『朝日新聞』三・一九夕刊）、「ひとり言お断り」（『読売新聞』三・二八夕刊）。四月、「単身妖怪・ヨソメ」（『へるめす』五月号）発表。五月、「私が出会った本」（『神戸新聞』五・四）、「風邪とゲラの間で」（『新潮』六月号）。六月、「『素足』で踏み込む」（『毎日新聞』六・一一）、『波』に連載していた『パラダイス・フラッツ』を新潮社から刊行、「触感妖怪・スリコ」（『へるめす』七月号）発表、「全てを疑う、脅かしの町」（『東京新聞』六・二八）。七月、「極楽からパラダイスへ」（『新刊ニュース』八月号）。八月、『二百回忌』（新潮文庫）刊行。一〇月、「竜女の葬送」（『文學界』一一月号）、「説教師カニバット」（『文藝』冬号）発表。一二月、「団塊妖怪・空母幻」（『世界』九八年一月号）、「蓮の下の亀」（『すばる』九八年一月号）、「全ての遠足」（『群像』九八年一月号）、「無国籍紫」（『新潮』九八年一月号）発表、『太陽の巫女』を文藝春秋から刊行。年末、父が手術。
一九九八年（平成一〇年）四二歳
一月、「抱擁妖怪・さとる」（『世界』二月号）発表。二月、「女流妖怪・裏真杉」（『世界』三月号）発表、『タイムスリップ・コンビナート』（文春文庫）刊行。三月、「首都圏妖怪・エデ鬼」（『世界』四月号）発表。父親、再手術。伊勢と大阪に度々通う。五月、

『東京妖怪浮遊』を岩波書店から刊行。純文学叩きに本格的に論駁。六月、「てんたまおや知らズどっぺるげんげる」発表、「三重県人が怒るとき」（ともに『群像』七月号）、「神話の後で妖怪を」（『新刊展望』七月号）。七月、「ほらまた始まった馬鹿が純文学は駄目だってさ」（『毎日新聞』七・七夕刊）、文藝新人賞選考委員を九九年までの二年間担当。八月、「魂の向くまま幻想を紡ぐ」（『AMUSE』八・一二号）。九月、「サルにも判るか芥川賞」（『文學界』一〇月号）、「大きな本屋の片隅で」（『本の旅人』一〇月号）。一〇月、「時ノアゲアシ取リ」（『一冊の本』一一月号）、「百人の危ない美女」（『文藝』冬号）発表。一一月、「文士の森からいちいち言う。」（『東京人』一二月号）、『居場所もなかった』（講談社文庫）刊行。一二月、「文士の森だよ、実況中継」（『群像』九九年一月号）、「西麻布黄色行」（『新潮』九九年一月号）発表、「森を守るために」（『毎日新聞』一二・二一夕刊）。

一九九九年（平成一一年）　四三歳

一月、『説教師カニバットと百人の危ない美女』を河出書房新社から刊行、「インタビュー　インディーズで哲学　魂は自分で守らなければならない」（『文藝』春号）。二月、「アヴァンポップ」（『共同通信』配信二月）、「ジャズ・書く・生きる」（『一冊の本』三月号）、『笙野頼子窯変小説集　時ノアゲアシ取リ』を朝日新聞社から刊行。三月、「インタビュー　CLICK&CLIP　BOOK　笙野頼子さん」（『ラ・セーヌ』四月号）、「論告・論争終結」（『文學界』四月号）、「インタビュー　笙野頼子さん『説教師カニバットと百人の危ない美女』」（『女性セブン』三・一八号）、「BOOK　著者インタビュー　結婚願望のある女ゾンビにイジメられる独身女性の顚末を描く抱腹絶倒の純文学」（『an・a n』三・二六号)。四月、「対談　笙野頼子／赤坂真理　そして純文学は復活するか」(『群像』五月号)。五月、『母の発達』(河出文庫文藝コレクション)刊行。六月、「『逆髪』解説」(『富岡多恵子集』月報)、「ここ難解過ぎ軽く流してねブスの諍い女よ」(『群像』七月号)、「墓地脇の『通り悪魔』」(『東京新聞』六・二六夕刊)発表。一一月、「マスコミイエローと純文学」(『本』一二月号)、純文学叩きに論駁した過程と二年間担当した『読売新聞』書評を掲載した『ドン・キホーテの「論争」』を講談社から刊行。一二月、「リベンジ・オブ・ザ・キラー芥川」(『群像』二〇〇〇年一月号)発表、「ドン・キホーテの御機嫌伺い」(『文學界』二〇〇〇年一月号)。

二〇〇〇年(平成一二年)　四四歳

二月、「私の事なら放っておいて」(『婦人公論』二・二二号)、「ドン・キホーテの『論争』その後」(『i feel』春号、紀伊國屋書店)、「好きな本にかこまれて」(『本とコンピュータ』春号)、「中目黒前衛聖誕」(『新潮』三月号)発表、「幽界森娘異聞」(『群像』三月号～一〇月号)連載。四月、「笙野頼子／平田俊子　対談エッセイ、生活と意見」(『現代詩手帖』五月号)、『てんたまおや知らズどっぺるげんげる』を講談社から刊行。五月、「豊島村本末転倒ワールド」(『現代』六月号)、「作家と猫　偏愛的猫屋敷」(『文藝別冊』六月号)、群像新人賞の選考委員となる。六月、「文士の森を立ち去る日」(『紅通信』六月、紅書房)、「ドン・キホーテの梅雨お見舞い」(『新潮』七月号)、「論争貧乏、猫貧乏」(『一冊の本』七月号)、「インタビュー　笙野頼子　著者とその〝分身〟の視点が錯綜する、純文学をおびやかす〝妖怪〟たちとの論争小説」(『ダ・ヴィンチ』七月号)、「三重高農と蔵前」(『あま味』夏・三二号、永久堂)。七月、雑司が谷のマンションのゴミ置き場で捨て猫・ギドウ、モイラ、ルウルウを保護。愛猫たちを安心して飼える環境を求めて千葉県佐倉市に転居。野間文芸新人賞選考委員となる。八月、「津島佑子様へ『感想の感想』」（『一冊の本』九月号）、「猫をめぐる闘いの日々」（『朝日新聞』八・一一夕刊）、「ドン・キホーテの御礼参上」（『リトルモア』秋号、vol.14）。九月、「愛別外猫雑記（前編）」（『文藝』冬号）発表。一二月、「宇田川桃色邸宅」（『新潮』二〇〇一年一月号）、「神様のくれる鮨」（『群像』二〇〇一年一月号）発表。

二〇〇一年（平成一三年）　四五歳

一月、「愛別外猫雑記（後編）」（『文藝』春号）発表。二月、「S倉迷妄通信」（『すばる』三月号）発表。三月、「私の好きな…どこにもない夢の都」（『波』四月号）、『愛別外猫雑記』を河出書房新社から刊行、『渋谷色浅川』を新潮社から刊行、『極楽／大祭／皇帝　笙野頼子初期作品集』（講談社文芸文庫）刊行。四月、「著者との60分　『渋谷色浅川』『愛別外猫雑記』の笙野頼子さん」（『新刊ニュース』五月号）。五月、「インタビュー BOOKS INTERVIEW　笙野頼子『愛別外猫雑記』、『渋谷色浅川』」（『ａｎ・ａｎ』五・二五号）、「インタビュー　コレを読まなきゃ！　笙野頼子『渋谷色浅川』　結果的に、この本は東京とのお別れの一冊になりました」（『女性自身』五・二九号）。六月、「ドン・キホーテの引用三昧」（『新潮』七月号）、「創作合評（３０７回）」（『群像』七月号）。七月、「森茉莉の捨てた猫」（『本』八月号）、「創作合評（３０８回）」（『群像』八月号）、『幽界森娘異聞』を講談社から刊行。八月、「対談　言葉の根源へ　笙野頼子／町田康」、「創作合評（３０９回）」（ともに『群像』九月号）。一〇月、「S倉妄神参道」（『すばる』一一月号）発表。一〇日、『幽界森娘異聞』で泉鏡花文学賞受賞。一一月一三日、金沢市アートホールで授賞式に出席。一二月、「女性作家による日本の文学史8回　怪談の近代」(『本の窓』二〇〇二年一月号)、「素数長歌と空」(『群像』二〇〇二年一月号)発表。

二〇〇二年（平成一四年）　四六歳

一月、「クリエイターズ・ファイル2002　笙野頼子　中島教秀インタビュー」(『文藝』春号)。二月、「S倉極楽図書館」(『図書館の学校』三月号)発表。三月、「S倉迷宮完結」(『すばる』四月号)発表。四月、「ドン・キホーテの侃侃諤諤」(『群像』五月号)。七月、「胸の上の前世」(『Vogue 日本』八月号)発表、「お出口はそちらですよ、大塚英志先生　ドン・キホーテの打ち上げ祝杯」(『新潮』八月号)。八月、「『愛別外猫雑記』その後―というわけでもないが…夏は34度、冬はマイナス5度、ボケてはいられぬ一軒家暮らし」(『青春と読書』九月号)。九月、「インタビュー　今月のひと　笙野頼子」(『すばる』一〇月号)、『S倉迷妄通信』を集英社から刊行。一一月、「対談　長野まゆみ　三日月少年の作り方　DIALOGUE　長野まゆみ・笙野頼子　小鳥の唄、言葉の身ぶり」(『文藝別冊』一二・二五号)。

二〇〇三年（平成一五年）四七歳

一月、「女の作家に位なし⁉　ドン・キホーテの寒中お見舞い」(『群像』二月号)、「森茉莉　天使の贅沢貧乏　対談　森茉莉はいつも新しい　笙野頼子・早川暢子」(『文藝別冊』二・二八号)。二月、「水晶内制度」(『新潮』三月号)発表。三月、愛猫モイラを亡くす。四月、「私の純文学闘争十二年史」(『新潮45』五月号)、「成田参拝」(『すばる』五月号)発表。六月、「追悼・三枝和子　穏やかな先駆者」(『新潮』七月号)。七月、『水晶内制度』を新潮社から刊行。八月、「五十円食堂と黒い翼」（『大阪芸術大学　河南文藝文学篇』夏号）発表、同誌同号に小川国夫と共に「河南文藝・作家インタビュー（＋座談会）」に参加。タイトルは「純文学・SF・サブカルチャー　幻想の今日の質をもとめて」。一〇月、「アンケート　書き手にとって『雑誌』とは？　回答38　ドン・キホーテの返信爆弾」（『早稲田文学』一一月号）。

二〇〇四年（平成一六年）四八歳

一月、「猫々妄者と怪」（『文藝』春号）発表。三月、「金毘羅」（『すばる』四月号）発表。四月、「女、SF、神話、純文学―新しい女性文学を戦い取るために」（『三田文學』春季号）、「アンケート　ブンガクシャは派兵と改憲についてどう考えるのか」（『早稲田文学』五月号）。五月、「姫と戦争と『庭の雀』」（『新潮』六月号）発表、「猫と私と戦いと」（『東京新聞』五・二九）。六月、『片付けない作家と西の天狗』を河出書房新社から刊行、「怪談の近代―怪訳『雨月物語』その他」（『テーマで読み解く日本の文学（上）―現代女性作家の試み』小学館）、「夫婦主従関係のリアリズム　狂言への狂言《たわごと》―時代を超える混沌発狂空間」（『テーマで読み解く日本の文学（下）―現代女性作家の試み』小学館）。八月、「文学の、終り＝目的　RE・文学　死んだよね？　ハァ？　喪前（おたく）が死んでんだよ、アーメン　ドン・キホーテの執行完了」（『早稲田文学』九月号）、『水晶内制度』で二〇〇三年度センス・オブ・ジェンダー賞大賞受賞。一〇月、『金毘羅』を集英社から刊行。一一月、「対談加賀乙彦／笙野頼子　森の祈り、太陽の祈り」（『すばる』一二月号）。一二月、「一、二、三、死、今日を生きよう！」（『すばる』二〇〇五年一月号）発表、「反逆する永遠の権現魂　金毘羅文学『序説』」「実名コラムキャラクターだけ評論家の作り方、ツブし方。」(ともに『早稲田文学』二〇〇五年一月号)。

二〇〇五年(平成一七年) 四九歳

一月、「絶叫師タコグルメ)」(『文藝』春号)発表。四月、「百人の『普通』の男」(『文藝』夏号)発表。五月、「語、録、七、八、苦を越えて行こう」(『すばる』六月号)発表。六月、「第一八回三島由紀夫賞受賞記念対談〝聖なる愚か者〟を探して 鹿島田真希との対談」(『新潮』七月号)。『金毘羅』で伊藤整文学賞受賞。一七日、小樽グランドホテルで授賞式に出席する。『徹底抗戦! 文士の森 実録純文学闘争十四年史』を河出書房新社から刊行。一二月、「だいにっほん、おんたこめいわく史」(『群像』二〇〇六年一月号)発表、『愛別外猫雑記』(河出文庫)刊行。

二〇〇六年(平成一八年) 五〇歳

三月、「羽田発小樽着、苦の内の自由」(『すばる』四月号)発表。四月、『絶叫師タコグルメと百人の「普通」の男』を河出書房新社から刊行。五月、「おはよう、水晶――おやすみ、水晶 1回 おはよう、水晶」(『ちくま』六月号~二〇〇八年六月号連載)。六月、「おはよう、水晶 おやすみ、水晶 2回 ふたつの贈り物」(『ちくま』七月号)。七月、「だいにっほん、ろんちくおげれつ記」(『群像』八月号)発表、「おはよう、水晶 おやすみ、水晶 3回 失われた記憶」(『ちくま』八月号)。八月、「おはよう、水晶 おやすみ、水晶 4回 夏王子の翼」(『ちくま』九月号)、『だいにっほん、おんたこめいわく史』を講談社から刊行。九月、「この街に、妻がいる」(『群像』一〇月号)発表、「おはよう、水晶 おやすみ、水晶 5回 記憶の埋め水晶」(『ちくま』一〇月号)。一〇月、「おはよう、水晶 おやすみ、水晶 6回 ヴァーチャル・ドクター」(『ちくま』

一一月号）、『一、二、三、死、今日を生きよう！　成田参拝』を集英社から刊行。一一月、「竜の箪笥を、詩になさ・いなくに」（『新潮』一二月号）発表、「おはよう、水晶　おやすみ、水晶　7回　ヴァーチャル・ナイト」（『ちくま』一二月号）。一二月、「おはよう、水晶　おやすみ、水晶　8回　日記の霧、削除の虹」（『ちくま』二〇〇七年一月号）。一二月、『幽界森娘異聞』（講談社文庫）刊行、「2006　私の3冊」（『東京新聞』一二・二四）。

二〇〇七年（平成一九年）　五一歳

一月、「おはよう、水晶　おやすみ、水晶　9回　シンギング・レーザー」（『ちくま』二月号）、『笙野頼子三冠小説集』（河出文庫）刊行。二月、「特集＝笙野頼子――ネオリベラリズムを越える想像力」と銘打って、『現代思想』三月号にて特集が組まれる。同号にエッセイ「夜の河をけして越えぬために―『友達』と一緒に生きて伝えるための、全人的報告」、座談会「ネオリベ迷惑を考えるお茶会―極私と無政府＠だいにっほん」、安藤礼二との対談「極私と宗教―自己に内在する唯一絶対の他者VS.『二』の多様性と可能性について」掲載。「たいせつな本・上　藤枝静男『田紳有楽』」（『朝日新聞』一・二五朝刊）。三月、「おはよう、水晶　おやすみ、水晶　10回　生命のない宇宙」（『ちくま』四月号）、「たいせつな本・下　森茉莉『贅沢貧乏』」（『朝日新聞』三・四朝刊）。四月、「おはよう、水晶　おやすみ、水晶　11回　不死の国の書物」（『ちくま』五月号）。五月、「おはよう、水晶　おやすみ、水晶　12回　悲しみの発見」（『ちくま』六月号）。六月、「おはよう、水晶　おやすみ、水晶　13回　過去を生きる力」（『ちくま』七月号）。七月、「おはよう、水晶　おやすみ、水晶　14回　雨上がりの再会」（『ちくま』八月号）。「創作合評

（第377回）」」（『群像』八月号）。八月、「萌神分魂譜」（『すばる』九月号）発表、「おはよう、水晶　おやすみ、水晶　15回　夢からの侵攻」（『ちくま』九月号）。「創作合評（378回）」」（『群像』九月号）。九月、「対談笙野頼子／ラリイ・マキャフリー／巽孝之我は金毘羅、ハイブリッド神にしてアヴァンポップ！」（『すばる』一〇月号）、「おはよう、水晶　おやすみ、水晶　16回　水底からの落下」（『ちくま』一〇月号）。一〇月、『文藝』冬号で「特集　笙野頼子」組まれる。「にごりのてんまつ『母の発達』濁音編」発表、「笙野頼子連続インタヴュー×安藤礼二『解説』——本当に怖い〝絶叫！　笙野流民俗学〟」、「笙野頼子連続インタヴュー×野崎歓『翻訳』三倍笑える〝笙野的水晶内ツアー〟」「自筆年譜＆アルバム」、「笙野頼子　Q＆A　青木淳悟・金原ひとみ・中原昌也・山田詠美からの40の質問」、「近況という名の、真っ黒なファイル」（いずれも『文藝』冬号）が掲載される。「おはよう、水晶　おやすみ、水晶　17回　合わせ鏡の行方」（『ちくま』一一月号）、「さあ三部作完結だ！　二次元評論またいで進めっ！　@ＳＦＷＪ２００７」（『群像』一一月号）、『だいにっほん、ろんちくおげれつ記』を講談社から刊行。一一月、「だいにっほん、ろりりべしんでけ録」（『群像』一二月号）発表、「おはよう、水晶　おやすみ、水晶　18回　泥まみれの翼」（『ちくま』一二月号）。一二月、「今月のエッセイ　魂に響かせて歌え　萌神分魂譜」（『青春と読書』二〇〇八年一月号）、「おはよう、水晶　おやすみ、水晶　19回　セルフヒールド水晶」（『ちくま』二〇〇八年一月号）。

二〇〇八年（平成二〇年）五二歳

一月、「おはよう、水晶　おやすみ、水晶　20回　秋の庭結晶体」（『ちくま』二月号）、『萌神分魂譜』を集英社から刊行。二月、「三部作を終えて――近況という名の不透明ファイル」(『群像』三月号)、「おはよう、水晶　おやすみ、水晶　21回　タントリック・ツイン」(『ちくま』三月号)。三月、「おはよう、水晶　おやすみ、水晶　22回　宇宙猫の幸福」(『ちくま』四月号)。四月、「三部作と三特集　近況という名の爆裂するファイル」(『新潮』五月号)、「おはよう、水晶　おやすみ、水晶　23回カテドラル・ライブラリー」(『ちくま』五月号)、「田中和生『笙野頼子氏に尋ねる』を読んで徹底検証!」(『三田文學』春季号)、『だいにっほん、ろりりべしんでけ録』を講談社から刊行。五月、「おはよう、水晶　おやすみ、水晶　最終回　おやすみ水晶」(『ちくま』六月号)、「特集・笙野頼子　九条越え前夜と火星人少女遊郭の誕生」、「特集・笙野頼子　インタビュー　極私から大きく振り返って読む『だいにっほん』三部作」、「特集・笙野頼子　三里塚、チベット、ネグリ、ドゥルーズ―虚構と想像とS・Y・U・J・M(小説・読めないで・嘘つき・状況論・見苦しいよ)」(いずれも『論座』六月号)、「追悼　小川国夫　唯一絶対の内面から萌す光」(『群像』六月号)、「インタビュー　ESKY　BOOKS　作家が語る新作・旧作　笙野頼子『だいにっほん、ろりりべしんでけ録』『笙野頼子三冠小説集』作家として今のすべてを残そうとした」(『エスクァイア日本版』六月号)。六月、慶應義塾大学文学部にて講演を行う。題名は「感情の本質、唯一絶対の他者」。七月、「エッセイ　距離と結晶　長野まゆみ　少年アリスをさがしに」(『文藝』秋号)。九月、「海底八幡宮」(『すばる』一〇月号)発表。一二月、『おはよう、水晶――おやすみ、水晶』を筑摩書房から刊行、「帰りたい:私だけのふるさと三重県伊勢市」(『毎日新聞』一二・一一夕刊)。

二〇〇九年（平成二一年）　五三歳
一月、「人の道　御三神――人の道御三神といろはにブロガーズ前篇」（『文藝』春号）発表。四月、「人の道　御三神――人の道御三神といろはにブロガーズ後篇」（『文藝』夏号）発表、九月、『海底八幡宮』を河出書房新社から刊行。一一月、「今週の本棚・本と人：終わりにして始まりの物語」（『毎日新聞』一一・二九朝刊）。母方の家が絶え、相続問題等で疲弊し、体調を崩す。
二〇一〇年（平成二二年）　五四歳
一月、「島本理生　作家による作品解説エッセイ　笙野頼子『リトル・バイ・リトル』」（『文藝』春号）。二月、「小説家52人の2009年日記リレー　笙野頼子　2009年12月3日～12月9日」（『新潮』三月号）。七月、「小説神変理層夢経・序　便所神受難品　その前篇　猫トイレット荒神」（『文藝』秋号）発表。八月、「小説神変理層夢経　猫未来託宣本　猫ダンジョン荒神（前篇）」（『すばる』九月号）発表。九月、「新作予定おんたこ今後猫未来未定」（『群像』一〇月号）、「小説神変理層夢経　猫未来託宣本　猫ダンジョン荒神（後篇）」（『すばる』一〇月号）発表、『金毘羅』（河出文庫）刊行。一〇月、一六年間飼った愛猫ドーラを亡くす。一〇月、「小説神変理層夢経・序　便所神受難品その中篇　割り込み宣託小説　地神ちゃんクイズ」（『文藝』冬号）発表。雑司が谷居住時代から飼い始めた雄猫ギドウは老年性甲状腺機能亢進症を発病。看病に追われる。
二〇一一年（平成二三年）　五五歳
一月、「小説神変理層夢経・序　便所神受難品　完結篇　一番美しい女神の部屋」（『文藝』春号）発表、「文科『版元を聞けば……』」（『季刊文科』第51号、二・一三）。二月より、「『現代文学論争』をめぐって」を『WEBちくま』に三回にわたりアップする。三月、『人の道御三神といろはにブロガーズ』を河出書房新社から刊行。四月、ドーラを亡くした悲しみから立ち直れず、穴を埋めるように千石英世から誘われた立教大学大学院文学研究科の特任教授就任。東日本大震災の影響で開講が遅れながらも比較文明学専攻の大学院生を対象に教鞭を執る。「言語多文化学特殊研究」、「言語多文化学演習」を担当。「物語創作」、「インターネット文学」、「詩と歌」、「文芸社会論・マスコミ文芸」、「文芸創作実習」の各主題を中心に指導する。七月、「火事場泥棒地震詐欺、その他」（『新潮』八月号）発表。「この人・この3冊　森茉莉」（『毎日新聞』七・三一朝刊）。八月、『コレクション　戦争と文学4　9・11変容する文学』（集英社）にこれまで単行本に未収録だった「姫と戦争と『庭の雀』」（『新潮』二〇〇四年六月号）が収録される。

二〇一二年（平成二四年）　五六歳

二月、「小説神変理層夢経3　猫文学機械品猫キャンパス荒神（前篇）」（『すばる』三月号）発表、「変わり果てた世間でまだひとつのことを」を『立教比較文明学紀要　境界を越えて—比較文明学の現在』第12号に寄稿。三月、「小説神変理層夢経3　猫文学機械品猫キャンパス荒神（後篇）」（『すばる』四月号）発表。七月、「母のぴぴぷぺぽぽ　『母の発達』半濁音編」（『文藝』秋号）発表、「だだだだだだだだだだだ」（町田康『宿屋めぐり』講談社文庫、巻末解説）。九月、『猫ダンジョン荒神　小説神変理層夢経猫未来託宣本』を講談社から刊行。一〇月、鹿島田真希との対談「【芥川賞記念対談】鹿島田真希×笙野頼子3冠対談　幸福も理不尽にやってくる」、「ひょうすべの嫁」（ともに『文藝』冬号）発表。

二〇一三年（平成二五年）　五七歳

一月、「ひょうすべの菓子」（『文藝』春号）

発表。二月、『母の発達、永遠に／猫トイレット荒神』を河出書房新社から刊行。長年の名状しがたい体調不良が膠原病の自己免疫疾患「混合性結合組織病」と診断される。四月、「日日漠弾トンコトン子」（『新潮』五月号）発表。一二月、「三十二年後生きている！」（『江古田文学』84号、「処女作再掲『極楽』」併録）、『幽界森娘異聞』（講談社文芸文庫）刊行。

二〇一四年（平成二六年）五八歳

三月、「未闘病記――膠原病、『混合性結合組織病』の」前篇（『群像』四月号）発表。四月、「未闘病記――膠原病、『混合性結合組織病』の」後篇（『群像』五月号）発表。七月、『未闘病記――膠原病、「混合性結合組織病」の』を講談社から刊行。八月、「追悼・岩橋邦枝　棘を秘めた真紅の薔薇」、インタビュー（聞き手：千石英世）「『未闘病記』――難病と知らずに書いてきた」（ともに『群像』九月号）、九月、「今週の本棚・本と人：生き難さこそを創作の源に」（『毎日新聞』九・七朝刊）、「言葉は自分自身を救う」（『朝日新聞』九・三〇夕刊）。一〇月、「追悼・稲葉真弓　猫の戦友」（『群像』一一月号）、「悼む：稲葉真弓さん　運命にたじろがず」（『毎日新聞』一〇・一三朝刊）。一一月、『未闘病記――膠原病、「混合性結合組織病」の』で野間文芸賞受賞。「受賞のことば　メイキング笙野頼子全作品」、野間文芸賞受賞記念インタビュー（聞き手：清水良典）「メイキング・オブ・笙野頼子」（ともに『群像』一五年一月号）。「受賞の言葉」（立教大学ニュースWEB版、一一・二六）。一二月、『小説神変理層夢経2　猫文学機械品　猫キャンパス荒神』を河出書房新社から刊行、野間文芸賞贈呈式出席（一七日）。

二〇一五年（平成二七年）五九歳

七月、「緊急企画　安全保障関連法案とその採決についてのアンケート」（『早稲田文学』秋号、八月）に回答。八月、「安全保障関連法案に反対する立教人の会」に賛同メッセージ、「碧志摩メグ」志摩市公認撤回署名活動に賛同メッセージ。一〇月、「すべての隙間にあり、隙間そのものであり、境界をも晦ます、千の内在」（『ドゥルーズ——没後20年新たなる転回』河出書房新社）。

二〇一六年（平成二八年）六〇歳

三月、立教大学大学院文学研究科の特任教授任期満了（三一日）。四月、「ひょうすべの約束」（『文藝』夏号）発表。「創業一三〇周年記念　私が薦める河出の本」（Ｗｅｂ河出、四・五）に推薦する書物ジル・ドゥルーズ／フェリックス・ガタリ『千のプラトー』上・中・下、稲葉真弓『ミーのいない朝』、金井美恵子『小春日和』（いずれも河出文庫）をあげる。五月、会員通信「沖縄の学生、沖縄『戦後』ゼロ年」（『文藝家協会ニュース』762号、四・五月合併号）掲載。七月、「おばあちゃんのシラバス」（『文藝』秋号）発表。八月、「読んでくれてありがとう／書いてくれてありがとう」（小山田浩子『穴』新潮文庫、巻末解説）。九月、『群像』七〇周年記念号、群像短篇名作選ベスト短篇五四篇に「使い魔の日記」（一九九七年一月号掲載）が収録される。一〇月、「人喰いの国」（『文藝』冬号）発表。十一月、『植民人喰い条約　ひょうすべの国』を河出書房新社から刊行、Ｔｗｉｔｔｅｒ河出書房新社文藝アカウントで『植民人喰い条約　ひょうすべの国』刊行によせたコメント紹介。十二月、「特別講演Ｉより　膠原病を生き抜こう—生涯の敵とともに」（『日本慢性看護学会誌』第一〇号第二号）発表。『植民人喰い条約　ひょうすべの国』ｉＯＳ／Ａｎｄｒｏｉｄ版、Ｋｉｎｄｌｅ版配信開始。

二〇一七年（平成二九年）六一歳

一月、月曜インタビュー「人喰い妖怪「ひょうすべ」TPP発効後の惨状描く」(『しんぶん赤旗』一・三〇)。二月、インタビュー「土曜訪問　笙野頼子さん」(『東京新聞』夕刊、二・一八)。三月、「さあ、文学で戦争を止めよう　猫キッチン荒神」(『群像』四月号)発表、『猫道　単身転々小説集』を講談社文芸文庫から刊行。四月、岩波書店編集部編『私にとっての憲法』(岩波書店)に「ガラス細工の至宝」が収録される。五月、『猫道　単身転々小説集』Kindle版/iOS版。「我が生還の記　生還出来ない」(季刊文科七一号)を発表。愛猫ギドウを喪う。六月、日比嘉高編『シリーズ紙礫9　図書館情調』(皓星社)に「S倉極楽図書館」が収録される。七月、『さあ、文学で戦争を止めよう　猫キッチン荒神』(講談社)刊行。九月、『さあ、文学で戦争を止めよう　猫キッチン荒神』Kindle版/iOS版。Twitter講談社群像アカウントで著者コメント紹介。一〇月、インタビュー「嫌われても書きたいことを書く」(『しんぶん赤旗』一〇・八)、インタビュー「小池百合子という人は、怒れる女性や反原発を『捕獲』して人々を騙す。人間の皮を脱いだら人喰い鬼の正体を現すだけです」(『週刊金曜日』一一五七号、一〇・二〇)、コラム「総選挙2017今言いたい　これこそが最良の選択」(『しんぶん赤旗』一〇・二〇)、「善意は権力を脅かす」(『しんぶん赤旗』一〇・二五)。一二月、「九月の白い薔薇　ヘイトカウンター」(『群像』二〇一八年一月号)発表。インタビュー「『フェミニズム』から遠く離れて」(北原みのり編『日本のフェミニズム since1886 性の戦い編』河出書房新社)。

二〇一八年(平成三〇年)　六二歳

一月、「モイラの『転生』」(猫新聞社『月刊ねこ新聞』二一五号、一・一二)に寄稿する。四月、『群像短篇名作選1970〜1999』（講談社文芸文庫）に「使い魔の日記」が収録される。書き下ろし短篇小説「ウラミズモ、今ここに」をＷｅｂ河出に発表（四・一六）。七月、小説「ウラミズモ奴隷選挙」（『文藝』秋号）発表にあたって、Ｔｗｉｔｔｅｒ河出書房新社文藝アカウントで著者コメント紹介（七・八）。八月、木村紅美との対談「さあ、文学で戦争を止めよう」（『しんぶん赤旗』八・一七）。九月、『新潮45』二〇一八年一〇月号掲載の「そんなにおかしいか『杉田水脈』論文」と小川榮太郎「政治は『生きづらさ』という主観を救えない」への抗議文を北原みのりとともにＷｅｂに発表（note Minori Kitahara 九・二〇）。『ウラミズモ奴隷選挙』刊行にあたって著者コメント「奴隷国だ！『にっほん』には奴隷しかいない！」を、Ｗｅｂ河出に発表（九・二六）。一〇月、『ウラミズモ奴隷選挙』を河出書房新社から刊行。岡和田晃公式サイトに「イカフェミ」についてのコメントを寄せる（一〇・二〇）。一二月、インタビュー「女性差別に怒り込め　ＴＰＰ発効後の暗黒社会　長篇小説『ウラミズモ奴隷選挙』」（『しんぶん赤旗』日曜版一二・二）、「返信を、待っていた」（特集　文学にできることをＩ〈短篇創作〉、『群像』二〇一九年一月号）発表。「山よ動け女よ死ぬな千里馬よ走れ」（『民主文学』六四〇号、二〇一九年一月号）発表。ヨルゴス・アウゲロプロス監督映像作品『最後の一滴まで　ヨーロッパの隠された水戦争』（二〇一七年ギリシア・Small Planet Productions 配給、日本発売二〇一八年ＤＶＤ）に協賛。

二〇一九年（平成三一年・令和元年）　六三歳

一月、島本理生との対談「さあ、文学で戦争を止めよう」（『しんぶん赤旗』一・七）、「知らなかった」（川上亜紀『チャイナ・カシミア』七月堂、巻末解説)、「私たちは黙らない!(vol.13) 格差もTPPも辺野古も文学で『報道』できる」(『週刊金曜日』一二二七号、一・二五)発表。二月、「これ?二〇一九年蒼生の解説です」(早稲田大学文学学術院文化構想学部文芸ジャーナリズム論系学生誌『蒼生2019』特集「文学とハラスメント」)掲載。四月、「会いに行って—静流藤娘紀行(第一回)」(『群像』五月号)発表、多和田葉子との対談「さあ、文学で戦争を止めよう」(『しんぶん赤旗』四・二九)掲載。六月、「会いに行って—静流藤娘紀行(第二回)」(『群像』七月号)発表。七月、武田砂鉄との対談「さあ、文学で戦争を止めよう」(『しんぶん赤旗』七・八)掲載。八月、「会いに行って—静流藤娘紀行(第三回)」(『群像』九月号)発表。九月、『セレクション戦争と文学3 9・11変容する戦争』(集英社文庫)に「姫と戦争と『庭の雀』」収録。一〇月、「会いに行って—静流藤娘紀行(第四回)」(『群像』一一月号)、一一月、「会いに行って—静流藤娘紀行(第五回)」(『群像』一二月号)発表。オーディオブック『タイムスリップ・コンビナート』(Audible Studios ナレーション:村上麻衣)配信開始。一二月、インタビュー「経済主権を投げ捨てる日米FTAに反対です」(新聞『農民』第一三八八号、一二・九)において反自由貿易を訴える。

二〇二〇年(令和二年) 六四歳

五月、「台所な脳で? Died Corona No Day」(河出書房新社編集部編『思想として の〈新型コロナウイルス禍〉』河出書房新社)。六月、群像新人賞で強く推してくれた、心の師・藤枝静男へのオマージュ作品『会いに行って 静流藤娘紀行』講談社から刊行。エッセイ「『会いに行って』書いた」(『本』七月号)発表。八月、『水晶内制度』

をエトセトラブックスから装丁を変えて復刊、自作解説五十枚を付す。九月、「引きこもりてコロナ書く——#Stay Home But Not Silent」(『群像』一〇月号)発表。

(山﨑眞紀子編)

著書目録

笙野頼子

【単行本】

なにもしてない　平3・9　講談社

居場所もなかった　平5・1　講談社

硝子生命論　平5・7　河出書房新社

レストレス・ドリーム　平6・2　河出書房新社

二百回忌　平6・5　新潮社

おカルトお毒味定食（松浦理英子との対談集）　平6・8　河出書房新社

タイムスリップ・コンビナート　平6・9　文藝春秋

極楽　笙野頼子初期作品集〔I〕　平6・11　河出書房新社

夢の死体　笙野頼子初期作品集〔II〕　平6・11　河出書房新社

言葉の冒険、脳内の戦い（エッセイ集）　平7・7　日本文芸社

増殖商店街　平7・10　講談社

母の発達　平8・3　河出書房新社

パラダイス・フラッツ　平9・6　新潮社

太陽の巫女　平9・12　文藝春秋

東京妖怪浮遊　平10・5　岩波書店

説教師カニバットと百人の危ない美女　平11・1　河出書房新社

笙野頼子窯変小説集　時ノアゲアシ取リ　平11・2　朝日新聞社

ドン・キホーテの「論争」　平11・11　講談社
てんたまおや知らズどっぺるげんげる　平12・4　講談社
愛別外猫雑記　平13・3　河出書房新社
渋谷色浅川　平13・3　新潮社
幽界森娘異聞　平13・7　講談社
S倉迷妄通信　平14・9　集英社
水晶内制度　平15・7　新潮社
片付けない作家と西の天狗　平16・6　河出書房新社
金毘羅　平16・10　集英社
徹底抗戦！　文士の森　実録純文学闘争十四年史　平17・6　河出書房新社
絶叫師タコグルメと百人の「普通」の男　平18・4　河出書房新社
だいにっほん、おんたこめいわく史　平18・8　講談社
一、二、三、死、今日を生きよう！　成田参拝　平18・10　集英社
だいにっほん、ろんちくおげれつ記　平19・10　講談社
萌神分魂譜　平20・1　集英社
だいにっほん、ろりりべしんでけ録　平20・4　講談社
おはよう、水晶——おやすみ、水晶　平20・12　筑摩書房
海底八幡宮　平21・9　河出書房新社
人の道御三神といろはにブロガーズ　平23・3　河出書房新社
猫ダンジョン荒神　平24・9　講談社
小説神変理層夢経
猫未来託宣本
母の発達、永遠に／猫トイレット荒神　平25・2　河出書房新社
未闘病記——膠原病、「混合性結合組織　平26・7　講談社

病」の

小説神変理層夢経2　猫文学機械品　猫キャンパス荒神　平26・12　河出書房新社

植民人喰い条約　ひょうすべの国　平28・11　河出書房新社

さあ、文学で戦争を止めよう　猫キッチン荒神　平29・7　講談社

ウラミズモ奴隷選挙　平30・10　河出書房新社

会いに行って　静流藤娘紀行　令2・6　講談社

水晶内制度（復刊）　令2・8　エトセトラブックス

【アンソロジー】

抜萃のつづり（エッセイ「家族愛と宗教の間で」所収）　平7・1　熊平製作所

HYPERVOICES　平8・1　ジャストシステム（エッセイ「眼球の奴隷」所収）

芥川賞全集　第一七巻（『タイムスリップ・コンビナート』所収）　平14・8　文藝春秋

テーマで読み解く日本の文学（上）――現代女性作家の試み（「怪談の近代―怪訳『雨月物語』その他」所収）　平16・6　小学館

テーマで読み解く日本の文学（下）――現代女性作家の試み（「夫婦主従関係のリアリズム　狂言への狂言《たわごと》――時代を超える混沌発狂空間」所収）　平16・6　小学館

コレクション 戦争と文学4（「姫と戦争と『庭の雀』」所収）　平23・8　集英社
ドゥルーズ――没後20年新たなる転回（「すべての隙間にあり、隙間そのものであり、境界をも晦ます、千の内在」所収）　平27・10　河出書房新社
私にとっての憲法（「ガラス細工の至宝」所収）　平29・4　岩波書店
シリーズ紙礫9 図書館情調（「S倉極楽図書館」所収）　平29・6　皓星社
日本のフェミニズム since1886 性の戦い編（北原みのりによるインタビュー「『フェミニズム』から遠く離れて」所収）　平29・12　河出書房新社
思想としての〈新型コロナウイルス禍〉（「台所な脳で？ Died Corona No Day」所収）　令2・5　河出書房新社

【全集・選集】

文学1995（「シビレル夢ノ水」所収）　平7・4　講談社
文学1997（「越乃寒梅泥棒」所収）　平9・4　講談社
女性作家シリーズ21 山田詠美／増田みず子／松浦理英子／笙野頼子（「虚空人魚」、「イセ市、ハルチ」、「下落合の向こう」所収）　平11・7　角川書店

文学2005（「姫と戦争と『庭の雀』」所収）　平17・5　講談社

【文庫】

なにもしてない（解＝川村二郎）　平7・11　講談社文庫

レストレス・ドリーム（解＝清水良典）　平8・2　河出文庫

おカルトお毒味定食（解＝桐野夏生）　平9・4　河出文庫

二百回忌（解＝巽孝之）　平9・8　新潮文庫

タイムスリップ・コンビナート（シンダ・グレゴリー、ラリイ・マキャフリー、巽孝之、小谷真理、笙野頼子による座談会所収）　平10・2　文春文庫

居場所もなかった（解＝菅野昭正）　平10・11　講談社文庫

母の発達（解＝斎藤美奈子）　平11・5　河出文庫

極楽／大祭／皇帝（解＝清水良典）　平13・3　講談社文芸文庫

戦後短篇小説再発見10（『虚空人魚』所収）　平14・3　講談社文芸文庫

愛別外猫雑記（解＝稲葉真弓）　平17・12　河出文庫

幽界森娘異聞（解＝佐藤亜紀）　平18・12　講談社文庫

笙野頼子三冠小説集（解＝清水良典）　平19・1　河出文庫

金毘羅（解＝安藤礼二）　平22・9　河出文庫

幽界森娘異聞（解＝金井美恵子）　平25・12　講談社文芸文庫

現代小説クロニクル1990～1994（『タ　平27・4　講談社文芸文庫

イムスリップ・コンビナート』所収）
日本文藝家協会編　猫道　単身転々小説　平29・3　講談社文芸文庫（解=平田俊子）
群像短篇名作選1970～1999（「使い魔の日記」所収）　平30・4　講談社文芸文庫
セレクション戦争と文学3　9・11　変容する戦争（「姫と戦争と『庭の雀』」所収）　令元・9　集英社文庫

※『無尽的悪夢』（中日作家新作大系）訳：竺家栄、王建新　中国文聯出版公司（北京）　平13・9（『レストレス・ドリーム』中国語への翻訳）

【文庫】の（　）内の略号は解=解説を示す。

（作成・山﨑眞紀子）

【初出】
海獣　「群像」一九八四年八月号
柘榴の底　「海燕」一九八八年八月号
呼ぶ植物　「群像」一九八九年五月号
夢の死体　「群像」一九九〇年六月号
背中の穴　「群像」一九九一年一〇月号
記憶カメラ　書下ろし

【底本】
海獣　『夢の死体　笙野頼子初期作品集Ⅱ』一九九四年一一月　河出書房新社
柘榴の底　『増殖商店街』一九九五年一〇月　講談社
呼ぶ植物　『夢の死体　笙野頼子初期作品集Ⅱ』一九九四年一一月　河出書房新社
夢の死体　『夢の死体　笙野頼子初期作品集Ⅱ』一九九四年一一月　河出書房新社
背中の穴　『居場所もなかった』一九九八年一一月　講談社文庫

各作品について著者による加筆修正を行いました。

海獣《かいじゅう》／呼《よ》ぶ植物《しょくぶつ》／夢《ゆめ》の死体《したい》　初期幻視小説集《しょきげんししょうせつしゅう》
笙野頼子《しょうのよりこ》
二〇二〇年一一月一〇日第一刷発行
発行者――渡瀬昌彦
発行所――株式会社　講談社
東京都文京区音羽2・12・21　〒112-8001
電話　編集（03）5395・3513
販売（03）5395・5817
業務（03）5395・3615
デザイン――菊地信義
印刷――豊国印刷株式会社
製本――株式会社国宝社
本文データ制作――講談社デジタル製作

定価はカバーに表示してあります。

講談社
文芸文庫
ISBN978-4-06-521790-0

講談社文芸文庫

小林秀雄 ―小林秀雄対話集　秋山 駿――解／吉田凞生――年
小林秀雄 ―小林秀雄全文芸時評集 上・下　山城むつみ―解／吉田凞生――年
小林秀雄 ―[ワイド版]小林秀雄対話集　秋山 駿――解／吉田凞生――年
小堀杏奴 ―朽葉色のショール　小尾俊人――解／小尾俊人――年
小山清 ――日日の麺麭｜風貌 小山清作品集　田中良彦――解／田中良彦――年
佐伯一麦 ―ショート・サーキット 佐伯一麦初期作品集　福田和也――解／二瓶浩明――年
佐伯一麦 ―日和山 佐伯一麦自選短篇集　阿部公彦――解／著者――――年
佐伯一麦 ―ノルゲ Norge　三浦雅士――解／著者――――年
坂上弘 ――田園風景　佐伯一麦――解／田谷良一――年
坂上弘 ――故人　若松英輔――解／田谷良一、吉原洋一―年
坂口安吾 ―風と光と二十の私と　川村 湊――解／関井光男――案
坂口安吾 ―桜の森の満開の下　川村 湊――解／和田博文――案
坂口安吾 ―白痴｜青鬼の褌を洗う女　川村 湊――解／原 子朗――案
坂口安吾 ―信長｜イノチガケ　川村 湊――解／神谷忠孝――案
坂口安吾 ―オモチャ箱｜狂人遺書　川村 湊――解／荻野アンナ―案
坂口安吾 ―日本文化私観 坂口安吾エッセイ選　川村 湊――解／若月忠信――年
坂口安吾 ―教祖の文学｜不良少年とキリスト 坂口安吾エッセイ選　川村 湊――解／若月忠信――年
阪田寛夫 ―庄野潤三ノート　富岡幸一郎―解
鷺沢萠 ――帰れぬ人びと　川村 湊――解／著者、オフィスめめ―年
佐々木邦 ―凡人伝　岡崎武志――解
佐々木邦 ―苦心の学友 少年倶楽部名作選　松井和男――解
佐多稲子 ―私の東京地図　川本三郎――解／佐多稲子研究会―年
佐藤紅緑 ―ああ玉杯に花うけて 少年倶楽部名作選　紀田順一郎―解
佐藤春夫 ―わんぱく時代　佐藤洋二郎―解／牛山百合子―年
里見弴 ――恋ごころ 里見弴短篇集　丸谷才一――解／武藤康史――年
澤田 謙 ――プリューターク英雄伝　中村伸二――年
椎名麟三 ―神の道化師｜媒妁人 椎名麟三短篇集　井口時男――解／斎藤末弘――年
椎名麟三 ―深夜の酒宴｜美しい女　井口時男――解／斎藤末弘――年
島尾敏雄 ―その夏の今は｜夢の中での日常　吉本隆明――解／紅野敏郎――案
島尾敏雄 ―はまべのうた｜ロング・ロング・アゴウ　川村 湊――解／柘植光彦――案
島田雅彦 ―ミイラになるまで 島田雅彦初期短篇集　青山七恵――解／佐藤康智――年
志村ふくみ―一色一生　高橋 巖――人／著者――――年
庄野英二 ―ロッテルダムの灯　著者――――年
庄野潤三 ―夕べの雲　阪田寛夫――解／助川徳是――案

▶解=解説　案=作家案内　人=人と作品　年=年譜を示す。　2020年11月現在

講談社文芸文庫

庄野潤三 ―インド綿の服　齋藤礎英―解／助川徳是―年
庄野潤三 ―ピアノの音　齋藤礎英―解／助川徳是―年
庄野潤三 ―野菜讃歌　佐伯一麦―解／助川徳是―年
庄野潤三 ―ザボンの花　富岡幸一郎―解／助川徳是―年
庄野潤三 ―鳥の水浴び　田村 文―解／助川徳是―年
庄野潤三 ―星に願いを　富岡幸一郎―解／助川徳是―年
庄野潤三 ―明夫と良二　上坪裕介―解／助川徳是―年
庄野潤三 ―庭の山の木　中島京子―解／助川徳是―年
笙野頼子 ―幽界森娘異聞　金井美恵子―解／山﨑眞紀子―年
笙野頼子 ―猫道 単身転々小説集　平田俊子―解／山﨑眞紀子―年
笙野頼子 ―海獣|呼ぶ植物|夢の死体 初期幻視小説集　菅野昭正―解／山﨑眞紀子―年
白洲正子 ―かくれ里　青柳恵介―人／森 孝―年
白洲正子 ―明恵上人　河合隼雄―人／森 孝―年
白洲正子 ―十一面観音巡礼　小川光三―人／森 孝―年
白洲正子 ―お能|老木の花　渡辺 保―人／森 孝―年
白洲正子 ―近江山河抄　前 登志夫―人／森 孝―年
白洲正子 ―古典の細道　勝又 浩―人／森 孝―年
白洲正子 ―能の物語　松本 徹―人／森 孝―年
白洲正子 ―心に残る人々　中沢けい―人／森 孝―年
白洲正子 ―世阿弥 ―花と幽玄の世界　水原紫苑―人／森 孝―年
白洲正子 ―謡曲平家物語　水原紫苑―解／森 孝―年
白洲正子 ―西国巡礼　多田富雄―解／森 孝―年
白洲正子 ―私の古寺巡礼　高橋睦郎―解／森 孝―年
白洲正子 ―[ワイド版]古典の細道　勝又 浩―人／森 孝―年
杉浦明平 ―夜逃げ町長　小嵐九八郎―解／若杉美智子―年
鈴木大拙訳―天界と地獄 スエデンボルグ著　安藤礼二―解／編集部―年
鈴木大拙 ―スエデンボルグ　安藤礼二―解／編集部―年
曽野綾子 ―雪あかり 曽野綾子初期作品集　武藤康史―解／武藤康史―年
田岡嶺雲 ―数奇伝　西田 勝―解／西田 勝―年
高井有一 ―時の潮　松田哲夫―解／武藤康史―年
高橋源一郎―さようなら、ギャングたち　加藤典洋―解／栗坪良樹―年
高橋源一郎―ジョン・レノン対火星人　内田 樹―解／栗坪良樹―年
高橋源一郎―虹の彼方に《オーヴァー・ザ・レインボウ》　矢作俊彦―解／栗坪良樹―年
高橋源一郎―ゴーストバスターズ 冒険小説　奥泉 光―解／若杉美智子―年

講談社文芸文庫

笙野頼子
海獣・呼ぶ植物・夢の死体
初期幻視小説集
解説＝菅野昭正　年譜＝山﨑眞紀子
しL4
体と心の「痛み」と向き合う日々が見せたこの世ならぬものたちを、透明感あふれる筆致で描き出した初期作品五篇。現在から当時を見つめる書下ろし「記憶カメラ」併録。
978-4-06-521790-0

笙野頼子
猫道
単身転々小説集
解説＝平田俊子　年譜＝山﨑眞紀子
しL3
自らの住まいへの違和感から引っ越しを繰り返すうちに猫たちと運命的に出会い、彼らと安全に暮らせる空間が「居場所」に。笙野文学の確かな足跡を示す作品集。
978-4-06-290341-7